黃胄作「維吾爾族少女」。原圖為作者所藏。

古塞駝鈴：時人錢松喦作。由此圖可以想像霍青桐率眾東來奪經、陸菲青塞上行旅之情景。

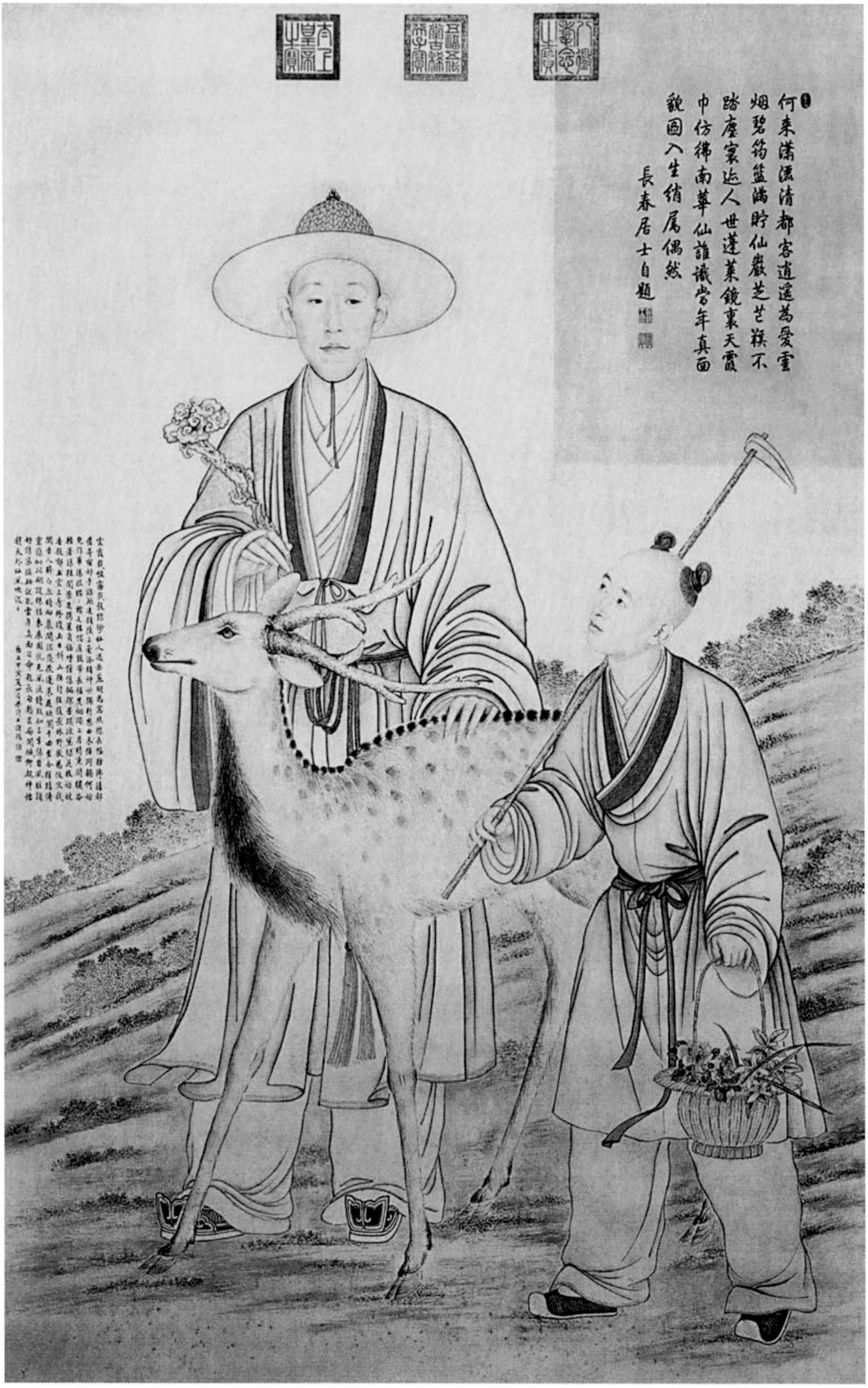

乾隆採芝圖：乾隆時為寶親王，年二十四歲。圖有乾隆自題詩，下有梁詩正題詩，時為雍正甲寅夏四月，即雍正十二年。乾隆自號長春居士，題款下有「寶親王印」、「長春居士」小方章各一，詩中自讚「何來瀟灑仙都客，霞巾彷彿南華仙」。由此圖可想像陳家洛與福康安之容貌。梁詩正，杭州人，乾隆時為東閣大學士。

乾隆閱射圖：郎世寧作。郎世寧為意大利人，原名Josephus Castiglione（1688-1768），耶穌會教士，於康熙五十四年來中國，因擅於繪畫而為清廷供奉。作畫工細逼真，雖乏意境，但可代攝影。

哈薩克人貢馬圖：郎世寧作。乾隆坐而納貢，意甚閒適。

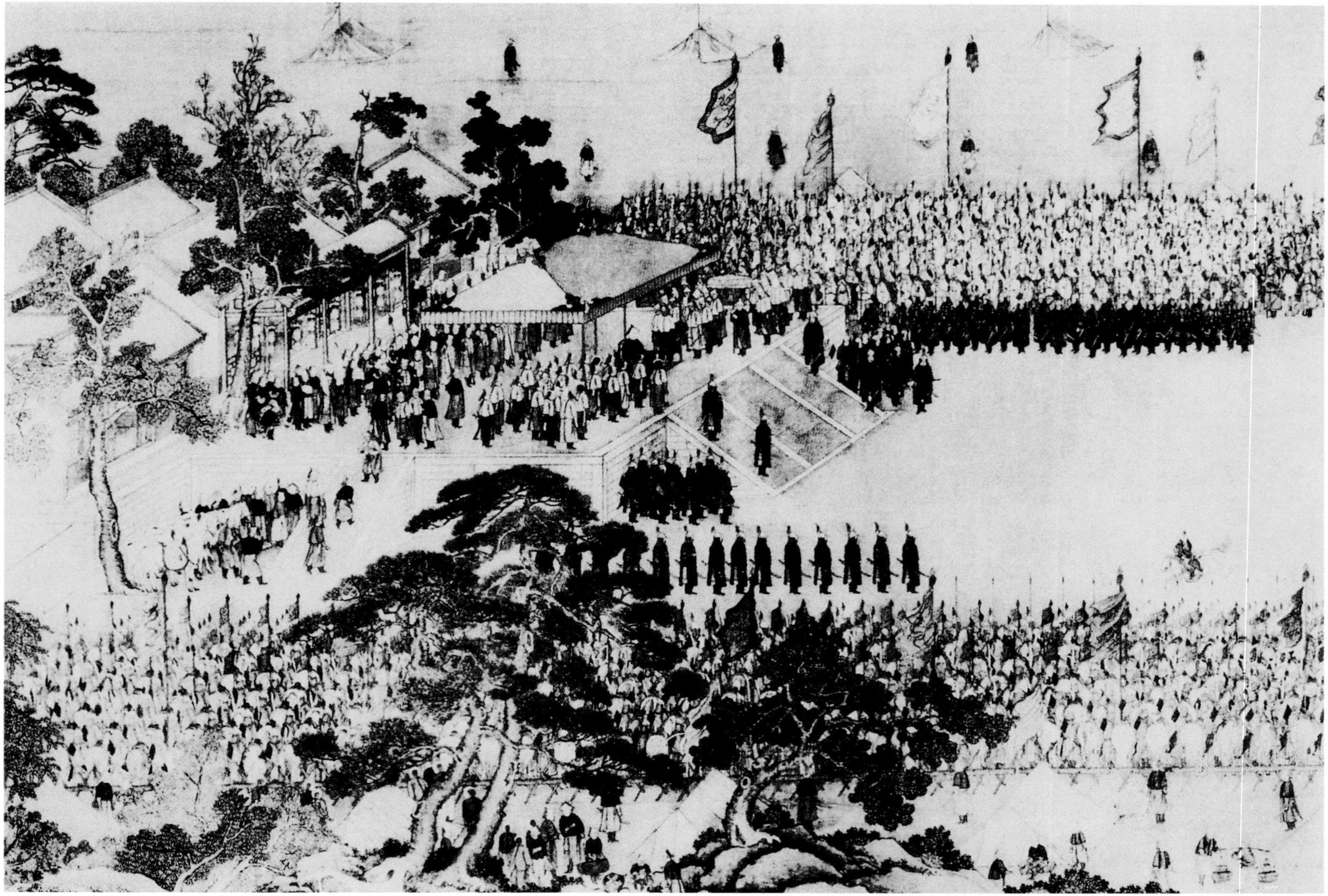

乾隆南巡閱兵圖。

乾隆南巡時之行營：該圖與「南巡閱兵圖」均為南巡長卷之一部分，原圖現藏巴黎Guimet博物館。

長春園圖卷：郎世寧作。長春園為西式建築。乾隆身畔陪坐之嬪妃亦穿西服，據說即香妃。

大字版

書劍恩仇錄

①古道荒莊

金庸

大字版金庸作品集①

書劍恩仇錄 (1)古道荒莊 「公元2001年金庸新修版」

Book and Sword, Gratitude and Revenge, Vol. 1

作　　者／金　庸

封面設計／唐壽南　內頁插畫／王司馬

發 行 人／王 榮 文
出版・發行／遠流出版事業股份有限公司
臺北市中山北路一段11號13樓
電話／2571-0297　**傳真**／2571-0197　**郵撥**／0189456-1

□2001年4月16日　初版一刷
□2022年3月16日　二版三刷

大字版　每冊 *380* 元（本作品全四冊，共1520元）

〔另有典藏版共36冊（不分售），平裝版共36冊，新修版共36冊，新修文庫版共72冊〕

ISBN　978-957-32-8521-2（**套：大字版**）
ISBN　978-957-32-8517-5（**第一冊：大字版**）
Printed in Taiwan

YLib 遠流博識網
http://www.ylib.com　E-mail:ylib@ylib.com

「金庸作品集」新序

金庸

小說是寫給人看的。小說的內容是人。

小說寫一個人、幾個人、一羣人、或成千成萬人的性格和感情。他們的性格和感情從橫面的環境中反映出來，從縱面的遭遇中反映出來，從人與人之間的交往與關係中反映出來。長篇小說中似乎只有「魯濱遜飄流記」，才只寫一個人，寫他與自然之間的關係，但寫到後來，終於也出現了一個僕人「星期五」。只寫一個人的短篇小說多些，尤其是近代與現代的新小說，寫一個人在與環境的接觸中表現他外在的世界、內心的世界，尤其是內心世界。

西洋傳統的小說理論分別從環境、人物、情節三個方面去分析一篇作品。由於小說作者不同的個性與才能，往往有不同的偏重。

基本上，武俠小說與別的小說一樣，也是寫人，只不過環境是古代的，主要人物是有武功的，情節偏重於激烈的鬪爭。任何小說都有它所特別側重的一面。愛情小說寫男女之間與性有關的感情，寫實小說描繪一個特定時代的環境與人物，「三國演義」與「水滸」一類小說敘述大羣人物的鬪爭經歷，現代小說的重點往往放在人物的心理過程上。

小說是藝術的一種，藝術的基本內容是人的感情，主要形式是美，廣義的、美學上的美。在小說，那是語言文筆之美、安排結構之美，關鍵在於怎樣將人物的內心世界通過某種形式而表現出來。甚麼形式都可以，或者是作者主觀的剖析，或者是客觀的敘述故事，從人物的行動和言語中客觀的表達。

讀者閱讀一部小說，是將小說的內容與自己的心理狀態結合起來。同樣一部小說，有的人感到強烈的震動，有的人卻覺得無聊厭倦。讀者的個性與感情，與小說中所表現的個性與感情相接觸，產生了「化學反應」。

武俠小說只是表現人情的一種特定形式。作曲家或演奏家要表現一種情緒，用鋼琴、小提琴、交響樂、或歌唱的形式都可以，畫家可以選擇油畫、水彩、水墨、或版畫的形式。問題不在採取甚麼形式，而是表現的手法好不好，能不能和讀者、聽者、觀賞者的心靈相溝通，能不能使他的心產生共鳴。小說是藝術形式之一，有好的藝術，也有不好的藝術。

好或者不好，在藝術上是屬於美的範疇，不屬於眞或善的範疇。判斷美的標準是美，是感情，不是科學上的眞或不眞（武功在生理上或科學上是否可能），道德上的善或不善，也不是經濟上的値錢不値錢，政治上對統治者的有利或有害。當然，任何藝術作品都會發生社會影響，自也可以用社會影響的價値去估量，不過那是另一種評價。

在中世紀的歐洲，基督教的勢力及於一切，所以我們到歐美的博物院去參觀，見到所有中世紀的繪畫都以聖經故事爲題材，表現女性的人體之美，也必須通過聖母的形象。直到文藝復興之後，凡人的形象才在繪畫和文學中表現出來，所謂文藝復興，是在文藝上復興希臘、羅馬時代對「人」的描寫，而不再集中於描寫神與聖人。

中國人的文藝觀，長期以來是「文以載道」，那和中世紀歐洲黑暗時代的文藝思想是一致的，用「善或不善」的標準來衡量文藝。「詩經」中的情歌，要牽強附會地解釋爲諷刺君主或歌頌后妃。陶淵明的「閒情賦」，司馬光、歐陽修、晏殊的相思愛戀之詞，或者惋惜地評之爲白璧之玷，或者好意地解釋爲另有所指。他們不相信文藝所表現的是感情，認爲文字的唯一功能只是爲政治或社會價値服務。

我寫武俠小說，只是塑造一些人物，描寫他們在特定的武俠環境（中國古代的、沒有法治的、以武力來解決爭端的不合理社會）中的遭遇。當時的社會和現代社會已大不相同，人的性格和感情卻沒有多大變化。古代人的悲歡離合、喜怒哀樂，仍能在現代讀者的心靈中引起相應的情緒。讀者們當然可以覺得表現的手法拙劣，技巧不夠成熟，描寫殊不深刻，以美學觀點來看是低級的藝術作品。無論如何，我不想載甚麼道。我在寫武俠小說的同時，也寫政治評論，也寫與歷史、哲學、宗教有關的文字，那與武俠小說完全不同。涉及思想的文字，是訴諸讀者理智的，對這些文字，才有是非、眞假的判斷，讀者或許同意，或許只部份同意，或許完全反對。

對於小說，我希望讀者們只說喜歡或不喜歡，只說受到感動或覺得厭煩。我最高興的是讀者喜愛或憎恨我小說中的某些人物，如果有了那種感情，表示我小說中的人物已和讀者的心靈發生聯繫了。小說作者最大的企求，莫過於創造一些人物，使得他們在讀者心中變成活生生的、有血有肉的人。藝術是創造，音樂創造美的聲音，繪畫創造美的視覺形象，小說是想創造人物、以及人的內心世界。假使只求如實反映外在世界，那麼有了錄音機、照相機，何必再要音樂、繪畫？有了報紙、歷史書、記錄電視片、社會調查統計、醫生的病歷紀錄、黨部與警察局的人事檔案，何必再要小說？

這次第三次修改，改正了許多錯字訛字、以及漏失之處，多數由於得到了讀者們的指正。有幾段較長的補正改寫，是吸收了評論者與研討會中討論的結果。仍有許多明顯的缺點無法補救，限於作者的才力，那是無可如何的了。

在劉再復先生與他千金劉劍梅合寫的「父女兩地書」（共悟人間）中，劍梅小姐提到她曾和李陀先生的一次談話，李先生說，寫小說也跟彈鋼琴一樣，沒有任何捷徑可言，是一級一級往上提高的，要經過每日的苦練和積累，讀書不夠多就不行。我很同意這個觀點。我每日讀書至少四五小時，從不間斷，連續在中外大學中努力進修。這些年來，學問、知識、見解雖有長進，才氣卻長不了，因此，這些小說雖然改了三次，很多人看了還是要嘆氣。正如一個鋼琴家每天練琴二十小時，如果天份不夠，永遠做不了蕭邦、李斯特、拉赫曼尼諾夫、巴德魯斯基，連魯賓斯坦、霍洛維茲、阿胥肯那吉、劉詩昆、傅聰也做不成。

二〇〇一・一・二　於香港

目錄

李沅芷見老師發射金針釘死蒼蠅，好玩之極，推開書房房門，大叫：「老師，你教我這玩意兒！」

第一回　古道騰駒驚白髮　危巒擊劍識青翎

清乾隆十八年六月，陝西扶風延綏鎮總兵衙門內院，一個十四歲的女孩兒跳跳蹦蹦的走向教書先生書房。上午老師講完了《資治通鑑》上「赤壁之戰」的一段書，隨口講了些諸葛亮、周瑜的故事。午後本來沒功課，那女孩兒卻興猶未盡，要老師再講三國故事。這日炎陽盛暑，四下裏靜悄悄地，更沒一絲涼風。那女孩兒來到書房之外，怕老師午睡未醒，進去不便，於是輕手輕腳繞到窗外，拔下頭上金釵，在窗紙上刺了個小孔，湊眼過去張望。

只見老師盤膝坐在椅上，臉露微笑，右手向空中微微一揚，輕輕吧的一聲，好似甚麼東西在板壁上一碰。她向聲音來處望去，只見對面板壁上伏著幾十隻蒼蠅，一動不動。她甚覺奇怪，凝神注視，卻見每隻蒼蠅背上都插著一根細如頭髮的金針。這針極細，隔了這樣遠原是難以辨認，只因時交未刻，日光微斜，射進窗戶，金針在陽光下生出了反光。

書房中蒼蠅仍是嗡嗡嗡的飛來飛去，老師手一揚，吧的一聲，又是一隻蒼蠅給釘上了板壁。那女孩兒覺得這玩意兒比甚麼遊戲都好玩，轉到門口，推門進去，大叫：「老師，你教我這玩意兒！」

這女孩兒李沅芷是總兵李可秀的獨生女兒，是他在湘西做參將任內所生，給女兒取這名字，是紀念生地之意。

教書先生陸高止是位飽學宿儒，五十四五歲年紀，平日與李沅芷談古論今，師生間甚是相得。這一日陸高止受不了青蠅苦擾，發射芙蓉金針，釘死了數十隻，那知卻給女弟子在窗外偷看到了。他見李沅芷一張清秀明艷的臉蛋紅撲撲地顯得甚是興奮，當下淡淡的道：「唔，怎麼不跟女伴去玩兒，想聽諸葛亮三氣周瑜的故事，是不是？」李沅芷道：「老師，你教我這好玩的法兒？」陸高止道：「甚麼法兒呀？」

李沅芷道：「用金針釘蒼蠅的法兒。」說著搬了張椅子，縱身跳上，細細瞧了一會，把釘在蒼蠅身上的金針一枚枚拔下來，用紙抹拭乾淨，交還老師，說道：「老師，我知道，你這不是玩意兒，是非常高明的武功，你非教我不可。」她有時跟隨父親在練武場上盤馬彎弓，也學過一些武藝。陸高止微笑道：「你要學武功，扶風城周圍幾百里地，誰也及不上你爹爹武藝高強。」李沅芷道：「我爹爹只會用弓箭射鷹，可不會用金針射蒼蠅，你若不信，我便問爹爹去，看他會不會。」

陸高止沉吟半晌，知道這女弟子聰明伶俐，給父母寵得慣了，行事很有點兒任性，年紀說大不大，說小不小，嬌滴滴的可不易對付，於是點頭道：「好吧，明兒早你來，我教你。這會兒你自己去玩罷。我打蒼蠅的事不許跟別人說，不論是誰知道了，我就決不教你。」

李沅芷眞的不對人提起，整晚自個兒就想著這件事。第二天一早就到老師書房裏來，一推門，不見老師的人影，只見書桌上鎮紙下壓著一張紙條，忙拿起來看時，見紙上寫道：

「沅芷女弟靑覽：汝心靈性敏，好學善問，得徒如此，夫復何憾。然汝有立雪之心，而愚無時雨之化，三載濫竽，愧無教益，緣盡於此，後會有期。汝智變有餘，而端凝不足，古云福慧雙修，日後安身立命之道，其在修心積德也。愚陸高止白。」

李沅芷拿了這封信，怔怔說不出話來，淚珠已在眼眶中滴溜溜的打轉，心中只道：「老師騙人，我不來，我不來！」便在此時，忽然房門推開，跌跌撞撞的走進一個人來，正是那位已經留書作別的陸老師。但見他臉色慘白，上半身滿是血污，進得門來，搖搖欲墜，扶住椅子，晃了兩晃，便倒在椅上。李沅芷驚叫：「老師！」陸高止說得一聲：「關上門，別做聲！」就閉上眼不言不語了。李沅芷究是將門之女，平時掄刀使槍慣了的，雖然驚慌，還是依言關上了門。

陸高止緩了一口氣，說道：「沅芷，你我師生三年，總算相處不錯。我本以爲緣份已盡，那知還要碰頭。我這件事性命攸關，你能守口如瓶，一句不漏嗎？」說罷雙目炯炯，直望著她。李沅芷道：「老師，我聽你吩咐。」陸高止道：「你對令尊說，我病了，要休息半個月。」李沅芷答應了。陸高止又道：「你要令尊不用請大夫，我自己會調理。」隔了半晌，道：「你去吧！」

陸高止待李沅芷走後，掙扎著取出刀傷藥敷上左肩，用布纏好，不想這一費勁，眼前一黑，竟「哇」地吐了一大口血。

原來這位教書先生陸高止眞名陸菲青，是武當派的大俠，壯年時在大江南北行俠仗義，名震江湖，原是屠龍幫中一位響噹噹人物。屠龍幫是反清的秘幫，在雍正初年聲勢甚是浩大，後來雍正、乾隆兩朝厲行鎭壓，到乾隆七八年時，屠龍幫終於落得瓦解冰消。陸菲青遠走邊疆。當時清廷曾四下派人追拿，他爲人機警，兼之武功高強，得脫大難，但清廷繼續嚴加查緝。陸菲青想到「大隱隱於朝、中隱隱於市、小隱隱於野」之理，混到李可秀府中設帳教讀。清廷派出來搜捕他的，只想到在各處綠林、寺院、鏢行、武場等地尋找，那想得到官衙裏一位文質彬彬的教書先生，竟是武功卓絕的欽犯。

那晚陸菲青心想行藏已露，此地不可再居，決定留書告別。他行囊蕭然，只隨身幾件衣服，把一口白龍劍裹在裏面，打了個包裹，等到二更時分，便擬離去，別尋善地。

他盤膝坐在床上，閉目養神，遠遠聽到巡更之聲，忽然窗外一響，有人從牆外躍入。陸菲青躍下床來，隨手將長袍一角拽起，塞在腰帶裏，另一手將白龍劍輕輕拔出。

只聽得窗外一人朗聲發話道：「陸老頭兒，一輩子在這裏做縮頭烏龜，人家就找你不到嗎？乖乖跟爺們上京裏打官司去吧！」陸菲青心知來人當非庸手，也決不止一人，敵人在外以逸待勞，不出去不行，從窗中出去則立遭攻擊，當下施展壁虎遊牆功，悄聲沿壁直上，抓住天窗格子，喀喀兩聲，拉斷窗格，運氣揮掌一擊，於瓦片紛飛之中跳上屋頂。下面的人「咦」了一聲，一枝甩手箭打了上來，大叫：「相好的，別跑。」陸菲青側身讓過，低聲喝道：「朋友，跟我來。」展開輕功提縱術向郊外奔去，回頭只見三條人影先先後後的追來。

他一口氣奔出六七里地。身後三人邊追邊罵：「喂，陸老頭兒，虧你也算是個成名人物，這麼不要臉，想就此開溜嗎？」陸菲青渾不理睬，將三人引到扶風城西一個山崗上來。

他把敵人引到荒僻之地，以免驚動了東家府裏，同時把來人全數引出，免得己在明而敵在暗，中了對方暗算，奔跑之際，也可察知敵方人數和武功強弱。他腳下加緊，頃刻之間又趕出十餘丈，聽著追敵的腳步之聲，已知其中一人頗爲了得，餘下二人卻是平庸之輩。

陸菲青上得崗來，將白龍劍挿入劍鞘。三名追敵先後趕到，見他止步轉身，也不敢過份逼近，三人丁字形站著，一人在前，兩人稍後。陸菲青於月光下凝目瞧在前那人，見他五十上下年紀，又矮又瘦，黑黝黝一張臉，兩撇燕尾鬚，長不盈寸，精幹壯健，相貌依稀熟悉。他身後兩人一個身材甚高，另一人是個胖子。

那瘦子當先發話道：「陸老英雄，一晃十八年，可還認得焦文期麼？」陸菲青心中一凜：「果然是他？」

原來焦文期是關東六魔中的第三魔，十八年前在直隸濫殺無辜，給陸菲青撞上了，出手制止，當時手下留情，未曾趕盡殺絕，只打了他一掌。焦文期引爲奇恥大辱，誓報此仇，這次受了江南一家官宦巨室之聘，赴天山北路尋訪一個要緊人物，西來途中，無意間和陸菲青朝了相，認出了他，於是率領了陝西巡撫府中兩名高手，也不通知當地官府和李可秀，逕自前來尋仇拿人。

陸菲青拱手道：「原來是焦三爺，十多年不見，竟認不出來了。這兩位是誰，焦三爺給我引見引見。」焦文期皮笑肉不笑的哼了一聲，指著那胖子道：「這是我盟弟羅信，人稱鐵臂羅漢。」指著那高身材的人道：「這是兩湖豪傑玉判官貝二爺貝人龍。你們多親近親近。」羅信說了聲：「久仰。」貝人龍卻抬頭向天，微微冷笑。

陸菲青道：「三更半夜之際，竟勞動三位過訪，眞正意想不到。卻不知有何見教？」焦文期冷然道：「陸老英雄，十八年前，在下拜領過你老一掌之賜，這只怨在下學藝不精，總算骨頭硬，命不該絕，這幾年來多學到了三招兩式的毛拳，又想請你老別見笑，再行指點指點，這是爲私。你老名滿天下，朝廷裏要請你去了結幾件公案。我兄弟三人專誠拜訪，便是來促請大駕，這是爲公。」

陸菲青明知今晚非以武力了斷不可，但他爲人本就深沉，這些年來飽經憂患，處事更加穩重，拱手說道：「焦三爺，你我都是五六十歲的人了。當年在下得罪了你，這裏給你賠禮了！」說罷深深一揖。貝人龍「呸」了一聲，大聲罵道：「不要臉！」

陸菲青眸子一翻，冷冷的盯住了他，森然道：「陸某行走江湖，數十年來薄有微名，平生可沒做過一件給武林朋友們瞧不起的事。」轉頭向焦文期道：「焦三爺說找在下既是爲私，亦復爲公。當年咱們年輕好勝，此刻說來不值一笑。你焦三爺要算當年的過節，我這裏給你賠過了禮。至於說到公事，姓陸的還不致於這麼不要臉，去給滿淸韃子做鷹犬。你們要拿我這幾根老骨頭去升官發財，嘿嘿，請來拿吧！」他目光依次從三人臉上掃過，說道：「三位是一齊上呢？還是那一位先上？」

大胖子羅信喝道：「有你這麼多說的！」衝過來對準陸菲青面門就是一拳。陸菲青不閃不讓，待拳到面門數寸，突然發招，左掌直切敵人右拳脈門。羅信料不到對方來勢如此之快，連退三步，陸菲青也不追趕，羅信定了定神，施展五行拳又猛攻過來。

焦文期和貝人龍在一旁監視，兩人各有打算。焦文期是一心報仇，這些年來在鐵琵琶手上痛下功夫，本領已大非昔比，但當年領教過陸菲青的無極玄功拳，眞是非同小可，他想先讓羅信和貝人龍耗去對手大半氣力，自己再行上場，便操必勝。貝人龍卻只盼拿到欽犯，好讓巡撫給自己保薦一個功名。

羅信五行拳的拳招全取攻勢，一招甫發，次招又到，一刻也不容緩，金、木、水、火、土五行相生相長，連續不斷。他數擊不中，突發一拳，使五行拳「劈」字訣，劈拳屬金，劈拳過去，又施「鑽」拳，鑽拳屬水，長拳中又叫「沖天炮」，沖打上盤。陸菲青的招術則似慢實快。一瞬之間兩人已拆了十多招。以羅信的武功，怎能與他拆到十招以上？只因陸菲青近年來養氣自晦，知道羅信這些人只是貪圖功名利祿，天下滔滔，實是殺不勝殺，是以出手之際，頗加容讓。

這時羅信正用「崩」拳一掛，接著「橫」拳鬥胸，忽然不見了對方人影，急忙轉身，見陸菲青已繞到身後，情急之下，便想拉他手腕。他自恃身雄力大，不怕和對方硬拚，那知陸菲青長袖飄飄，倏來倏往，非但抓不到他手腕，連衣衫也沒碰到半點。羅信發了急，拳勢突變，以擒拿手雙手急抓。陸菲青也不還招，只在他身邊轉來轉去。數招之後，羅信見有可乘之機，右拳揮出，料到陸菲青必向左避讓，隨即伸手向他左肩抓去，一抓竟然到手，心中大喜，急忙加勁迴拉，那知便這麼一使勁，自己一個肥大的身軀竟爾平平的橫飛出去，蓬的一聲，重重實實的摔在兩丈之外。他但覺眼前金星亂迸，雙手急撐，坐起身來，半天摸不著頭腦，傻不愣的坐著發呆，喃喃咒罵：「媽巴羔子，奶奶雄，怎麼攪的？」

原來陸菲青使的是內家拳術中的上乘功夫，叫做「沾衣十八跌」。功力深的，敵人只要一沾衣服，就會直跌出去，乃當年「千跌張」傳下的秘術，其實也只是借勢運勁之法。陸菲青的功力還不能令敵人沾衣就跌，但羅信出盡氣力抓拉，手一沾身使力，就被他借勁摜出。

焦文期雙眉微皺，低聲喝道：「羅賢弟起來！」貝人龍默不作聲，冷不防的撲上前去，使招「雙龍搶珠」，雙拳向陸菲青擊去。只見陸菲青身子晃動，人影無蹤，隨覺背上被人一拍，只聽得背後說道：「你再練十年！」

貝人龍急轉迴身，又不見了陸菲青，忙想轉身，不意臉上啪啪兩聲，中了兩記耳光，手勁奇重，兩邊臉頰登時腫了起來。陸菲青喝道：「小輩無禮，今日教訓教訓你。」只因貝人龍適才言語刻薄，是以陸菲青一上來便以奇快的身法打他一個下馬威。這背上一拍，臉上兩掌，只消任何一招中稍加勁力，貝人龍便得筋碎骨斷，立時斃命。但他是武林前輩，也不和這些人一般見識。

焦文期眼見貝人龍吃虧，一個箭步跳上，人尚未到，掌風先至。陸菲青知道這關東六魔中第三魔非其餘二人可比，不敢存心戲弄，當下施展本門無極玄功拳，小心應付。焦文期的鐵琵琶手近年來功力大進，一記「手揮五絃」向陸菲青拂去，掌指似乎輕飄無力，可是虛虛實實，柔中帶剛，一臨近身就駢指似鐵，實兼鐵沙掌和鷹爪功兩家之長。

陸菲青見焦文期功力甚深，頗非昔比，低喝一聲：「好！」一個「虎縱步」，閃開正面，踏上一步，已到了焦文期右肩之側，右掌一招「划手」，向他右脥擊去。焦文期急忙側身分掌，「琵琶遮面」，左掌護身，右手「刀槍齊鳴」，弓起食中兩指向陸菲青點到。拆得七八招，陸菲青身形稍矮，一個「印掌」，掌風颯然，已沾對方前襟。他心存厚道，見焦文期數十年功力，不忍使之廢於一旦，這一掌只使了五成力，盼他自知慚愧，就此引退。

陸菲青手下留情，這一掌蘊勁回力，去勢便慢。焦文期明知對方容讓，竟然趁勢直上，乘著陸菲青哈哈一笑、手掌將縮未縮、前胸門戶洞開之際，突然左掌「流泉下山」，五指已在他左乳下猛力戳去。陸菲青出於不意，無法閃避，竟中了鐵琵琶手的毒招。但他究是武當名家，雖敗不亂，雙掌錯動，封緊門戶，連連解去焦文期的隨勢進攻，穩步倒退，一面調神凝氣，不敢發怒，自知身受重傷，稍有暴躁，今夜難免命喪荒山。

焦文期得手不容情，那肯讓對方有喘息之機，「銀瓶乍破」、「鐵騎突出」，鐵琵琶手中的厲害招術一招緊似一招。陸菲青低哼一聲，白龍劍出手，唰唰唰三招，全是進手招數。焦文期連閃帶跳，避了開去，大叫：「併肩子上啊，老兒要拚命！」

貝人龍更不打話，一對吳鉤劍分上下兩路，左奔咽喉，右刺前陰，向陸菲青攻來。吳鉤劍名雖是劍，實是雙鉤，不過鉤頭上多了一個劍尖，除了鉤法中的勾、拉、鎖、帶之外，還夾著雙劍的路子。雙鉤不屬十八般兵器之內，極爲陰狠難練，初學時稍有疏虞，不是被月牙護手所傷，便是拗勁掣肘，發不出招，但練成了之後，招數卻著實厲害。陸菲青見雙鉤一出，當即留神，展開柔雲劍術中「杏花春雨」、「三環套月」，接連進擊。羅信取出七節鋼鞭，衝上夾擊，力大招沉。陸菲青不敢以劍刃硬碰鋼鞭，劍走輕靈，削他手指。羅信「啊」的一聲，跳了開去。焦文期鐵牌一拍，錚錚有聲，向陸菲青後腦砸去。

焦文期是在洛陽韓家學的武藝。韓家鐵琵琶手至韓五娘而臻大成，除掌法外，兵器用的是一隻精鐵打成的琵琶。這琵琶兩邊鋒利，攻時如板斧，守時作盾牌，琵琶之腹中空，藏有十二枚琵琶釘，一物三用，端的厲害。焦文期嫌琵琶是女子彈弄之物，在江湖上使用出來，給口齒輕薄之人損上幾句可受不了，是以別出心裁，打造了一面鐵牌，形狀雖異，使用手法和師門所傳的鐵琵琶並無二致。

陸菲青聽得腦後風生，側首向左，鐵牌打空，回手長劍刺出。他柔雲劍術連綿不斷，焦文期橫鐵牌硬擋，白龍劍順著鐵牌之勢攻削而前。武術中不論拳腳還是兵器，一招既出，再次出招，自必收回再發，柔雲劍術的妙詣卻在一招之後，不論對方如何招架退避，第二招順勢跟著就來，如柔絲不斷，春雲綿綿。

貝人龍和羅信見焦文期被逼得手忙腳亂，忙從陸菲青身後左右攻上，三人一牌一鞭一對雙鉤，將他裹在中間。陸菲青這時胸口隱隱作痛，知道內傷起始發作，柔雲劍術雖然厲害，可是剛將一人纏住，另外二人立即從側面擊來，不得不分手招架，心道：「不想我陸菲青一世英雄，今日命喪鼠輩之手。」自忖心存忠厚，反遭暗算，不禁憤火中燒，一個氣往上衝，竟爾迭遇險招，沉氣轉念，眼見今日落敗，須當先脫此難，養好傷後，再報此仇不遲。他打算已定，既不求當場斃敵，便即心平氣和，內家武功講究的是心穩神定，這一凝神，一柄白龍劍四面八方將自身籠罩住了，任憑對方三人如何變招，再也攻不進來。

羅信叫道：「焦三哥，咱們纏住他，打不贏，還怕累不死他嗎？」焦文期道：

「對。待會兒羅兄弟割了老兒的頭去請功。」貝人龍道：「他那把劍好，焦三爺，我要了成麼？」他三人一吹二唱，竟把陸菲青當作死人看待，明著是要激他個心浮氣粗。

陸菲青向羅信唰唰兩劍，待他急閃退避，露出空隙，白龍劍「滿天花雨」四下圈揮，一個箭步，跳了開去。羅信狂喊：「不好，老兒要扯呼！」陸菲青展開輕功提縱術，向山下跑去，既已脫出包圍，料得這三人輕功不及自己，再也追趕不上。焦文期一按鐵牌上機括，三枚琵琶釘帶著一股勁風向他背心射來。陸菲青揮劍打飛射向上盤的兩枚琵琶釘，雙腳跳起，躲開了射向下三路的一枚。他知琵琶釘上全是倒刺，一射進肉裏，有如生根，如用力扯拔，非連肉拉下來一大塊不可，若伸手去接，亦上大當。他躲過暗器，正想飛奔下山，腳下一個踉蹌，一口氣竟然提不上來，同時胸口劇痛，眼前一片昏黑。

焦羅貝三人見他腳步散亂，知他內傷發作，心中大喜，又圍了上來。陸菲青舞劍奮戰，四人又拆了十幾招。陸菲青只覺右膀每一用力，便牽連左胸劇痛，當下劍交左手，一路左手劍向焦文期逼去。他這左手劍使的全是反手招術，和尋常劍術反其道而行，焦文期出其不意，連退數步。陸菲青得此良機，左手劍「白虹貫日」向貝人龍刺去。貝人龍識得此招，向右閃讓，不料左手劍方位相反，他向右閃，左手劍順手跟來。貝人龍大駭，躲避不及，急中生智，一摔倒地，幾個翻身，滾了開去。陸菲青正待要趕，腦後風生，羅信的鋼鞭「泰山壓頂」砸了下來，陸菲青雙腳不動，上身左讓，伸手疾探，快如閃電，已點中羅信的「幽門穴」，羅信的鋼鞭仍然猛砸而下，但穴道被點，登時軟倒，五指伸開，鋼鞭餘勢不衰，打在山石之上，火花四濺，反彈起來。就在此時，焦文期的三枚琵琶釘已飛到背後，陸菲青聽得暗器風聲勁急，向前縱跳或左右趨避都已不及，隨手拉起軟癱在地的羅信一擋。「嘿」的一聲，三枚琵琶釘兩中前胸，一中小腹，羅信登時斃命。焦文期見暗器反而傷了自己盟弟，急怒攻心，提起鐵牌，狠狠向陸菲青砸去。

貝人龍挺雙鉤又攻上來，陸菲青長劍刺出，貝人龍見劍勢凌厲，向左躍開，焦文期鐵牌跟著砸到。陸菲青眼見如回身招架，貝人龍勢必又上，敵人雖已少了一個，自己傷處卻也越來越痛，當下並不回頭，俯身向前，將鐵牌來勢消了大半，可是畢竟未能全避，鐵牌刃鋒在他左肩劃了一條大口子。焦文期正在大喜當口，忽見白光閃動，白龍劍在面前急掠而過，直向貝人龍飛去。貝人龍大驚，舉吳鉤劍一擋，雖然擋到，但陸菲青用足功力，以大摔碑手重手法擲出，吳鉤之力未能擋開，白龍劍自他前胸刺入，後背穿出，竟將他釘在地下。

便在這一瞬之間，陸菲青突然回身，焦文期未及收回鐵牌，只感到臉上一陣劇痛，眼前發黑。原來陸菲青肩上受他鐵牌一擊，飛擲長劍，回手甩出一把芙蓉金針向他臉上射去，這一下相距既近，出手又快，金針眾多，萬萬無法閃避，焦文期雙目全被打瞎。

陸菲青乘他雙手在臉上亂抓亂摸之際，一個連枝交叉步，雙拳「拗鞭」，當堂將他斃於拳下。

陸菲青施展平生絕技，以點穴手、大摔碑手、芙蓉金針，刹那間連斃三敵。

荒山上寒風凜冽，一勾殘月從雲中現出，照見橫在亂石上的三具屍首，遠林中夜梟怪聲淒叫，他近十年來手下已沒殺過人，這一次被迫斃敵，不禁搖了搖頭，撕下衣襟，包了左肩上的傷口，靜立調勻呼吸，然後拔起寶劍，拭淨入鞘。他生恐留下了綫索，把焦文期臉上金針起出收好，然後把三具屍體拋入荒山崗下。

當時氣喘力竭，全身血污，自忖如去投店，必定引人疑心，還是回到李家換衣洗淨之後再行離去，那知李沅芷清晨已在書房。等李沅芷退出，他一倒上床，胸口奇痛，竟自昏了過去。也不知過了多少時候，迷迷糊糊中只覺得有人相推，聽得有人呼叫：「老師！老師！」他緩緩睜眼，見李沅芷站在床前，一臉驚疑之色，旁邊還有一位大夫。

經過兩個多月的調養，仗著他內功精純，再加李沅芷央求父親聘請名醫，購買良藥，內傷終於治好了。這兩個多月中李沅芷妥爲護侍，盡心竭力。

這一日，陸菲青支使開了書僮，對李沅芷道：「沅芷，我是甚麼樣的人，雖然你未必清楚，但也不見得完全不知。這次我遭逢大難，你這般盡心服侍，大丈夫恩怨分明，我可不能一走了之啦。那手金針功夫就傳給你吧。」李沅芷大喜，跪下來恭恭敬敬的叩了八個頭，她跟陸菲青讀書學文，本已拜過師，這時是二次拜師。陸菲青微笑著受了，說道：「你悟性甚高，學我這派武功原是再好不過。只是……」說到這裏，沉吟不語。

李沅芷忙道：「老師，我一定聽你的話。」陸菲青道：「令尊的所作所為，老實說我是大大的不以為然，將來你長大成人，盼你明辨是非，分得清好歹。你拜我為師，就須嚴守師門戒條，可做得到嗎？」李沅芷道：「弟子不敢違背老師的話。」陸菲青道：「你將來要是以我傳你的功夫為非作歹，我取你小命易如反掌。」他說這句話時聲色俱厲，李沅芷嚇得不敢做聲，過了一會，笑道：「師父，我乖乖的，你怎捨得殺我呢？」

從那天起，陸菲青便以武當派的入門功夫相授，教她調神練氣，先自十段錦練起，再學三十二勢長拳，既培力、亦練拳，等到無極玄功拳已有相當火候，再教她練眼、練耳、打彈子、發甩手箭等暗器的基本功夫。匆匆兩年有餘，李沅芷既用功又聰明，進步極快。其時李可秀已調任甘肅安西鎮總兵。安西北連哈密，西接大漠，乃關外重鎮。

再過兩年多，陸菲青把柔雲劍術和芙蓉金針也都教會了她。這五年之中，李沅芷把金針、劍術、輕功、拳技，都學了個全，所差的就是火候未到，經驗不足。她遵從師父吩咐，跟他學武之事一句不露，每天自行在後花園習練，好在她自小愛武，別人也不生疑。大小姐練武功，女使看了不懂，男僕不敢多看。

李可秀精明強幹，官運亨通，乾隆二十三年在平定伊犁一役中有功，朝旨下來，升任浙江水陸提督，節制定海、溫州等五鎮，統轄提標五營，兼轄杭州等城守協，太湖、海寧等水師營。李沅芷自小生長在西北邊塞之地，現今要到山明水秀的江南去，自是說不出的高興，磨著陸菲青同去。陸菲青離內地已久，想到舊地重遊，良足暢懷，也就欣然答應。

李可秀輕騎先行赴任，撥了二十名親兵、一名參將護送家眷隨後而來。參將名叫曾圖南，年紀四旬開外，微留短鬚，精神壯旺，體格雄健，使一手六合槍。他是靠眞本領和軍功升上來的，很得李可秀信任。

一行人帶十幾匹騾馬。李夫人坐在轎車之中。李沅芷長途跋涉，整天坐在轎車裏嫌氣悶，但是官家小姐騎了馬抛頭露面，到底不像樣，於是改穿了男裝，這一改裝，竟是異樣的英俊風流，說甚麼也不肯改回女裝。李夫人只好笑著嘆口氣，由得她了。

這一日夕陽西垂，陸菲青騎在馬上，遠遠落在大隊之後，縱目四望，只見夜色漸合，長長的塞外古道上，除了他們這一大隊騾馬人伙外，惟有黃沙衰草，陣陣歸鴉。驀地裏一陣西風吹來，陸菲青長吟道：「將軍百戰身名裂，向河梁，回首萬里，故人長絕。易水蕭蕭西風冷，滿座衣冠似雪。正壯士悲歌未徹……」心道：「辛稼軒這首詞，正可為我心情寫照。當年他也如我這般，眼見莽莽神州淪於夷狄，而虜勢方張，規復難期，百戰餘生，兀自慷慨悲歌。」這時他已年近六十，雖然內功深湛，精神飽滿，但鬚眉皆白，又想：「我滿頭鬚髮似雪，九死之餘，只怕再難有甚麼作爲了。」馬鞭一揮，縱馬追上前去。

騾隊翻過一個山崗，眼看天色將黑，騾夫說再過十里地就到雙塔堡，那是塞外一個大鎮，預定當晚到鎮上落店。正在此時，陸菲青忽聽得一陣快馬奔馳之聲，前面征塵影裏，兩匹棗騮馬八蹄翻飛，奔將過來，眨眼之間已旋風似的來到跟前。馬上兩人伏腰勒韁，斜刺裏從騾隊兩旁直竄過去。

陸菲青在一照面中，已看出這兩人一高一矮，高者眉長鼻挺，臉色白淨，矮者滿臉精悍之氣。他拍馬追上李沅芷，低聲問道：「這兩人你看清楚了麼？」李沅芷喜道：「怎麼？是綠林道麼？」她巴不得這二人是劫道的強徒，好顯一顯五年來辛辛苦苦學得的本領。陸菲青道：「現下還瞧不準，不過看這兩人的身手，不會是綠林道探路的小夥計。」李沅芷奇道：「這兩人武功挺好？」陸菲青道：「瞧他們的騎術，多半不是庸手。」

大隊快到雙塔堡，對面馬蹄聲起，又是兩乘馬飛奔而來，掠過騾隊。陸菲青道：「咦，這倒奇了。」這時暮靄蒼茫，一路所經全是荒漠窮鄉，眼見前面就是雙塔堡，怎麼這時反而有人從鎮上出來，除非身有要事而存心趕夜路了。

行不多久，騾隊進鎮，曾參將領著騾隊轎車，逕投一家大店。

李沅芷和母親住著上房。陸菲青住了間小房，用過飯，店夥掌上燈，正待休息，夜闌人靜，犬吠聲中，隱隱聽得遠處一片馬蹄之聲。陸菲青暗想：「這時候還緊自趕路，到底有甚麼急事？」追思路上接連遇到的四人，暗忖這事有些古怪。蹄聲得得，越行越近，直奔到店前，馬蹄聲一停，敲門聲便起。只聽得店夥開門，說道：「你老辛苦。茶水酒飯都預備好啦，請進來用吧！」一人粗聲說道：「趕緊給餵馬，吃了飯還得趕路。」店夥連聲答應。腳步聲進店，聽來共是兩人。

陸菲青心下思量：這夥人一批批奔向安西，看他們馬上身法都是身負武功之人，在塞外這多年，這樣的事兒倒還眞少見。他輕輕出了房門，穿過三合院，繞至客店後面，只聽得剛才粗聲說話那人道：「三哥，你說少舵主年紀輕輕，這夥兄弟他鎭得住麼？」陸菲青循聲走到窗下，他倒不是存心竊聽別人陰私，只是這夥人路道奇特，自己身上負著重案，不得不處處小心提防。只聽屋裏另一人道：「鎭不住也得鎭住。這是老當家遺命，不管少舵主成不成，咱們總是赤膽忠心的保他。」這人出聲洪亮，中氣充沛，陸菲青知他內功精湛，不敢弄破窗紙窺探，只屏息傾聽。只聽那粗嗓子的道：「那還用說？就不知少舵主肯不肯出山。」另一人道：「那倒不用擔心，老當家的遺命，少舵主自會遵守。」他說這個「守」字，帶了南方人的濃重鄉音。

陸菲青心中一震：「怎地聲音好熟？」仔細一琢磨，終於想起了，那是從前在屠龍幫時的好友趙半山。那人比他年輕十歲，是溫州王氏太極門掌門大弟子。兩人時常切磋武藝，互相都很欽佩。至今分別近二十年，算來他也快五十歲了。屠龍幫風流雲散之後，一直不知他到了何處，不意今日在塞外相逢，他鄉遇故知，這份欣慰不可言喻。他正想出聲認友，忽然房中燈火陡黑，一枝袖箭射了出來。

這枝袖箭可不是射向陸菲青，人影一閃，有人伸手把袖箭接了去。那人一長身，張口便欲叫陣。陸菲青縱身過去，低聲喝道：「別作聲，跟我來！」那人正是李沅芷。窗內毫無動靜，沒人追出。

陸菲青拉著她手，蛇行虎伏，潛行窗下，把她拉入自己店房。燈下一看，見她已換上了夜行裝束，但仍是男裝，也不知是幾時預備下的，臉上一副躍躍欲試的神情，不禁又好氣又好笑，當下莊容說道：「沅芷，你知那是甚麼人？幹麼要跟他們動手？」這一下可把李沅芷問得張口結舌，答不上來，呆了半晌，才忸怩道：「他們幹麼打我一袖箭？」她自是只怪別人，殊不知自己偷聽旁人陰私，已犯了江湖大忌。陸菲青道：「這兩人如不是綠林道，就是幫會中的。內中一人我知道，武功決不在你師父之下。他們定有急事，是以連夜趕路。這枝袖箭也不是存心傷人，只不過叫你別多管閒事。眞要射你，怕就未必接得住。快去睡吧。」說話之間，只聽開門聲、馬蹄聲，那兩人已急速走了。給李沅芷這樣一鬧，陸菲青心想這時去會老友，多有不便，也不追出去相見。

次日騾隊又行，出得鎮來，走了一個多時辰，離雙塔堡約已三十里。李沅芷道：「師父，對面又有人來了。」只見兩騎棗紅馬奔馳而來。有了昨晚之事，師徒倆對迎面而來之人都留上了心。兩匹馬一模一樣，神駿非凡，更奇的是馬上乘客也一模一樣，都是四十左右年紀，身裁又高又瘦，臉色蠟黃，眼睛凹進，眉毛斜斜的倒垂下來，形相甚是可怖，顯然是一對孿生兄弟。

這兩人經過騾隊時都怪目一翻，向李沅芷望了一眼。李沅芷也向他們瞪了個白眼，把馬一勒，一副要打架不妨上來的神色。這兩人毫不理會，逕自催馬西奔。李沅芷道：「那裏找來這麼一對瘦鬼？」

陸菲青見這兩人的背影活像是兩根竹竿插在馬上，驀地醒覺，不由得失聲道：「啊，原來是他們！」李沅芷忙問：「師父識得他們？」陸菲青道：「那定是西川雙俠，江湖上人稱黑無常、白無常的常家兄弟。」李沅芷噗嗤一笑，說道：「他們姓得眞好，綽號也好，可不是一對無常鬼嗎？」陸菲青道：「女孩子家別風言風語的，人家長得難看，本領可不小！我跟他們沒會過面，但聽人說，他倆是雙生兄弟，從小形影不離。哥兒倆也不娶親，到處行俠仗義，闖下了很大的萬兒來。尊敬他們的稱之爲西川雙俠，怕他們的就叫他倆黑無常、白無常。」李沅芷道：「這兩人不是一模一樣嗎？怎麼又有黑白之分？」

陸菲青道：「聽人說，常家兄弟身材相貌完全一樣，就是哥哥眼角上多了一粒黑痣，是以起名叫做常赫志，弟弟沒痣，叫常伯志。他們是青城派慧侶道人的徒弟。慧侶道人一死，黑沙掌的功夫，江湖上多半沒人在他二人之上了。這兩兄弟是川江上著名的俠盜，一向劫富濟貧，不過心狠手辣，因此得了這難聽的外號。」李沅芷道：「他們到這邊塞來幹麼呀？」陸菲青道：「我也眞捉摸不定，從來沒聽說他兩兄弟在塞外做過案。」李沅芷道：「這對無常鬼要是敢來動我們的手，就讓他們試試師父的白龍劍。」剛才這對兄弟瞪了她一眼，姑娘心中可不樂意了，不好意思說「試試姑娘的寶劍」，就把師父先給拉扯上。陸菲青道：「聽說他兄弟從不單打獨鬥，對付一個是兩哥兒齊上，對付十個也是兩哥兒齊上。」他乾笑一聲，說道：「你師父這把老骨頭，怕經不起他們四隻手掌敲打呢！」

說話之間，前面馬蹄聲又起。這次馬上乘的是一道一俗。道人背負長劍，臉色蒼白，滿是病容，只有一隻右臂，左手道袍空空的袖子束在腰裏。另一人是個駝子，衣服極爲光鮮。李沅芷見這駝子相貌醜陋，服飾卻如此華麗，不覺笑了一聲，說道：「師父，你瞧這駝子！」陸菲青待要阻止，已然不及。

那駝子怒目橫瞪，雙馬擦身而過之際，突然伸臂向李沅芷抓來。那道人似乎早料到駝子要生氣，不等李沅芷避讓，就伸馬鞭一擋，攔開了他這一抓，說道：「十弟，不可鬧事！」這只是一瞬間之事，兩匹馬已交錯而過。

陸菲青和李沅芷回頭望去，只見駝子揮鞭在他自己和道人的馬上各抽一鞭，兩匹馬疾馳而前，那駝子突然間一個「倒栽金鐘」，在馬背上一個倒翻觔斗，跳下地來，雙腳在地上交互三點，已向李沅芷撲了過來。李沅芷長劍在手，謹守師父所授「敵未動，己不動」的要訣，劍尖微顫，卻不發招。那駝子可也奇怪，並不向她攻擊，左手探出，竟一把拉住她坐騎的尾巴。那馬正在奔馳，忽被拉住，長嘶一聲，前足人立起來。駝子神力驚人，只給馬拉得衝前兩步，伸出右掌，在拉得筆直的馬尾上一劃，馬尾立斷，如經刀割。馬匹直衝出去，李沅芷嚇了一跳，險些掉下馬來。她回手揮劍向駝子砍去，距離已遠，卻那裏砍得著？駝子回頭便跑。他身矮足短，奔跑卻是極快，有如滾滾黃沙中裹著一個肉球向前捲去，頃刻間已追及那疾馳向西的坐騎，飛躍上馬，不一會就不見蹤影了。

李沅芷被駝子這麼一鬧，氣得想哭，委委屈屈的叫了一聲：「師父！」

陸菲青一切全瞧在眼裏，不由得蹙起眉頭，本想埋怨幾句，但見她雙目瑩然，珠淚欲滴，就忍住不說了。

正在這時，忽聽身後傳來一陣「我武——維揚——」「我武——維揚——」的喊聲。

李沅芷甚是奇怪，忙問：「師父，那是甚麼？」陸菲青道：「那是鏢局裏趟子手喊的趟子。每家鏢局子的趟子不同，喊出來是通知綠林道和同道朋友。鏢局走鏢，七分靠交情，三分靠本領，鏢頭手面寬，交情廣，大家賣他面子，這鏢走出去就順順利利。綠林道的聽得趟子，知是某人的鏢，本想動手拾的，礙於面子也只好放他過去。這叫作『拳頭熟不如人頭熟』。要是你去走鏢哪，嘿，這樣不上半天就得罪了多少人，本領再大十倍，那也是寸步難行。」李沅芷一聽，敢情師父是借題發揮，在教訓人啦，心道：「我幹麼要去走鏢哪？」可是不敢跟師父頂嘴，笑道：「師父，我是錯了嘛！師父，那喊的是甚麼鏢局子啊？」陸菲青道：「那是北京鎮遠鏢局，北方可數他最大啦。奉天、濟南、開封、太原都有分局。總鏢頭本是威鎮河朔王維揚，現下總有七十歲了罷？聽他們喊的趟子仍是『我武維揚』，那麼他還沒告老收山。唉，見好也該收了，鎮遠鏢局發了四十年財，還不知足麼？」

李沅芷道：「師父識得他們總鏢頭麼？」陸菲青道：「也會過面。此人憑一把八卦刀、一對八卦掌，當年打遍江北綠林無敵手，也眞稱得上威震河朔！」李沅芷很是高興，道：「他們鏢車走得快，待會兒趕了上來，你給我引見，讓我見見這位老英雄。」

陸菲青道：「他自己怎麼還會出來？真是傻孩子。」

李沅芷老是給師父數說，滿不是味兒，她知自己江湖上的事情全然不懂，心裏嘀咕：「我不懂，就說給我聽嘛，幹麼老罵人家？」拍馬追上騾車去和母親說話解悶，回頭一看自己的馬，尾巴給駝子弄斷了，也不禁暗暗吃驚，心想一掌打斷一桿槍並不稀奇，馬尾巴是軟的，怎能用手割斷？勒馬想等師父上來請問，一轉念間，又賭氣不問了，追上了曾圖南，道：「曾參將，我的馬尾巴不知怎麼斷了，真難看。」說著嘟起了嘴。曾圖南知她心意，道：「我這坐騎不知怎麼搞的，今兒老是鬧倔脾氣，說甚麼也制牠不了。小姐騎術好，勞你的駕，幫我治一下行麼？」李沅芷謙遜一句：「怕我也不成。」兩人換了坐騎。曾參將那馬其實乖乖的，半點脾氣也沒有。曾參將還讚一句：「小姐，真有你的，連馬也服你。」

李夫人怕大車走快了顛簸，是以這隊人一直緩緩而行。但聽得鏢局的趟子聲越喊越近，不一會，二十幾匹騾馱趕了上來。

陸菲青怕有熟人，背轉了身，將一頂大草帽遮住半邊臉，偷看馬上鏢師。七八名鏢師縱馬經過，只聽一名鏢師道：「聽韓大哥說，焦文期焦三哥已有了下落。」陸菲青吃了一驚。回頭看那鏢師，幌眼間只看到他滿臉鬍子，黑漆漆的一張長臉，等他擦身而過，見他背上負著一個紅布包袱，還有一對奇形兵器，竟是外門中的利器五行輪，尋思：「遮莫關東六魔做了鏢師？」關東六魔除焦文期外，其餘五人都未見過，只知盡皆武藝高強，五魔閻世魁、六魔閻世章都使五行輪，外家硬功夫甚是了得。

他心下盤算，這次出門來遇到不少武林高手，鎮遠鏢局看情形眞的是在走鏢，那也罷了，另外那些人倘若均是爲己而來，可不免凶多吉少，避之猶恐不及，偏偏這個女弟子少不更事，不斷去招惹人家。不過看情形又不像是爲自己而來，趙半山是好朋友，決不致不念舊情。那麼他們一批一批西去，又爲的何來？

李沅芷和曾參將換了坐騎，見他騎了沒尾巴馬，暗自好笑，勒定了馬等師父過來，笑道：「師父，怎麼對面沒人來了？從昨天算起，已有五對人往西去了，我倒眞想再見識見識幾位英雄好漢。」

一句話提醒了陸菲青，他一拍大腿，說道：「啊，老胡塗啦，怎麼沒想到『千里接龍頭』這回事。」只因心中掛著自己的事，儘往與自己有關的方面去推想，那知全想岔了。李沅芷道：「甚麼『千里接龍頭』？」陸菲青道：「那是江湖上幫會裏最隆重的禮節，通常是幫會中行輩最高的六人，一個接著一個前去迎接一個人，最隆重的要出去十二人，一對一對的出去。現今已過了五對，那麼前面一定還有一對。」李沅芷道：「他們是甚麼幫會？」陸菲青道：「這可不知道了。」又道：「你看西川雙俠和那駝子都是這幫會的，聲勢當眞非同小可。千萬別再招惹，知道麼？」李沅芷嘴上答應，心裏可大不服氣，一心要看看前面來的又是何等樣人。

午時打過了尖，對面仍無人來，陸菲青暗暗納罕，覺得事出意外，難道所料不對？心想連趙半山都是這幫會中人，這幫會自是十分了不起，自己十年來隱姓埋名，與江湖朋友不通聲氣，江湖上的大事全無知聞，眞正是老得不中用了。正自暗暗嘆氣，豈知前面沒人來，後面倒來了人，只聽得一陣駝鈴響，塵土飛揚，一大隊沙漠商隊趕了上來。

待得漸行漸近，只見數十匹駱駝夾著二三十匹馬，乘者都是回人，高鼻深目，滿臉濃鬚，頭纏白布，腰懸彎刀。回族商人從回部到關內做生意，事屬常有，陸菲青也不以爲意。突然間眼前一亮，一個黃衫女郎騎了一匹青馬，縱騎小跑，輕馳而過。那女郎秀美中透著一股英氣，光采照人，當眞是麗若冬梅擁雪，露沾明珠，神如秋菊披霜，花襯溫玉，兩頰暈紅，霞映白雲，雙目炯炯，星燦月朗。

陸菲青見那回族少女人才出衆，不過多看了一眼，李沅芷卻瞧得呆了。她自幼生長西北邊塞，一向也沒見過幾個頭臉齊整的女子，更別說如此好看的美人了。那少女和她年事相仿，大約也是十八九歲，腰插匕首，長辮垂肩，一身鵝黃衫子，頭戴金絲繡的小帽，帽邊插了一根長長的翠綠羽毛，革履青馬，旎旖如畫。那黃衫女郎縱馬而過，李沅芷情不自禁，催馬跟去，目不轉瞬的盯著她。

黃衫女郎見一個美貌的漢人少年痴痴相望，臉一紅，叫了一聲「爹！」一個身材高大、滿頰濃鬚的回人拍馬過來，在李沅芷肩上輕輕一拍，說道：「喂，小朋友，走道麼？」李沅芷「唔」了一聲，還沒會意自己女扮男裝，這般呆望人家閨女可顯得十分浮滑無禮。那黃衫女郎只道李沅芷心存輕薄，手揮馬鞭一圈，已裹住她坐騎的鬃毛，回手一拉，登時扯下了一大片毛來。那馬痛得亂跳亂縱，險些把她顛下馬來。黃衫女郎長鞭在空中一揮，噼啪一聲，扯下來的馬毛四散亂飛。

李沅芷心頭火起，摸出一枝鋼鏢，向黃衫女郎後心擲去，可也沒存心傷她，倒轉鋼鏢，尖頭在後，叫聲：「喂，小姑娘，鏢來啦！」那女郎身子向左一偏，鏢從右肩旁掠過，射向前面，待鋼鏢飛至身前丈許，手中長鞭捲出，鞭梢革繩已將鋼鏢捲住拉回，順手向後揮出，叫道：「喂，小夥子，鏢還給你！」手勢不勁，鋼鏢緩緩向李沅芷胸前倒飛而來，李沅芷伸手接住。

沙漠商隊人眾見了黃衫女郎這手馬鞭絕技，都大聲喝采。她父親卻臉有憂色，低聲向她說了句甚麼話。黃衫女郎答應道：「噢，爹！」也不再理會李沅芷，縱馬向前，數十匹駝馬跟著絕塵而去。眼見他們追過李夫人所乘騾車和護送兵丁，塵沙揚起，蹄聲漸遠。

陸菲青漫不在意，笑道：「能人好手，所在都有，這句話現下信了吧？這個黃衫姑娘年紀跟你差不多，剛才露這一手可佩服了？」李沅芷道：「這些回回白天黑夜都在馬上，馬鞭兒自然耍得好，可也未必有甚麼眞正武功。」陸菲青嘻嘻一笑，道：「是麼？」

傍晚到了布隆吉，鎭上只一家大客店，叫做「通達客棧」。店門前插了「鎭遠鏢局」的鏢旗，原來路上遇到的那枝鏢已先在這裏歇了。李夫人等一行也即投宿。這家客棧接連招呼兩大隊人，夥計忙得不可開交。

陸菲青洗了臉，手裏捧了一壺茶，慢慢踱到院子裏，只見大廳上有兩桌人在喝酒吃飯。那揹負紅布包袱的鏢師背上兵器已卸了下來，但那包袱仍然揹著，正在高談闊論。

陸菲青手裏捧了茶壺，假裝抬頭觀看天色，只聽一名鏢師笑道：「閻五爺，你將這玩意兒平平安安的送到京城，兆惠將軍還不賞你個千兒八百的嗎？又好去跟你那小喜寶樂上一樂啦！」陸菲青心說：「果然是關東六魔中的第五魔閻世魁。」當下更加留上了神。那閻世魁道：「賞金嗎？嘿，那誰也短不了……」他話還未說完，一個陰陽怪氣的聲音插嘴道：「就只怕小喜寶已經跟了人，從了良啦。」陸菲青斜眼看去，見說話那人相貌猥瑣，身形瘦削，但也是一身鏢師打扮。閻世魁心中不快，「哼」了一聲。第一個說話的鏢師道：「童兆和你這東西，總沒好話。」那童兆和仍是有氣沒力的道：「從良不是好話？好吧，我說小喜寶做一輩子的窯姐兒，到死翻不了身。」閻世魁破口大罵：

「你媽才做一輩子窯姐兒。」童兆和笑道：「成，我叫你乾爹。」

陸菲青聽這夥人言不及義，聽不出甚麼名堂，正想走開，只聽童兆和道：「閻五爺，玩笑是玩笑，正經歸正經。你可別想小喜寶想昏了頭，背上這紅包袱給人家拾了去。你腦袋搬家事小，咱們鎮遠鏢局四十年的威名可栽不起。」閻世魁怒道：「童家小子，你望安吧，這批回回想從你閻五爺手上把這玩意兒奪回去，教他們快死了這條心。我閻世魁關東六魔的名頭，可是靠眞功夫掙來的，不像有些小子在鏢行裏混，除了能吃飯，就是會放屁！」陸菲青望了望他背上那紅布包袱，見包袱不大，看來所裝的東西也很輕巧。只聽童兆和道：「關東六魔的名頭的確不小，就可惜第三魔給人家做了，連仇人是誰也不知道。」閻世魁一拍桌子道：「誰說不知道？那定是紅花會害的。」

陸菲青心想：「這倒奇了，焦文期明明是我殺的，他們卻寫在紅花會帳上。紅花會又是怎麼回事？」他慢慢走到院子裏去撫弄花木，離衆鏢客更加近了。

童兆和嘴頭上絲毫不肯放鬆：「我可惜沒骨氣，只會吃飯放屁。只要我不是孫子哪，早就找紅花會算帳去啦。」閻世魁給他氣得發抖，說不出話來。一名鏢師出來打圓場，道：「紅花會總舵主于萬亭上個月死在無錫，江湖上誰都知道。人家沒了當家的，你找誰去？再說，焦三爺給紅花會害死，又沒見證，誰瞧見啦？你找上門去，人家來個不認帳，你有甚麼法子？」童兆和沒了話，自己解嘲：「紅花會咱們不敢惹，欺侮回回還不敢麼？他們當作性命寶貝的玩意兒咱們給搶了來，以後兆將軍要銀子要牛羊，他們敢不雙手送上嗎？我說閻五爺，你也別想你那小喜寶啦，敢情回京求求兆將軍，讓他給你一個回回女人做小老婆，可有多美……」

正說得得意，忽然啪的一聲，不知那裏一塊泥巴飛來，剛塞在他嘴裏。童兆和啊啊啊的叫不出聲來。兩名鏢師抄起兵刃，趕了出去。閻世魁站起身來，把身旁五行輪提在手裏。他弟弟閻世章聞聲趕來，兩兄弟站在一起，並不追敵，顯是怕中了敵人的調虎離山之計。童兆和把泥塊吐了出來，王八羔子、祖宗十八代的亂罵。閻世章冷冷的道：「一向只聽說狗吃屎，今兒可長了見識，連泥巴也吃起來啦！」

鏢師戴永明、錢正倫一個握了條軟鞭，一個挺著柄單刀，從門外奔回，說：「點子逃啦，沒瞧見。」

這一切陸菲青全看在眼裏，見那口齒輕薄的童兆和一副狼狽相，心中暗自好笑，忽然瞥見東牆角上人影一閃。他裝著沒事人般踱方步踱到外面，其時天色已黑，他躲在客店西牆腳下，只見一條人影從屋角跳下，落地無聲，向東如飛奔去。

陸菲青想見識這位請童兆和吃泥巴的是何等樣人物，施展輕功，悄沒聲的跟在後面，雙手仍是捧著茶壺，長衫也不捋起。他數十年苦練的輕功直是非同小可，雖然出步迅速，前面那人卻絲毫未覺。片刻之間，兩人奔出了五六里地。前面那人身材苗條，體態婀娜，似乎是個女子，但輕功也甚高明。過了個山坡，前面黑壓壓一片森林，那人直穿入林中，陸菲青也跟著追去。樹林中落葉枯枝，滿地皆是，一踏上去，沙沙作聲，他怕那人發覺。腳步稍慢，一瞬之間，已不見了那人的影子。忽然雲破月現，一片清光在林隙樹梢上照射下來，滿地樹影凌亂，遠處黃衫一閃，那人已出了樹林。

他跟到樹林邊緣，掩在一株大樹後面向外張望，林外一大片草地，搭著八九個帳篷。他好奇心起，有心要窺探一番，靜待兩名守望者轉過身去，提氣一個「燕子三抄水」，躍到了帳篷外一匹駱駝身後，守望者並未發覺。他彎身走到中間一座最大的帳篷背後，伏下地來，帳篷裏有人在慷慨激昂的說話，話是回語，說的又快，他雖在塞外多年，這篇話卻大半不懂，當下輕輕掀起帳幕底腳一角，向裏張望。

帳篷中點著兩盞油燈，許多人坐在地氈之上，便是白天遇到的那回人商隊。這時一個清脆的聲音咭咭咯咯的說起話來，陸菲青移眼望去，見說話的正是那黃衫少女。她話聲一停，手腕翻處，從腰間拔出一把精光耀眼的匕首。

她用匕首刀尖在自己左手食指上一刺，幾滴鮮血滴在馬乳裏。帳篷中其餘的回人也都紛紛拔出佩刀，滴血乳中。黃衫女郎叫他「爹」的那高個子回人舉起杯子，大聲說了幾句話。陸菲青只聽懂幾個字，甚麼「可蘭經」、「故鄉」。那黃衫女郎跟著又說，語音朗朗，似乎是說：「不奪回神聖的可蘭經，誓死不回故鄉。」一衆回人都轟然宣誓。黯淡燈光之下，見人人面露堅毅憤慨之色。衆人說罷，舉杯飲盡，隨即低聲議論，似是商量甚麼法子。陸菲青心頭揣摩，看來這羣回人有一部視爲聖物的經書給人奪了去，現下要去奪回來。

他這一猜沒猜錯，原來這羣回人屬於天山北路的一個遊牧部族，乃是唐代回紇遺種，民風高尚，性格強悍，一向不服朝廷統屬，自行分部而治。元朝蒙古人自大，蔑稱之爲「畏吾兒人」，後人客氣些的便稱之爲回部，其實他們形貌習俗與中原回人大異，並非同一種族，只不過同奉回教。這一部族人多勢盛，共有近二十萬人。那高身材的人叫木卓倫，是這部族的首領，武功既強，爲人又仁義公正，極得族人愛戴。黃衫女郎是她的女兒，名叫霍青桐。她愛穿黃衫，小帽上常揷一根翠綠羽毛，因此得上個漂亮外號，天山南北武林中人，很多知道「翠羽黃衫霍青桐」的名頭。

這族人以遊牧爲生，遨遊大漠，倒也逍遙快樂。但清廷勢力進展到回疆後，徵歛越來越多。木卓倫起初還想委曲求全，儘量設法供應。那知官吏貪得無厭，弄得合族民不聊生。木卓倫和族人一商量，都覺如此下去實在沒有生路，幾次派人向當道求情，求減徵賦，不料徵賦並未減少，反引起了清廷的疑慮。正黃旗滿洲副都統、兼鑲紅旗護軍統領、定邊將軍兆惠其時奉旨在天山北路督辦軍務，偵知這族有一部祖傳手抄可蘭經，得自回教聖地麥加，數十代由首領珍重保管，乃這一族的聖物，於是乘著木卓倫遠出之際，派遣高手，竟將經書搶了來，他想以此要挾，就不怕回人反抗。木卓倫在大漠召開大會，率衆東去奪經，立誓縱然暴骨關內，也要讓聖書物歸原主。此刻他們是於晚禱之前，重申前誓。

陸菲青得知這些回人的圖謀與己無關，不想再聽下去，正待抽身回去，忽見帳中回人全都伏下來祈禱。他連忙站起，那知這一瞬之間，霍青桐已見到帳外有人窺探，在父親耳邊低聲說：「外邊有人！」長身縱出帳來，見一個人影正向樹林跑去，身法極快，她右手揚起，一顆鐵蓮子向他打去。

陸菲青聽得背後風聲，知有暗器襲來，微微側身，這時雙手仍捧著茶壺，伸出右手食指，看準鐵蓮子向下輕輕一撥，鐵蓮子自平飛轉爲下跌。他左手拿著茶壺，以食中兩指揭開壺蓋，鐵蓮子撲的跌入壺中。他頭也不回，施展輕功如飛回店。

到店時大夥均已安睡。店夥道：「老先生，溜躂了這麼久，看夜景麼？」陸菲青胡亂答應，走進房中，取出茶壺裏的鐵蓮子，見是精鋼打成，上面刻著一根羽毛，隨手放入囊中。

次日一早，鏢行大隊先行。趟子手「我武——維揚」一路喊出去，鎮遠鏢局一桿八卦鏢旗在前開道。陸菲青看這鏢行的騾馱並不沉重，幾名鏢師全都護著閻世魁。看來他所揹的那個紅布包袱才是眞正要物。鏢行中原有保紅鏢的規矩，大隊人手只護送幾件珍寶。至於包中是甚麼「玩意兒」，他也不去理會。

鏢行一行人走後，曾參將率領兵丁也護送著夫人上路了。日中在黃岩子打了尖，一路是上山的斜路，預計當日趕著翻過三條長嶺，在嶺下的三道溝落店。

山路險峻，愈來愈陡，李沅芷和曾參將緊緊跟著夫人的騾車，生怕騾子一個失腳，車子跌入山谷，那可是粉身碎骨之禍。行到申牌時分，正到烏金峽口，只見鏢行大隊都坐在地上休息，曾參將指揮隨從，也休息一刻。烏金峽兩邊高山，中間一條山路，甚爲陡削，途中不易停步，必須一鼓作氣上嶺。陸菲青落在後面，背轉了身，不與鏢行衆人朝相。

休憩罷，進入峽口，鏢行大隊與曾參將手下兵丁排成了一條長龍，人衆牲口都氣呼呼的上山。騾夫「得兒——得兒——」的叱喝聲響成一片。陸菲青忽見右邊山峯頂上人影一閃，似乎有人窺探。猛聽得前面一陣駝鈴響，一隊回人乘著駝馬，迎面奔下嶺來，疾馳俯衝，蹄聲如雷，勢若山崩。鏢行中人大聲呼喝，叫對方緩行。童兆和喊道：「喂，相好的，家裏死了幾個娘老子，要奔喪啊？」

衆回人轉眼奔近，前面七八騎上乘者忽然縱聲高歌，聲音曼長，山谷響應。兩邊山頂上都有人站起來，高歌而和。鏢行中人不禁愕然。只聽回人隊中一聲胡哨，兩騎飛奔向前，繞過閻世魁，對準了緊隨在他身後的閻世章疾衝。同時四匹駱駝已奔到閻世魁的前後左右。閻氏兄弟久經大敵，眼見情勢有異，忙拔兵器應敵。四匹駱駝背上的回人突然間同時雙手各舉大鐵椎，猛向閻世魁當頭砸將下來。山道狹窄，本少迴旋餘地，這時又擠滿了人，四名回人身雄力壯，騎在駱駝背上居高臨下，四柄各重百餘斤的大鐵椎猛砸下來，閻世魁武藝再好也無法躲避，當場連人帶馬被打成血肉模糊的一團。

回人隊中黃衫女郎霍青桐縱身上前，跳下馬來，長劍晃動，割斷閻世魁背上縛住包袱的布帶一端，第二劍未出，忽覺背後一股勁風，有兵刃襲來。

霍青桐側身讓過，不顧來敵，揮劍又割斷布帶一端。不料敵人劍法迅捷，不容她緩手去拾包袱，又是一劍攔腰削來。霍青桐無法避讓，揮劍擋格，雙劍相交，火花迸發。她心中一震，敵人武功不弱，顧不得仔細琢磨，伸左手又去拾那包袱。敵人長劍如影隨形，直刺她左腕。霍青桐左手縮回，食中兩指揑了個劍訣，右手劍直遞出去，抬頭看時，接連三次阻她拾包袱之人是個美貌少年，認出就是昨日途中無禮直視的那人，不禁心頭火起，唰唰唰三劍進手招數，兩人鬥在一起。

那人正是女扮男裝的李沅芷，她驟見回人商隊奇襲鏢行，本擬隔山觀虎鬥，瞧瞧熱鬧，忽見黃衫女郎飛身而出去搶紅布包袱。這黃衫女郎昨日拉去她的馬鬃，師父反而讚她武功，心中老大不服，此刻見鏢師與回人打得火熾，也不理會誰是誰非，施展輕功，趕上去要與黃衫女郎較量個高下。

霍青桐連刺三劍，都給李沅芷化解了開去，不由得心頭焦躁。他們查知本族這部可蘭經，已由兆惠託了鎮遠鏢局護送前往北京，衆鏢頭嚴密守護的紅布包袱，定然便是聖經的所在。鏢行中人武功不弱，明搶硬奪，未必能成，霍青桐於是設計在烏金峽口埋伏，本擬出其不意的一擊成功，奪了聖經便即西返回部，那知半路裏殺出這少年來作梗。霍青桐眼見時機稍縱即逝，不願戀戰，突然劍法變動，施展天山派絕技「三分劍術」，數招之間已將李沅芷逼得連連倒退。

「三分劍術」是天山派劍術的絕詣，所以叫做「三分」，乃因這路劍術中每一手都只使到三分之一爲止，敵人剛要招架，劍法已變。一招之中蘊涵三招，最爲繁複迅疾。這路劍術並無守勢，全是進攻殺著。

李沅芷見黃衫女郎長劍「冰河倒瀉」直刺過來，當即劍尖向上，想以「朝天一柱香」格開，那知對方這招並未使足，刺到離身兩尺之處已變爲「千里流沙」，直刺變爲橫砍，一驚之下，劍鋒急轉，護住中路。說也奇怪，對方橫砍之勢看來勁道十足，劍鋒將到未到之際突然變爲「風捲長草」，向下猛削左腿。李沅芷疾退一步，堪堪避開。霍青桐變招「舉火燎天」，自下而上，刺向左肩。李沅芷待得招架，對方又已變爲「雪中奇蓮」。只見她每一招都如箭在弦，雖然含勁不發，卻在在暗伏兇險。

兩人連拆十餘招，雙劍竟未相碰，只因霍青桐每一招都只使到三分之一，未待對方拆架，便已變招。霍青桐在她身旁空砍空削，劍鋒從未進入離她身周一尺之內，李沅芷卻已給逼得手忙腳亂，不住倒退。若不招架，說不定對手虛招竟是實招；如要招架，對方一招只使三分之一，也就是說只花三分之一時刻，自己使一招，對方已使了三招，再快也趕不上對手迅捷，心中驚惶，接連縱出數步。其實她的柔雲劍術也已練得有六七成火候，只要心神凝定，緊守門戶，也未必馬上落敗，但畢竟是初出道，毫無經歷，突見對手劍法比自己快了三倍，不由得慌了，招架既然不及，只得逃開。

霍青桐也不追趕，立即轉身，見一個身材瘦小之人從閻世魁身旁站起，手中已捧著那紅布包袱。霍青桐挺劍刺去，那人叫道：「啊喲，童大爺要歸位！」這人便是口齒輕薄的童兆和。他不敢接招，三步跳了開去，霍青桐趕上，舉劍下砍，斜刺裏一柄五行輪當胸推來，卻是閻世章過來擋住。

霍青桐這次籌劃周詳，前後都用龐然大物的駱駝把鏢行人衆隔開，使之首尾不能相救。木卓倫手揮長刀，力拒戴永明、錢正倫兩名鏢師，以一敵二，兀自進攻多、遮攔少。可是另一邊卻給閻世章攻了過來。他見胞兄給回人大椎砸死，悲怒交集，在馬背上縱起，飛身越過駱駝，左手五行輪掠出，在一名手持鐵椎的回人脅下劃了一條大傷口，那人登時跌下駱駝。另一個回人過來攔截，閻世章待他鐵椎揮來，身子略偏，雙輪歸於左手，右手扣住他脈門猛拉。大鐵椎重達百斤，那一揮之勢極爲猛烈，那回人被他順勢拉扯，倒撞下駱駝，鐵椎打在自己胸口，大叫聲中，狂噴鮮血。混亂中童兆和見有便宜可撿，搶得紅布包袱。閻世章見霍青桐追趕童兆和，知他武藝平常，忙過來攔住。

霍青桐和閻世章拆了數招，但覺對手招精力猛，實是勁敵，又怕那美貌少年再加入戰團，忽聽兩邊山上胡哨聲大作，那是自夥退卻的訊號，知是鏢行來了接應。抬頭見童兆和正急步跑上山嶺，忙施展「三分劍術」把閻世章逼退兩步，仗劍向嶺上追去。胡哨聲越來越響。木卓倫大叫：「青桐，快退！」霍青桐停步不追，督率同伴把死傷的回人抱上駝馬，胡哨聲中，大隊向嶺下衝去，只見前面數十名清兵攔住去路。曾圖南躍馬向前，橫槍喝道：「大膽回子，要造反嗎？」霍青桐兩顆鐵蓮子分打曾參將雙手，噹啷一聲，鐵槍落地。

木卓倫高舉長刀，當先開路，大隊回人向清兵衝去。清兵紛紛讓路。閻世章和戴永明回身追來，與霍青桐又鬥在一起。回人隊中一騎飛出，乘者大叫：「二妹，你先退。」此人是霍青桐的兄長霍阿伊，一桿大槍阻住兩名鏢師。霍青桐回身上馬，兄妹二人且戰且退。忽然兩邊山頂急哨連聲，霍阿伊、霍青桐催馬快奔。閻世章跟著追去，霍青桐兩粒鐵蓮子向他上盤打去。閻世章停下腳步，揮五行輪將鐵蓮子砸飛。兩邊山上大石已紛紛打將下來，十幾名清兵被打得頭破血流，混亂中回人大隊已然遠去。

閻世章見兄長慘死，抱住了血肉模糊的屍身只是流淚。錢正倫和戴永明一再相勸，閻世章才收淚上馬。鏢行夥計將死者屍首放上大車。童兆和得意洋洋，說道：「若不是童大爺手腳快，他死了也是白饒。」雙方酣鬥之際，陸菲青一直袖手旁觀。李沅芷雖被霍青桐逼退，但相助鏢行，終於不讓回人得手，心下頗爲自得。閻世章正在傷心，其餘鏢師忙於救死扶傷，竟無一人過來招呼道謝，大小姐便甚是不快。童兆和見曾圖南武官打扮，過來跟他套了幾句交情，對李沅芷卻不理會，她更加有氣。那知陸菲青又狠狠的教訓了她一頓，責她不該擅自出手，壞人大事，沒來由的多結冤家，說道：「鏢行中好人少，壞人多，何苦幫人作惡？」把她罵得抬不起頭來。

過了嶺，黃昏時分已抵三道溝。那是一個不大不小的市鎮。騾夫道：「三道溝就只一家安通客棧。」進了鎮，鏢行和曾圖南一行人都投安通客棧。塞外處處荒涼，那客店土牆泥地，也就簡陋得很。童兆和不見店裏夥計出來迎接，大罵：「店小二都死光了麼？我操你十八代祖宗！」李沅芷眉頭一皺，她可從來沒聽人敢當著她面罵這些粗話。

一行人正要闖門，忽聽得屋裏傳出一陣陣兵刃相接之聲。李沅芷大喜：「又有熱鬧瞧！」搶先奔了進去。

內堂裏闃無一人，到得院子，只見一個少婦披散了頭髮正和四個漢子惡鬥。那少婦面容慘淡，左手刀長，右手刀短，刀光霍霍，以死相拚。李沅芷見他們鬥了幾個回合，那幾名漢子似想攻進房去，給那少婦捨命擋住。四條漢子武功均似不弱，一使軟鞭，一使懷杖，一使劍，一使鬼頭刀。

這時陸菲青也已走進院子，心道：「怎麼一路上儘遇見會家子？」見那使懷杖的舉雙杖當頭狠砸，少婦不敢硬接，向左閃讓。軟鞭攔腰纏來，少婦左手刀刀勢如風，直截敵人右腕。軟鞭鞭梢倒捲，少婦長刀已收，沒被捲著，鬼頭刀卻已砍來，同時一柄劍刺她後心。少婦右手刀擋開了劍，但敵人兩下夾攻，鬼頭刀這一招竟然避讓不及，給直砍在左肩。

她挨了這一刀，兀自惡戰不退，雙刀揮動時點點鮮血四濺。那使軟鞭的叫道：「捉活的，別傷她性命。」

陸菲青見四男圍攻一女，動了俠義之心，雖然自己身上負有重案，說不得要伸手管上一管。只見那使懷杖的雙杖橫打，少婦避開懷杖，百忙中右手短刀還他一刀，左方利劍刺來，少婦長刀斜格，對方膂力甚強，那少婦左肩受傷，氣力大減，刀劍相交，劇震之下，長刀嗆啷一聲掉在地下。敵人得理不讓人，長劍乘勢直進，少婦向右急閃，使鬼頭刀的大漢在空檔中闖向店房。

那少婦竟不顧身後攻來的兵器，左手入懷，再一揚手，兩柄飛刀向敵人背心飛去。

那人只道少婦有己方三個同伴纏住，不必顧及後心，待得聽見腦後風聲，避讓已然不及，急忙低頭，一柄飛刀揷上了門框，另一柄卻刺進了他背心。虧得那少婦左肩受傷，手勁不足，這一刀尚非致命，但已痛得哇哇大叫，退了下來，忙拔出飛刀。少婦此時又被懷杖打中一下，搖搖欲倒，見敵人退出，又即擋住房門。

陸菲青向李沅芷道：「你去替她解圍，打不贏，師父幫你。」李沅芷正自躍躍欲試，巴不得師父有這句話，急躍向前，呼呼揮劍，喝道：「四個大男人打一個婦道人家，要臉麼？」四條漢子見有人出頭干預，己方又有人受傷，齊聲呼嘯，轉身出店而去。

那少婦已是面無人色，倚在門上直喘氣。李沅芷過去問道：「他們幹麼欺侮你？」少婦一時說不出話來。曾圖南走過來向李沅芷道：「太太請大小姐過去。」放低了聲音道：「太太聽說大小姐又跟人打架，嚇壞啦，快過去吧。」少婦見曾圖南一身武將官服，臉色忽變，也不答理李沅芷，拔下門框上飛刀，衝進房去，砰的一聲，反手關上了房門。

李沅芷碰了這個軟釘子，心中老大不自在，回頭對曾圖南道：「好，就去。」走到陸菲青身邊，問道：「師父，他們幹麼這樣狠打惡殺？」陸菲青道：「多半是江湖上的仇殺。事情還沒了呢，那四人還會找來。」

陸菲青還想再吩咐些話，忽聽得外面有人大吵大嚷：「操你奶奶，你說沒上房，怕老爺出不起銀子嗎？」聽聲音正是鏢師童兆和。店裏一人陪話：「達官爺你老別生氣，我們開店的怎敢得罪達官爺們，實在是幾間上房都給客人住了。」

童兆和大聲道：「甚麼人住上房，我來瞧瞧！」邊說邊走進院子來。正好這時上房的門一開，少婦探身出來，向店夥道：「勞你駕給拿點熱水來。」店夥答應了。

童兆和見那少婦膚色白膩，面目俊美，左腕上戴著一串珠子，顆顆精圓，更襯得她皓腕似玉，不禁心中打個突，咕的一聲，咽了一口唾液，雙眼骨碌碌亂轉，聽那少婦是江南口音，學說北方話，語音不純，但清脆柔和，另有一股韻味，不由得瘋了，大叫大嚷：「童大爺走鏢，這條道上來來去去幾十趟也走了，可從來不住次等房子。沒上房，給大爺挪挪不成麼？」口中叫嚷，乘少婦房門未關，直闖了進去。趟子手孫老三伸手想拉，卻沒拉住。

那少婦見童兆和闖進，「啊喲」一聲，正想阻擋，只感到腿上一陣劇痛，在椅上坐了下去，適才腿上受了懷杖，傷勢竟自不輕。

童兆和闖進房，見炕上躺著個男人，房中黑沉沉地，看不清面目，但見他頭上纏滿了白布，右手用布掛在頸裏，一條腿露在被外，也纏了繃帶，看來這人全身是傷。

那人見童兆和進房，沉聲喝問：「是誰？」童兆和道：「姓童的是鎮遠鏢局鏢師，保鏢路過三道溝，沒上房住啦。勞你駕給挪一下吧。這女的是誰？是你老婆，是相好的？」那人聲音低沉，喝道：「滾出去！」他顯然受傷甚重，說話也不能大聲。

童兆和剛才沒見到那少婦與人性命相撲的惡鬥，心想一個是娘們，一個傷得不能動彈，不乘機佔佔便宜，更待何時？嘻皮笑臉的道：「你不肯挪也成，咱們三個兒就在這炕上一塊兒擠擠。你放心，我不會朝你這邊兒擠，不會碰痛你傷口。」那人氣得全身發抖。少婦低聲勸道：「大哥，別跟這潑皮一般見識，咱們眼下不能再多結冤家。」向童兆和道：「別在這兒囉唆啦，快出去。」童兆和笑道：「出去幹麼，在這裏陪你不好麼？」炕上那男人啞聲道：「你過來。」童兆和走近了一步，道：「怎麼？你瞧瞧我長的俊不俊？」那男人道：「看不清楚。」童兆和哈哈一笑，又走近一步：「看清楚點，這變成大舅子挑妹夫來啦……」

一句便宜話沒說完，炕上那男子突然坐起，快如電光石火，左手對準他「氣俞穴」一點，跟著左手一掌擊在他背上。童兆和登時如騰雲駕霧般平飛出去，穿出房門，蓬的一聲，結結實實跌在院子裏。他給點中了穴道，哇哇亂叫，聲音倒著實不低，身子卻不能動彈了。趟子手孫老三忙過來扶起，低聲道：「童爺，別惹他們，看樣子點子是紅花會的。」童兆和直叫：「啊……啊……我的腳動不了，紅花會的，你怎知道？」不禁嚇出了一身冷汗。孫老三道：「客店掌櫃的說，剛才衙門裏的四個公差來拿這兩個點子，打了好一陣才走呢！」客店裏的人聽說又有人打架，都圍攏來看。

閻世章安頓了兄長屍身，也過來問：「甚麼事？」童兆和叫道：「閻六哥，我給紅花會的小子點上穴道啦。咱們認栽了吧。」閻世章眉頭一皺，拉住童兆和的膀子，提了起來，道：「老童，回房去說。」他是顧全鏢局的聲名，堂堂鎮遠鏢局的鏢師，給人打得賴在地下不肯爬起來，那成甚麼話。那知他手一鬆，童兆和又軟倒在地，叫道：「我混身不得勁啊，孫老三，他媽的，你扶住我不成麼？」

閻世章瞧童兆和眞的是給人點了穴道，問道：「你跟誰打架了？」童兆和愁眉苦臉的向上房瞧了一眼，想伸手來指一指都不成，道：「那屋裏一個孫子王八蛋！」他又挑撥閻世章給他報仇：「紅花會他媽的土匪，殺了焦文期焦三爺，人家還沒空來找你們報仇，可又來惹你童大爺啦，啊！」孫老三低聲道：「童大爺別罵啦，咱們犯不上跟紅花會結樑子，一得罪他們，以後走鏢就麻煩多啦。」

閻世章聽童兆和這麼罵，本想過去瞧瞧是甚麼腳色，但轉念心想，對方能點穴，武功定然甚強，自己過去多半討不了好，兄長又死了，沒了幫手，跨出一步又退了回來。這時鏢師錢正倫過來了，問孫老三：「你拿得準是紅花會的？」孫老三在他耳邊輕聲道：「剛才四個公差走時，關照客店掌櫃的，說這對夫婦是欽犯，是皇上特旨來抓的紅花會大頭子，叫櫃上留點兒神，倘若點子要走，馬上去報信。我在一旁聽得他們說的。」

錢正倫有五十多歲年紀，一向在鏢行混，武藝雖不高強，但見多識廣，老成持重，當下向閻世章使個眼色，把童兆和扶了起來。閻世章悄問：「甚麼路道？」錢正倫道：「紅花會的，咱們就讓一讓吧，治好了老童再說。」又問孫老三：「剛才來抓人你看到了嗎？」

孫老三指手劃腳的說道：「打得才叫狠呢。一個娘們使兩把刀，左手長刀，右手短刀，四個大男人都打她不贏。」那四個男人其實是打贏的，不過他故意張大其辭。錢正倫愕然道：「那是神刀駱家的人了。她會放飛刀，是不是？」孫老三忙道：「是，是，手法眞準。嘿，可了不起！」錢正倫向閻世章道：「紅花會文四當家的在這裏。」當下不再說話，三個人架著童兆和回房去了。

這一切陸菲青全看在眼裏，鏢師們低聲商量沒聽見，錢正倫後兩句話可聽到了。這時李沅芷走過來，乘機道：「師父，你幾時教我點穴啊？你瞧人家露這一手多帥！」陸菲青沒理她，自言自語：「是神刀駱家的後人，我可不能不管。——」

李沅芷問道：「神刀駱家是誰？」陸菲青道：「神刀駱元通是我好朋友，聽說已經過世了。剛才和人相打的那個少婦，所使招數全是他這一派，若不是駱元通的女兒，就是他的徒弟，怎麼我看不出來？」說著很有點自怨自艾，心道：「在邊塞這麼久，隱居官衙，和武林中人久無往來，當年江湖上的事兒都淡忘了。還是年歲大了，不中用了？」

說話之間，錢正倫和戴永明兩名鏢師又扶著童兆和過來。孫老三在上房外咳嗽一聲，大聲說道：「鎮遠鏢局錢鏢頭、戴鏢頭、童鏢頭前來拜會紅花會文四當家的。」

上房門呀的一聲打開，那少婦站在門口，瞪著鏢局中這四個人。孫老三把三張紅帖子遞上去，少婦不接，問道：「有甚麼事？」

錢正倫領頭出言：「我們這兄弟有眼無珠，不知道文四當家大駕在這兒，得罪了您老，我們來替他賠禮，請您大人大量，可別見怪。」說罷便是一揖，戴永明和孫老三也都作了一揖。

錢正倫又道：「文四奶奶，在下跟您雖沒會過，但久仰四當家和您的英名，我們總鏢頭王老爺子跟貴會于老當家、令尊神刀駱老爺子全有交情。我們這位兄弟生就這個壞脾氣，就愛胡說八道的……」少婦截住他的話頭，說道：「我們當家的受了傷，剛睡著，待會醒了，把各位的意思轉告就是。不是我們不懂禮貌，實在是他受傷不輕，有兩天沒好好睡啦。」說時憂急之狀見於顏色。錢正倫道：「文四當家受的是甚麼傷？我這裏可帶有金創藥。」他想買一個好，那麼對方就不能不給童兆和救治。少婦明白他意思，道：「多謝你啦，我們自己有藥。這位給點中的不是重穴，待會我們爺醒了，讓店件來請吧。」錢正倫見對方答允救治，就退了出去。

少婦問道：「喂，尊駕怎知道我們名字？」錢正倫道：「憑您這對鴛鴦刀跟這手飛刀，江湖上誰不知道？再說，不是文四當家的，誰還有這手點穴功夫？你們兩位又在一起，那自然是奔雷手文泰來文四爺和文四奶奶鴛鴦刀駱冰啦！」少婦微微一笑。錢正倫捧了她又捧她丈夫，她聽來自然樂意。

這一番話，陸菲青都聽在耳裏，尋思：「早聽得奔雷手文泰來是江南武林中一條響噹噹的好漢子，原來阿冰這小妞兒嫁了給他，那倒也不枉了。再加上趙三弟跟西川雙俠，多半這紅花會是我們一條線上的兄弟，跟屠龍幫差不離。這件事今日教我撞上了，陸菲青若是袖手不理，圖個他媽的甚麼明哲保身，『綿裏針』還算是人不是？」

那書生把長凳搬到院子通道，從身後包裹裏抽出一根笛子，悠悠揚揚的吹了起來。這笛子金光燦爛，竟如是純金所鑄。四名公差見了他的舉動，暗暗納罕。

第二回　金風野店書生笛　鐵膽荒莊俠士心

李沅芷見錢正倫等扶著童兆和出來，回歸店房，心想點穴功夫眞好，這討厭的鏢師給人家點中了穴道一點法子都沒有，師父明明會，可是偏不肯教，看來他還留著不少好功夫，怎生變個法兒求他教呢？回到房裏，托著腮幫子出了半天神；吃了飯，陪著母親說閒話，李夫人嘮嘮叨叨的怪她路上儘鬧事，說不許她再穿男裝了。李沅芷笑道：「媽，你常爲沒兒子歎氣，現下變了個兒子出來，還不高興嗎？」李夫人拿她沒法，上炕睡了。

李沅芷正要解衣就寢，忽聽得院子中一響，窗格子上有人手指輕彈了幾下，一個清脆的聲音說道：「小子，你出來，有話問你。」李沅芷一楞，提劍開門，縱進院子，只見一個人影站在那裏，說道：「渾小子，有膽的跟我來。」說著便翻出了牆。李沅芷是初生之犢不畏虎，也不管外面是否有人埋伏，跟著跳出牆外，雙腳剛下地，迎面白光閃動，有劍刺來。

李沅芷舉劍擋開，喝問：「甚麼人？」那人退了兩步，說道：「我是回部霍青桐。喂，我問你，咱們河水不犯井水，幹麼你硬給鏢局子撐腰，壞我們的事？」李沅芷見那人俏生生的站著，劍尖拄地，左手戟指而問，正是白天跟她惡鬥過的那個黃衫美女，給她這麼一問，啞口無言，自己憑空插手，確沒甚麼道理，只好強詞奪理：「天下事天下人管得，你少爺就愛管閒事。不服麼？我再來領教領教你的劍術……」話未說完，唰的就是一劍，霍青桐更加惱怒，舉劍相迎。

李沅芷明知劍法上鬥不過她，心中已有了主意，邊打邊退，看準了地位，一直退到陸菲青所住店房之後，縱聲大叫：「師父，快來，人家要殺我呀！」霍青桐「嗤」的一笑，道：「哼，沒用的東西，才犯不著殺你呢！我是來教訓教訓你，沒本事就少管閒事。」說完掉頭就走。那知李沅芷可不讓她走了，「春雲乍展」，挺劍刺她背心，霍青桐回頭施展「三分劍術」，李沅芷又被逼得手忙腳亂。她聽得身後有人，知道師父已經出來，見霍青桐長劍當胸刺來，一縱就躲到了陸菲青背後。

陸菲青舉起白龍劍擋住霍青桐劍招。霍青桐見李沅芷來了幫手，也不打話，劍招如風，連續十餘記進手招數，交手數合，便察覺對方劍招手法和李沅芷全然相同，可是自己卻絲毫討不到便宜。她劍招漸快，對方卻越打越慢，再鬥數合，她攻勢已盡被抑制，全然處於下風。

李沅芷全神貫注，在旁看兩人鬥劍，她存心把師父引出來，想偷學一兩招師父不肯教的精妙招數，然見師父所使「柔雲劍術」與傳給自己的全無二致，但一招一式之中，顯是蘊藏著極大內勁。

霍青桐「三分劍術」要旨在以快打慢，以變擾敵，但陸菲青並不跟著她迅速的劍法應招變式，數合之後，主客之勢即已倒置。霍青桐迭遇險招，知道對方是極強高手，心下怯了，連使「大漠孤煙」、「平沙落雁」兩招，凌厲進攻，待對方舉劍擋格，便收劍轉身欲退。那知對方劍招連綿不斷，黏上了就休想離開，霍青桐暗暗叫苦，只得打起精神廝拚。

這時李沅芷看出了便宜，還劍入鞘，施展無極玄功拳加入戰團。霍青桐連陸菲青一人都已敵不過，那禁得李沅芷又來助戰？李沅芷狡猾異常，東摸一把，西勾一腿，並不攻擊對方要害，卻是存心調戲，以報前日馬鬣被拉之仇。回人男女界限極嚴，男子對婦女甚是尊重，霍青桐向來端嚴莊重，那容得李沅芷如此輕薄胡鬧，心頭氣急，門戶封得不緊，被陸菲青劍進中宮，點到面門。霍青桐舉劍擋開。李沅芷乘機竄到她背後，喝聲：「看拳！」一記「猛鷄奪粟」，向她左肩打去。霍青桐左腕翻轉，以擒拿法化開。

李沅芷乘她右手擋劍、左手架拳之際，一掌向她胸部按去，這一掌如打實了，非受重傷不可。霍青桐一驚，雙手抽不出來招架，只得向後一仰，以消減對方掌力。

那知李沅芷並不用勁，一掌觸到霍青桐胸部，重重摸了一把，嘻嘻一笑，向後躍開。霍青桐急怒攻心，轉身挺劍疾刺。李沅芷避開，她又揮劍急削。竟似存心拚命，對陸菲青來招不架不閃，儘向李沅芷進攻。

陸菲青日間見到霍青桐劍法家數，早留了神，他原只想考較考較，決無傷她之意，見她對自己劍招竟不理會，待刺到她身邊時便凝招不發。這時霍青桐攻勢凌厲，李沅芷緩不開手拔劍，被迫得連連倒退，口中還在氣她：「我摸也摸過了，你殺死我也沒用啦。」霍青桐一招「神駝駿足」挺劍直刺，劍尖將到之際，突然圈轉，使出「天山派」劍法的獨得之秘「海市蜃樓」，虛虛實實，劍光閃閃，李沅芷眼花繚亂，手足無措，眼見就要命喪劍下。

陸菲青這時不能不管，挺劍又把霍青桐的攻勢接了過來。李沅芷緩了一口氣，笑道：「算了，別生氣啦，你嫁給我就成啦。」霍青桐眼見打陸菲青不過，受了大辱又無法報仇，見陸菲青一劍刺來，竟不招架，將手中長劍向李沅芷使勁擲去，竟是個同歸於盡的打法。

陸菲青大吃一驚，長劍跟著擲出，雙劍在半空一碰，錚的一聲，同時落地，左手一掌「撥雲見日」，在霍青桐左肩上輕輕一按，把她直推出五六步去，縱身上前，說道：「姑娘休要見怪。」霍青桐又急又怒，迸出兩行清淚，嗚咽著發足便奔。陸菲青追上擋住，道：「姑娘慢走，我有話說。」霍青桐怒道：「你待怎樣？」陸菲青轉頭向李沅芷道：「還不快向這位姐姐陪不是？」

李沅芷笑嘻嘻的過來一揖，霍青桐迎面就是一拳。李沅芷笑道：「啊喲，沒打中！」閃身一避，隨手把帽子拉下，露出一頭秀髮，笑道：「你瞧我是男的還是女的？」霍青桐在月光下見李沅芷露出眞面目，不由得驚呆了，憤羞立消，但餘怒未息，一時沉吟不語。

陸菲青道：「這是我女弟子，一向淘氣頑皮，我也管她不了。適才之事，我也很有不是，請別見怪。」說罷也是一揖。霍青桐側過身子，不接受他這禮，一聲不響，胸口不斷起伏。陸菲青道：「天山雙鷹是你甚麼人？」霍青桐秀眉一揚，嘴唇動了動，但忍住不說。陸菲青又道：「我跟天山雙鷹禿鷲陳兄、雪鵰陳夫人全有交情。咱們可不是外人。」霍青桐道：「我師父姓關。我去告訴師父師公，說你長輩欺侮小輩，指使徒弟來打人家，連自己也動了手。」她恨恨的瞪了二人一眼，回身就走。

陸菲青待她走了數步，大聲叫道：「喂，你去向師父告狀，說誰欺侮了你呀？」霍青桐心想，人家姓名都不知道，將來如何算帳，停了步，問道：「那麼你是誰！」

陸菲青捋了一下鬍鬚，笑道：「兩個都是小孩脾氣。算了，算了。這是我徒弟李沅芷，你去告訴你師父師公，我『綿裏針』……」他驟然住口，心想李沅芷一直沒知道他眞姓名，「……就說武當派『綿裏針』姓陸的，恭喜他們二位收了個好徒弟。」霍青桐恨恨地道：「還說好徒弟哩，給人家這般欺侮，丟師父師公的臉。」

陸菲青正色道：「姑娘你別以爲敗在我手下是丟臉，能似你這般跟我拆上幾十招的人，武林中可還眞不多。我知天山雙鷹向來不收徒弟，但日間見你劍法全是雙鷹嫡傳，心中犯了疑，因此上來試你一試。適才見你使出『海市蜃樓』絕招，才知你確是得了雙鷹的眞傳。你師公還在跟你師父喝醋吵嘴嗎？」說著哈哈一笑。

原來禿鷲陳正德醋心極重，夫妻倆都已年逾花甲，卻還是疑心夫人雪鵰關明梅移情別向，數十年來口角紛爭，沒一日安寧。霍青桐見他連師父師公的私事都知道，信他確是前輩，可是仍不服氣，道：「你旣是我師父朋友，怎地叫你徒弟跟我們作對？害得我們聖經搶不回來？我才不信你是好人呢。」說著背轉了身子，她不肯輸這口氣，不願以晚輩之禮拜見。

陸菲青道：「你劍法早勝過了我徒兒。再說，比劍比不過算得甚麼，聖經搶不回來才教丟臉呢。一個人的勝負榮辱打甚麼緊？全族給人家欺侮，那才須得拚命。」

霍青桐一驚，立覺這確是至理名言，驕氣全消，回過身來向陸菲青盈盈施禮，道：

「小姪女不懂事，請老前輩指點怎生奪回聖經。老前輩若肯援手，姪女全族永感大德。」說罷就要下跪，陸菲青忙扶住了。

李沅芷道：「我胡裏胡塗的壞了你們大事，早給師父罵了半天啦。姊姊你別急，我去幫你搶回來，那紅布包袱裏包的，便是你們的聖經？」霍青桐點點頭。李沅芷道：「咱們現在就去。」陸菲青道：「先探一探。」三個人低聲商量了幾句。陸菲青在外把風，霍青桐與李沅芷兩人翻牆進店，探查鏢師動靜。

李沅芷適才見童兆和走過之時，還揹著那個紅布包袱，她向霍青桐招了招手，矮身走到一干鏢師所住房外，見房裏燈光還亮著，不敢長身探看，兩人蹲在牆邊。只聽得房內童兆和不住哇哇怪叫，一回兒聲息停了。一名鏢師道：「張大人手段真高明，一下子就把我們童兄弟治好了。」童兆和道：「我寧可一輩子動彈不得，也不能讓紅花會那小子給我治。」一名鏢師道：「早知張大人會來，剛才也犯不著去給那小子賠不是啦，想想真是晦氣。」一個中氣充沛的聲音說道：「你們看著這對男女，明兒等老吳他們一來，咱們就動手。這幾個也真膿包，四個人鬥一個女娘們還得不了手。只是這案子他們在辦，我不便搶在頭裏。」童兆和道：「你張大人一到，那還不手到擒來？你抓到後，我在這小子頭上狠狠的踢上幾腳。」

李沅芷緩緩長身，在窗紙上找到個破孔向裏張望，見房裏坐著五六人，一個四十多歲、身穿官服的面生人居中而坐，想必就是他們口中的張大人，見那人雙目如電，太陽穴高高凸起，心想：「聽師父說，這樣的人內功精深，武功非同小可，怎麼官場中也有如此人物？」只聽閻世章道：「老童，你把包袱交給我，那些回回不死心，路上怕還有麻煩。」童兆和遲遲疑疑的把包袱解下來，兀自不肯便交過去。閻世章道：「你放心，我可不是跟你爭功，咱們玩藝兒誰強誰弱，誰也瞞不了誰。把這包袱太太平平送到京裏，大家都有好處。」

李沅芷心想，包袱一給閻世章拿到，他武功強，搶回來就不容易，靈機一動，在霍青桐耳邊說了幾句話，隨即除下帽子，把長髮披在面前，取出塊手帕蒙住下半截臉，在地下拾起兩塊磚頭，使勁向窗上擲去，砸破窗格，直打進房裏。

房裏燈火驟滅，房門一開，竄出五六個人來。當先一人喝道：「甚麼東西？膽子倒不小。」霍青桐胡哨一聲，翻身出牆，衆鏢師紛紛追出。

李沅芷待衆鏢師和那張大人追出牆去，直闖進房。童兆和被人點了大半天的穴，剛救治過來，手腳還不靈便，躺在炕上，見門外闖進一個披頭散髮、鬼不像鬼、人不像人的東西來，雙腳迸跳，口中吱吱直叫，登時嚇得全身軟癱。那鬼跳將過來，在他手中將紅包袱一把搶過去，順手啪啪兩下，打了他兩個耳光，吱吱吱的又跳出房去。

眾鏢師追出數步，那張大人忽地住腳，叫道：「糟了，這是調虎離山之計，快回去！」閻世章等也即醒悟，回到店房，只見童兆和倒在炕上，雙頰紅腫，把鬼搶包袱之事說了。張大人恨道：「甚麼鬼？咱們陰溝裏翻船，幾十年的老江湖著了道兒。」

李沅芷搶了包袱，躲在牆邊，待眾鏢師都進了房，才翻牆出去。她輕輕吹了記口哨，對面樹蔭下有人應了一聲，兩個人影迎將上來，正是陸菲青和霍青桐。李沅芷得意非凡，笑道：「包袱搶回來了，可不怪我了吧……」一句話沒說完，陸菲青叫道：「小心後面。」

李沅芷正待回頭，肩上已被人拍了一下，她反手急扣，卻沒扣住敵人手腕，心中一驚，知是來了強敵，此人悄沒聲的跟在後面，自己竟絲毫不覺，急忙轉身，月光下只見一個身材魁梧的漢子站在面前。她萬想不到敵人站得如此之近，驚得倒退兩步，揚手將包袱向霍青桐擲去，叫道：「接著。」雙手交錯，護身迎敵。

那知來敵身法奇快，她包袱剛擲出，敵人已跟著縱起，長臂伸手，半路上截下了包袱。李沅芷又驚又怒，迎面一拳，同時霍青桐也從後攻到。那人左手拿住包袱，雙手分撐，使出的勢子竟是武當長拳中的「高四平」，勢勁力足，將李沅芷和霍青桐同時震得倒退數步。李沅芷這時看清了敵人，正是那個張大人。武當長拳是武當派的入門功夫，她跟陸菲青學藝，學了練氣的十段錦後，最先學的就是這套拳術，那知平平常常一招

「高四平」，在敵人手下使出來竟有如斯威力，不禁倒抽了口涼氣，回頭望時，師父卻已不知去向。

霍青桐見包袱又給搶去，明知非敵，卻不甘心就此退開，拔劍攻上。李沅芷右足踏進一步，「七星拳」變「倒騎龍」，也以武當長拳擊敵。

張大人見她出手拳招，「噫」了一聲，待她「倒騎龍」變勢反擊，不閃不避，側身也是一招「倒騎龍」發拳揮去。同樣的拳招，功力卻大有高下之分，李沅芷和敵人拳對拳一碰，只覺手臂一陣酸麻，疼痛難當，腳下一個踉蹌，向左跳開，險些跌倒。霍青桐見她遇險，不顧傷敵，先救同伴，跳到李沅芷身旁，伸左手將她挽住，右手挺劍指著張大人，防他來攻。

張大人高聲說道：「喂，你這孩子，我問你，你師父姓馬還是姓陸？」李沅芷心想：「師父姓陸，偏要騙騙他。」說道：「我師父姓馬，你怎知道？」張大人道：「見了師叔不磕頭麼？」說罷哈哈一笑。霍青桐見他們敘起師門之誼，自己與李沅芷毫無交情，眼見聖經是拿不回來了，當即快步離去。

李沅芷忙去追趕，奔出幾十步，正巧浮雲掩月，眼前一片漆黑，空中打了幾個悶雷，心下驚怕，不敢再追，回來已不見了張大人。待得跳牆進去，身上已落著幾滴雨點，剛進房，大雨已傾盆而下。

這場豪雨整整下了一夜，到天明兀自未停。李沅芷梳洗罷，見窗外雨勢越大。服侍李夫人的傭婦進來道：「曾參將說，雨太大，今兒走不成了。」李沅芷忙到師父房裏，將昨晚的事說了，問是怎麼回事。陸菲青眉頭皺起，似是心事重重，只道：「你不說是我的徒弟，那很好。」她見師父臉色凝重，不敢多問，回到自己房中。

秋風秋雨，時緊時緩，破窗中陣陣寒風吹進房來。李沅芷困處僻地野店，甚覺厭煩，踱到紅花會四當家的店房外瞧瞧，只見房門緊閉，沒半點聲息。鎮遠鏢局的鏢車也都沒走，幾名鏢師架起了腿，坐在廳裏閒談，昨晚那自稱是她師叔的張大人卻不在其內。一陣西風颳來，身上頗有寒意，她正想回房，忽聽門外鸞鈴聲響，一乘馬從雨中疾奔而來。

那馬到客店外停住，一個少年書生下馬走進店來。店夥牽了馬去上料，問那書生是否住店。那書生脫去所披雨衣，說道：「打過尖還得趕路。」店夥招呼他坐下，泡上茶來。

那書生長身玉立，眉清目秀。在塞外邊荒之地，很少見到這般瀟灑英俊人物，李沅芷不免多看了一眼。那書生也見到了她，微微一笑，李沅芷臉上微熱，忙轉頭向裏。

店外馬蹄聲響，又有幾人闖了進來，李沅芷認得是昨天圍攻那少婦的四人，忙退入陸菲青房中問計。陸菲青道：「咱們先瞧著。」師徒兩人從窗縫之中向外窺看。

四人中那使劍的叫店夥來低聲問了幾句，道：「拿酒飯上來。」店夥答應著下去。那人道：「紅花會的點子沒走，吃飽了再幹。」那書生神色微變，斜著眼不住打量四人。

李沅芷道：「要不要再幫那女人？」陸菲青道：「別亂動，聽我吩咐。」他對四名公差沒再理會，只細看那書生。見他吃過了飯，把長凳搬到院子通道，從身後包裹裏抽出一根笛子，悠悠揚揚的吹了起來。李沅芷粗解音律，聽他吹的是「天淨沙」牌子，吹笛不奇，奇在這笛子金光燦爛，竟如是純金所鑄。這一帶路上很不太平，他孤身一個文弱書生，拿了一支金笛賣弄，豈不引起暴客覬覦？心想，待會倒要提醒他一句。

四名公差見了這書生的舉動也有些納罕。吃完了飯，那使劍的縱身跳上桌子，高聲說道：「我們是京裏和蘭州府來的公差，到此捉拿紅花會欽犯，安份良民不必驚擾。一回兒動起手來刀槍無眼，大夥兒站得遠遠的吧。」說罷跳下桌來，領著三人就要往內闖去。

那書生竟似沒聽見一般，坐在當路，仍然吹他的笛子。那使劍的走近說道：「喂，借光，別阻我們公事。」他見那書生文士打扮，說不定是甚麼秀才舉人，才對他客氣三分，如是尋常百姓，早就一把推開了。那書生慢呑呑的放下笛子，問道：「各位要捉拿欽犯，他犯了甚麼罪啊？常言道得好：與人方便，自己方便。子曰：『己所不欲，勿施於人。』我看馬馬虎虎算了，何必一定要捉呢？」使懷杖的公差走上一步，喝道：「別在這裏囉唆行不行？走開，走開！」書生笑道：「尊駕稍安毋躁。兄弟做東，大家來喝一杯，交個朋友如何？」那公差怎容得他如此糾纏，伸手推去，罵道：「他媽的，酸得討厭！」

那書生身子搖擺，叫道：「啊唷，別動粗，君子動口不動手！」突然前撲，似是收勢不住，伸出金笛向前一抵，無巧不巧，剛好抵上那公差的左腿穴道。那公差腿一軟，便跪了下去。書生叫道：「啊唷，不敢當，別行大禮！」連連作揖。

這一來，幾個行家全知他身懷絕技，是有意跟這幾個公人爲難了。李沅芷本來在爲書生擔憂，怕他受公差欺侮，待見他竟會點穴，還在裝腔作勢，只看得眉飛色舞，好不有興。

使軟鞭的公差驚叫：「師叔，這點子怕也是紅花會的！」使劍和使鬼頭刀的連忙退出幾步。那使懷杖的公差韓春霖軟倒在地，動彈不得，使軟鞭的將他拉在一邊。使劍的公差向書生道：「你是紅花會的？」言語中頗有忌憚之意。

那書生哈哈一笑，道：「做公差的耳目眞靈，這碗飯倒也不是白吃的，知道紅花會中有區區在下這號人物。常言道：光棍眼，賽夾剪。果然是有點道理。在下行不改姓，坐不改名，姓余名魚同。余者，人未之余。魚者，混水摸魚之魚也。同者，君子和而不同之同，非破銅爛鐵之銅也。在下是紅花會中一個小腳色，坐的是第十四把交椅。」他把笛子揚了一揚，道：「你們不識得這傢伙麼？」使劍的道：「啊，你是金笛秀才！」

那書生道：「不敢，正是區區。閣下手持寶劍，青光閃閃，獐頭鼠目，一表非凡，想必是北京大名鼎鼎的捕頭胡國棟了。聽說你早已告老收山，怎麼又幹起這調調兒來啦？」使劍的哼了一聲道：「你眼光也不錯啊！你是紅花會的，這官司跟我打了吧！」話畢手揚，劍走輕靈，挺劍刺出，剛中帶柔，勁道頗足。

胡國棟是北京名捕頭，手下所破大案、所殺大盜不計其數，自知積下怨家太多，幾年前已然告老。那使軟鞭的是他師姪馮輝，這次奉命協同大內侍衛捉拿紅花會的要犯，自知本領不濟，千懇萬求，請了他來相助一臂。使鬼頭刀的蔣天壽，使懷杖的韓春霖，都是蘭州的捕快。捕快武功雖然不高，追尋犯人的本領卻勝過了御前侍衛。

當下余魚同施展金笛，和三名公差鬥在一起。他的金笛有時當鐵鞭使，有時當判官筆用，有時招數中更夾雜著劍法，胡國棟等三人一時竟鬧了個手忙足亂。陸菲青和李沅芷只看得幾招之後，不由得面面相覷。李沅芷道：「是柔雲劍法。」陸菲青點點頭，暗想：「柔雲劍是本門獨得之秘，他既是紅花會中人，那麼是大師兄的徒弟了。」

陸菲青師兄弟三人，他居中老二，大師兄馬眞，師弟張召重便是昨晚李沅芷與之動手過招的「張大人」。這張召重天份甚高，用功又勤，師兄弟中倒以他武功最強，只是熱中功名利祿，投身朝廷，此人辦事賣力，這些年來青雲直上，已升到御林軍驍騎營佐領之職。陸菲青當年早與他劃地絕交，昨晚見了他的招式，別來十餘年，此人百尺竿頭，又進一步，實是非同小可。這一晚回思昔日師門學藝的往事，感慨萬千，不意今日又見了一個技出同傳的後進少年。

他猜想余魚同是師兄馬眞之徒，果然所料不錯。余魚同乃江南望族子弟，中過秀才。他父親因和一家豪門爭一塊墳地，官司打得傾家蕩產，又被豪門借故陷害，瘐死獄中。余魚同傷痛出走，得遇機緣，拜馬眞爲師，棄文習武，回來刺死了土豪，從此亡命江湖，後來入了紅花會。他爲人機警靈巧，多識各地鄉談，在會中職使聯絡四方，刺探訊息。這次奉命赴洛陽辦事，並不知文泰來夫婦途中遇敵、在這店裏養傷，原擬吃些點心便冒雨東行，卻聽胡國棟等口口聲聲要捉拿紅花會中人，便即挺身而出。駱冰隔窗聞笛，卻知是十四弟到了。

余魚同以一敵三，打得難解難分。鏢行中人聞聲齊出，站在一旁看熱鬧。童兆和大聲道：「要是我啊，留下兩個招呼小子，另一個就用彈子打。」他見馮輝背負彈弓，便提醒一句。馮輝一聽不錯，退出戰團，跳上桌子，拉起彈弓，叭叭叭，一陣彈子向余魚同打去。

余魚同連連閃避，又要招架刀劍，頓處下風，數合過後，胡國棟長劍與蔣天壽的鬼頭刀同時攻到，余魚同揮金笛將刀擋開，胡國棟的劍尖卻在他長衫上刺了一洞。余魚同一呆，面頰上中了一彈，吃痛之下，手腳更慢。胡國棟與蔣天壽攻得越緊。蔣天壽武功平平，胡國棟卻劍法老辣，算得是公門中一把好手。余魚同手中金笛只有招架，已遞不出招去。童兆和在一旁得意：「聽童大爺的話包你沒錯。喂，你這小子別打啦，扔下笛子，磕頭求饒，脫褲子挨板子吧！」

余魚同技藝得自名門眞傳，雖危不亂，激鬥之中，忽駢左手兩指，直向胡國棟乳下穴道點去。胡國棟疾退兩步。余魚同兩指變掌，在蔣天壽臉前虛晃假劈，待對方舉刀擋格，手掌故意遲遲縮回。蔣天壽看出有便宜可佔，鬼頭刀變守爲攻，直削過去。余魚同左掌將敵人兵刃誘過，金笛橫擊，正中敵腰。蔣天壽大哼一聲，痛得蹲了下去。余魚同待要趕打，胡國棟迎劍架住。馮輝一陣彈子，又把他擋住了。

蔣天壽順了口氣，強忍痛楚，咬緊牙關，站起來溜到余魚同背後，乘他前顧長劍、側避彈子之際，使盡平生之力，鬼頭刀「開天闢地」，向他後腦砍落，這一招攻其無備，實難躲避。那知刀鋒堪堪砍到敵人頂心，腕上突然奇痛，兵刃拿揑不住，跌落在地，一呆之下，胸口又中了一柄飛刀，當場氣絕。

余魚同回過頭來，只見駱冰左手扶桌，站在身後，右手拿著一柄飛刀，纖指執白刃，如持鮮花枝，俊目流眄，櫻唇含笑，舉手斃敵，渾若無事，說不盡的嫵媚可喜。他一見之下，胸口一熱，精神大振，金笛舞起一團黃光，大叫：「四嫂，把打彈弓的鷹爪先廢了。」

駱冰微微一笑，飛刀出手。馮輝聽得叫聲，忙轉身迎敵，只見明晃晃的一把柳葉鋼刀已迎胸飛來，風勁勢急，忙舉彈弓擋架，啪的一聲，弓脊立斷，飛刀餘勢未衰，又將他手背削破。馮輝大駭，狂叫：「師叔，風緊扯呼！」轉身就走。胡國棟唰唰兩劍，把余魚同逼退兩步，將軟倒在地的韓春霖揹起，馮輝揮鞭斷後，衝向店門。

余魚同見公差逃走，也不追趕，將笛子舉到嘴邊。李沅芷心想這人眞是好整以暇，這當口還吹笛呢。誰知他這次並非橫吹，而是向吹洞簫般直吹，只見他一鼓氣，一枝小箭從金笛中飛將出來。馮輝低頭閃避，小箭釘在韓春霖臀上，痛得他哇哇大叫。

余魚同轉身道：「四哥呢？」駱冰道：「跟我來。」她腿上受傷，撐了根門閂當拐杖，引路進房。余魚同從地下拾起一把飛刀交還駱冰，問道：「四嫂怎麼受了傷，不礙事麼？」

那邊胡國棟背了韓春霖竄出，生怕敵人追來，鼓足了勁往店門奔去，剛出門口，外面進來一人，登時撞個滿懷。胡國棟數十年功夫，下盤紮得堅實異常，那知被進來這人輕輕一碰，竟收不住腳，連連退出幾步，把韓春霖脫手拋在地下，才沒跌倒。這一下韓春霖可慘了，那枝小箭在地上一撞，連箭羽沒入肉裏。

胡國棟一抬頭，見進來的是驍騎營佐領張召重，轉怒爲喜，將已到嘴邊的一句粗話縮回肚裏，忙請了個安，說道：「張大人，小的不中用，一個兄弟讓點子廢了，這個又給點了穴道。」張召重「唔」了一聲，左手一把將韓春霖提起，右手在他腰裏一捏，腿上一拍，就把他閉住的血脈解開了，問道：「點子跑了？」胡國棟道：「還在店裏呢。」張召重哼了一聲道：「膽子倒不小，殺官拒捕，還大模大樣的住店。」一邊說話一邊走進院子。馮輝一指文泰來的店房，道：「張大人，點子在那裏。」手持軟鞭，當先開路。

一行人正要闖進，忽然左廂房中竄出一個少年，手持紅布包袱，向張召重一揚，笑道：「喂，又給我搶來啦！」說話之間已奔到門邊。張召重一怔，心想：「這批鏢行小子眞夠膿包，我奪了回來，又給人家搶了去。別理他，自己正事要緊！」當下並不追趕，轉身又要進房。那少年見他不追，停步叫道：「不知那裏學來幾手三腳貓，還冒充是人家師叔，羞也不羞？」這少年正是女扮男裝的李沅芷。

張召重名震江湖，外號「火手判官」。綠林中有言道：「寧見閻王，莫碰老王；寧挨三槍，莫遇一張。」「老王」是鎮遠鏢局總鏢頭威震河朔王維揚，「一張」便是「火手判官」張召重了。這些年來他雖身在官場，武林人物見了仍是敬畏有加，幾時受過這等奚落？當時氣往上衝，一個箭步，舉手向李沅芷抓來，有心要把她抓到，好好教訓一頓，再交給師兄馬真發落。他認定她是馬真的徒弟了。

李沅芷見他追來，拔腳就逃。張召重道：「好小子，往那裏逃？」追了幾步，眼見她逃得極快，不想跟她糾纏，轉身要辦正事。那知李沅芷見他不追，又停步譏諷，說他浪得虛名，丟了武當派的臉，口中說話，腳下卻絲毫不敢停留。張召重大怒，直追出兩三里地，其時大雨未停，兩人身上全濕了。

張召重發了狠勁，心說：「渾小子，抓到你再說。」施展輕功，全力追來。他既決心要追，李沅芷可就難以逃走，眼見對方越追越近，知他武功卓絕，不禁發慌，斜刺裏往山坡上奔去。張召重默不作聲，隨後急追，腳步加快，已到李沅芷背後，長臂伸手，一把抓住她背心衣服。李沅芷大驚，出力掙扎，「嗤」的一聲，背上一塊衣衫給扯了下來，心中突突亂跳，隨手把紅布包袱往山澗裏拋落，說道：「給你吧。」

張召重知道包裹經書關係非小，兆惠將軍看得極重，被澗水一沖，不知流向何處，就算找得回來也必浸壞，當下顧不得追人，躍下山澗去拾包袱。李沅芷哈哈一笑，轉身狂奔。

張召重拾起包袱，見已濕了，忙打開要看經書是否浸濕，包一解開，不由得破口大罵，包裏那有甚麼可蘭經？竟是客店櫃檯上的兩本帳簿，翻開一看，簿上寫的是收某號客人房飯錢幾錢幾串，店夥某某支薪工幾錢幾分。他大嘆晦氣，江湖上甚麼大陣大仗全見過，卻連上了這小子兩次大當，隨手把帳簿包袱抛入山澗，若是拿回店裏，給人一問，面子上可下不來。

他一肚子煩躁，趕回客店，一踏進門就遇見鏢行的閻世章，見他背上好端端地揹著那紅布包袱，暗叫慚愧，忙問：「這包袱有人動過沒有？」閻世章道：「沒有啊。」他爲人細心，知道張召重相問必有緣故，邀他同進店房，打開包袱，經書穩穩當當的在內。張召重道：「胡國棟他們那裏去了？」閻世章道：「剛才還見到在這裏。」

張召重氣道：「公家養了這樣的人有個屁用！我只走開幾步，就遠遠躲了起來。閻老弟，你跟我來，你瞧我單槍匹馬，將這點子抓了。」說著便向文泰來所住店房走去。閻世章心下爲難，他震於紅花會的威名，知道這幫會人多勢衆，好手如雲，自己可惹他們不起，但張召重的話卻也不敢違拗，當下抱定宗旨袖手旁觀，決不參與，好在張召重武功卓絕，對方三人中倒有兩個受傷，勢必手到擒來，他說過要單槍匹馬，就讓他單槍匹馬上陣便是。

張召重走到門外，大喝一聲：「紅花會匪徒，給我滾出來！」隔了半晌，房內毫無聲息。他大聲罵道：「他媽的，沒種！」抬腿踢門，房門虛掩，並未上閂，門開處竟不見有人。他一驚，叫道：「點子跑啦！」衝進房去，房裏空空如也，炕上棉被隆起，似乎被內有人，拔劍挑開棉被，果有兩人相向而臥，他以劍尖在朝裏那人背上輕刺一下，那人動也不動，扳過來看時，那人臉上毫無血色，兩眼突出，竟是蘭州府捕快韓春霖，臉朝外的人則是北京捕頭馮輝，伸手一探鼻息，兩人均已氣絕。這兩人身上並無血跡，也無刀劍傷口，再加細查，見兩人後腦骨都碎成細片，乃內家高手掌力所擊，不禁對文泰來暗暗佩服，心想他重傷之餘，還能使出如此厲害內力，心想「奔雷手」三字果然名不虛傳。可是胡國棟去了那裏？文泰來夫婦又逃往何方？把店夥叫來細問，竟沒半點頭緒。

張召重這一下可沒猜對，韓春霖與馮輝並不是文泰來打死的。

原來當時陸菲青與李沅芷隔窗觀戰，見余魚同有險，陸菲青暗發芙蓉金針，打中蔣天壽手腕，鬼頭刀落地，駱冰送上一把飛刀取了他性命。吳國棟揹起韓春霖逃走。陸菲青放下了心，以爲余駱二人難關已過，那知張召重卻闖了進來。

李沅芷道：「昨晚搶我包袱的就是他，師父認得他嗎？」陸菲青「唔」了一聲，心下計算已定，低聲道：「快去把他引開，越遠越好。回來如不見我，明天你們自管上路，我隨後趕來。」李沅芷還待要問，陸菲青道：「快去，遲了怕來不及，可得千萬小心。」他知這徒兒詭計多端，師弟武藝雖強，但論聰明機變，卻遠遠不及，料想她不會吃虧。而且她父親是現任提督，萬一被張召重捉到，也不敢難爲於她。又知張召重心高氣傲，不屑和婦女動手，要緊關頭之時，李沅芷如露出女子面目，張召重必定一笑退開。不出所算，張召重果然上當，但其時張召重如發暗器，或施殺手，李沅芷也早受傷，只因以爲她是大師兄馬眞之徒，手下留了情，這倒非陸菲青始料之所及。

陸菲青見張召重追出店門，微一凝思，提筆匆匆寫了封短柬，放在懷內，走到文泰來店房門外，在門上輕敲兩下。房裏一個女人聲音問道：「誰呀？」陸菲青道：「我是駱元通駱五爺的好朋友，有要事奉告。」裏面並不答話，也不開門，當是在商量如何應付。這時胡國棟三人卻慢慢走近，遠遠站著監視，見陸菲青站在門外，很是詫異。

房門忽地打開，余魚同站在門口，斯斯文文的問道：「是那一位前輩？」陸菲青低聲道：「我是你師叔綿裏針陸菲青。」余魚同臉現遲疑，他確知有這一位師叔，爲人俠義，可是從來沒見過面，不知眼前老者是眞是假，這時文泰來身受重傷，讓陌生人進房安知他不存歹意。陸菲青低聲道：「別作聲，我教你相信，讓開吧。」余魚同疑心更甚，腿上踩樁拿勁，防他闖門，一面上上下下的打量。陸菲青突伸左手，向他肩上拍去。余魚同急閃，陸菲青右掌翻處，已擱到他腋下，一招「懶扎衣」，輕輕把他推在一邊。「懶扎衣」是武當長拳中起手第一式，左手撩起自己長衫，右手單鞭攻敵，出手鋒銳而瀟洒自如，原意是不必脫去長袍即可隨手擊敵，凡是本門中人，那是一定學過的入門第一課。余魚同只覺得一股大力將他推開，身不由主的退了幾步，又驚又喜：「果眞是師叔到了。」

余魚同這一退，駱冰提起雙刀便要上前。余魚同向她打個手勢，道：「且慢！」陸菲青雙手向他們揮了幾揮，示意退開，隨即奔出房去，向胡國棟等叫道：「喂，喂，屋裏的人都逃光啦，快來看！」

胡國棟大吃一驚，衝進房去，韓春霖和馮輝緊跟在後。陸菲青最後進房，將三人出路堵死，隨手關上了門。胡國棟見余魚同等好端端都在房裏，一驚更甚，忙叫：「快退！」韓春霖和馮輝待要轉身，陸菲青雙掌發勁，在兩人後腦擊落。兩人腦骨破裂，登時斃命。

胡國棟機警異常，見房門被堵，立即頓足飛身上炕，雙手護住腦門，直向窗格撞去。文泰來睡在炕上，見他在自己頭頂竄過，坐起身來，左掌揮出，喀喇一響，胡國棟右臂立斷。胡國棟身形一晃，左足在牆上力撐，還是穿窗破格，逃了出去。腦後風生，駱冰飛刀出手，胡國棟跳出去時早防敵人暗器追襲，雙腳只在地上一點，隨即躍向左邊，饒是如此，飛刀還是揷入了他右肩，當下顧不得疼痛，拚命逃出客店。

這一來，駱冰和余魚同再無懷疑，一齊下拜。文泰來道：「老前輩，恕在下不能下來見禮。」陸菲青道：「好說，好說。這位和駱元通駱五爺是怎生稱呼？」說時眼望駱冰。駱冰道：「那是先父。」陸菲青道：「你是阿冰！我是你陸伯伯，還認得嗎？元通老弟是我至交好友，想不到竟先我謝世。」言下不禁淒然。駱冰眼眶一紅，忙即拜倒。陸菲青問余魚同道：「你是馬師兄的徒弟了？師兄近來可好？」余魚同道：「託師叔的福，師父身子安健。他老人家常常惦記師叔，說有十多年不見，不知師叔在何處安身，總是放心不下。」陸菲青憮然道：「我也很想念你師父。你可知另一個師叔也找你來了。」余魚同矍然一驚，道：「張召重張師叔？」陸菲青點點頭。文泰來聽得張召重的名字，微微一震，「呀」了一聲。駱冰忙過去相扶，愛憐之情，見於顏色。余魚同看得出神，痴想：「要是我有這樣一個妻子，縱然身受重傷，那也是勝於登仙。」

陸菲青道：「我這師弟自甘下流，眞是我師門之恥，但他武功精純，而且千里迢迢從北京西來，必定還有後援。現下文老弟身受重傷，我看眼前只有避他一避，然後我們再約好手，跟他一決雌雄。老夫如不能爲師門淸除敗類，這幾根老骨頭也就不打算再留下來了。」話聲雖低，卻難掩心中憤慨之意。駱冰道：「我們一切聽陸老伯吩咐。」說罷看了一下丈夫的臉色，文泰來點點頭。

陸菲青從懷中掏出一封信來，交給駱冰。駱冰接過，見封皮上寫著：「敬煩面陳鐵膽莊周仲英老英雄」。駱冰喜道：「陸老伯，你跟周老英雄有交情？」陸菲青還沒回答，文泰來先問：「那一位周老英雄？」駱冰道：「周仲英！」文泰來道：「鐵膽莊周老英雄在這裏？」陸菲青道：「他世居鐵膽莊，離此不過二三十里。我和周老英雄從沒會過面，但神交已久，素知他肝膽照人，是個鐵錚錚的好男子。我想請文老弟到他莊上去暫避一時，咱們分一個人去給貴會朋友報信，來接文老弟去養傷。」他見文泰來臉色有點遲疑，便問：「文老弟你意思怎樣？」

文泰來道：「前輩這個安排，本來再好不過，只是不瞞前輩說，小姪身上擔著血海的干係。乾隆老兒不親眼見到小姪喪命，他是食不甘味，睡不安枕。鐵膽莊周老英雄我們久仰大名，是西北武林的領袖人物，交朋友再也熱心不過，那眞是響噹噹的腳色。他與我們雖然非親非故，小姪前去投奔，他礙於老前輩的面子，那是非收留不可，然而這一收留，只怕後患無窮。他在此安家立業，萬一給官面上知道了，叫他受累，小姪心中可萬分不安。」

陸菲青道：「文老弟快別這麼說，咱們江湖上講究的是『義氣』二字，爲朋友兩脅插刀，賣命尚且不惜，何況區區身家產業？咱們在這裏遇到爲難之事，不去找他，周老英雄將來要是知道了，反要怪咱們瞧他不起，眼中沒他這一號人物。」文泰來道：「小姪這條命是甩出去了。鷹爪子再找來，我拚得一個是一個。前輩你不知道，小姪犯的事實在太大，愈是好朋友，愈是不能連累於他。」

陸菲青道：「我說一個人，你一定知道，太極門的趙半山跟你怎樣稱呼？」文泰來道：「趙三哥，那是我們會裏的三當家。」陸菲青道：「照呀！你們紅花會幹的是甚麼事，我全不知情。可是趙半山趙賢弟跟我是過命的交情，當年我們在屠龍幫時出生入死，眞比親兄弟還親。他旣是貴會中人，那麼你們的事一定光明正大，我是信得過的。你犯了大事卻又怎麼了？最大不過殺官造反。嘿嘿！剛才我就殺了兩個官府的走狗哪！」說著伸足在馮輝的屍體上踢了一腳。

文泰來道：「小姪的事說來話長，過後只要小姪留得一口氣在，再詳詳細細的稟告老前輩。這次乾隆老兒派了八名大內侍衛來兜捕我們夫妻。酒泉一戰，小姪身負重傷，虧得你姪女兩把飛刀多廢了兩個鷹爪，好容易才逃到這裏，那知御林軍的張召重又跟著來啦。小姪終是一死，但乾隆老兒那見不得人的事，總要給他抖了出來，才死得甘心。」

陸菲青琢磨這番說話，似乎他獲知了皇帝的重大陰私，是以乾隆接二連三派出高手要殺他滅口。他雖在大難之中，卻不願去連累別人，正是一人做事一人當的英雄本色，心想如不激上一激，他一定不肯投鐵膽莊去，便道：「文老弟，你不願連累別人，那原是光明磊落的好漢子行徑，只不過我想想有點可惜。」

文泰來忙問：「可惜甚麼？」陸菲青道：「你不願去，我們三人能不能離開你？你身上有傷，動不得手，待會鷹爪子再來，我不是長他人志氣，滅自己威風，只要有我師弟在內，咱們有誰是他敵手？這裏一位是你夫人，一個是你兄弟，老朽雖然不才，也還知道朋友義氣比自己性命要緊。咱們一落敗，誰能棄你而逃？老朽活了六十歲，這條命算是撿來的，陪你老弟跟他們拚了，沒甚麼大不了，可惜的是我這個師姪方當有為，你這位夫人青春年少，只因你要逞英雄好漢，唉，累得全都喪命於此。」

文泰來聽到這裏，不由得滿頭大汗，陸菲青的話雖然有點偏激，可全入情入理。駱冰叫了一聲「大哥」，拿出手帕把他額上汗珠拭去，握住他那隻沒受傷的手。文泰來號稱「奔雷手」，十五歲起浪蕩江湖，手掌下不知擊斃過多少神奸巨憝、兇徒惡霸，但這雙殺人無算的巨掌被駱冰又溫又軟的手輕輕一握，正所謂英雄氣短，兒女情長，再也不能堅執己見了，向陸菲青道：「前輩教訓的是，剛才小姪是想岔了，前輩指點，唯命是從。」

陸菲青將寫給周仲英的信抽了出來。文泰來見信上先是幾句仰慕之言，再說有幾位紅花會的朋友遇到危難，請他照拂，信上沒寫文余等人的姓名。文泰來看後，嘆了一口氣道：「我們這一到鐵膽莊，紅花會又多了一位恩人了。」

紅花會自來有恩必酬，有仇必報。任何人對他們有恩，總要千方百計答謝才罷，若是結下了怨仇，也必大仇大報，小仇小報，決不放過。鎮遠鏢局的人聽到紅花會的名頭心存畏懼，就因知道他們人多勢眾，恩怨分明，實是得罪不得。

陸菲青再問余魚同，該到何處去報信求援，紅花會後援何時可到。余魚同道：「紅花會十二位香主，除了這裏的文四當家和駱十一當家，都已會集安西。大夥請少舵主總領會務，少舵主卻一定不肯，說他年輕識淺，資望能力差得太遠，非要二當家無塵道長當總舵主不可。無塵道長又那裏肯？現下僵在那裏，只等四當家與十一當家一到，就開香堂推舉總舵主。誰知他們兩位竟在這裏被困。大家眼巴巴的正在等他們呢。」

陸菲青喜道：「安西離此不遠，貴會好手大集。張召重再強，又怕他何來？」余魚同向文泰來道：「少舵主派我去洛陽見韓家的掌門人，分說一件誤會，那也不是十萬火急之事。小弟先趕回安西報信，四哥你瞧怎麼樣？」他在會中位分遠比文泰來為低，遇到疑難時按規矩要聽上頭的人吩咐。文泰來沉吟未答。陸菲青道：「我瞧這樣，你們三人馬上動身去鐵膽莊，安頓好後，余賢姪就逕赴洛陽。到安西報信的事就交給我去辦。」

文泰來不再多說，彼此是成名英雄，這樣的事不必言謝，也非一聲道謝所能報答，從懷中拿出一朵大紅絨花，交給陸菲青道：「前輩到了安西，請把這朵花揷在衣襟上，敝會自有人來接引。」駱冰扶起文泰來下地。余魚同把地下兩具屍體提到炕上，用棉被蒙住。陸菲青打開房門，大模大樣的踱出來，上馬向西疾馳而去。

過了片刻，余魚同手執金笛開路，駱冰一手撐了一根門閂，一手扶著文泰來走出房來。掌櫃的和店夥連日見他們惡戰殺人，膽都寒了，站得遠遠的那敢走近。余魚同將三錢銀子拋在櫃上，說道：「這是房飯錢！我們房裏有兩件貴重物事存著，誰敢進房去，少了東西回來跟你算帳。」掌櫃的連聲答應，大氣也不敢出。店夥把三人的馬牽來，雙手不住發抖。文泰來兩足不能踏鐙，左手在馬鞍上一按，一借力，輕輕飛身上馬。余魚同讚道：「四哥好俊功夫！」駱冰嫣然一笑，上馬提韁，三騎連轡往東。

余魚同在鎭頭問明了去鐵膽莊的途徑，三人放馬向東南方奔去，一口氣走出十五六里地，一問行人，知道過去不遠就到。駱冰暗暗欣慰，心知只要一到鐵膽莊，丈夫就是救下來了。鐵膽莊周仲英威名遠震，在西北黑白兩道無人不敬，天大的事也擔當得起，只消緩得一口氣，紅花會大援便到，鷹爪子便來千軍萬馬，也總有法子對付。

一路上亂石長草，頗爲荒涼。忽聽馬蹄聲急，迎面奔來三乘馬。馬上兩個是精壯漢子，另一人身材甚是魁偉，白鬚如銀，臉色紅潤，左手嗆啷啷的弄著兩個大鐵膽。交錯而過之時，三人向文泰來等看了一眼，臉現詫異之色，六騎馬奔馳均疾，霎時之間已相離十餘丈。余魚同道：「四哥四嫂，那位恐怕就是鐵膽周仲英。」駱冰道：「我也正想說。似他這等神情，決非尋常人物，手裏又拿著兩個鐵膽。」文泰來道：「多半是他。但他走得這麼快，怕有急事，半路上攔住了問名問姓，總是不妥。到鐵膽莊再說吧。」

又行數里，來到鐵膽莊前，其時天色向晚，風勁雲低，夕照昏黃，一眼望去，平野莽莽，無邊無際的衰草黃沙之間，唯有一座孤零零的莊子。三人日暮投莊，求庇於人，心情鬱鬱，俱有悽愴之意。緩緩縱馬而前，見莊外小河環繞，河岸遍植楊柳，柳樹上卻光禿禿地一張葉子也無，疾風下柳枝都向東飄舞。莊外設有碉堡，還有望樓吊橋，氣派甚大。

莊丁請三人進莊，在大廳坐下獻茶。一位管家模樣的中年漢子出來接待，自稱姓宋，名叫善朋，隨即請教文泰來等三人姓名。三人據實說了。

宋善朋聽得是紅花會中人物，心頭一驚，忙道：「久仰久仰，聽說貴會在江南開山立櫃，一向很少到塞外來呀。不知三位找我們老莊主有何見教？眞是失敬得很，我們老莊主剛出了門。」一面細細打量來人，紅花會威震天下，自是素所尊崇，但知紅花會與老莊主從無交往，這次突然過訪，來意善惡，無從捉摸，言辭之間，不免顯得有些遲疑冷淡。

文泰來聽得周仲英果不在家，陸菲青那封信也就不拿出來了，見宋善朋雖然禮貌恭謹，但畏畏縮縮一副拒人於千里之外的神情，心下有氣，便道：「既然周老英雄不在家，就此告退。我們前來拜莊，也沒甚麼要緊事，只是久慕周老英雄威名，順道瞻仰。這可來得不巧了。」說著扶了椅子站起。宋善朋道：「不忙不忙，請用了飯再走吧。」轉頭向一名莊丁輕輕說了幾句話，那莊丁點頭而去。文泰來堅說要走。宋善朋道：「那麼請稍待片刻，否則老莊主回來，可要怪小人怠慢貴客。」說話之間，一名莊丁捧出一隻盤子，盤裏放著兩隻元寶，三十兩一隻，共是六十兩銀子。宋善朋接過盤子，對文泰來道：「文爺，這點不成敬意。三位遠道來到敝莊，我們沒好好招待，這點點盤費請賞臉收下。」

文泰來聽了，勃然大怒，心想我危急來投，你把我當成江湖上打抽豐的來啦。他一身傲骨，這次來鐵膽莊本已萬分委屈，豈知竟受辱於傖徒。駱冰見丈夫臉上變色，輕輕在他手上一捏，要他別發脾氣。文泰來按捺怒氣，左手拿起元寶，說道：「我們來到寶莊，可不是爲打抽豐，宋朋友把人看小啦。」宋善朋連說「不敢」，心裏卻說：「你不是打抽豐，怎麼銀子又要拿？」他知道紅花會聲名大，是以送的程儀特別從豐。

文泰來「嘿嘿」一聲冷笑，把銀子放回盤中，說道：「告辭了。」宋善朋一看之下，大吃一驚。兩隻好端端的元寶，已被他單手潛運掌力，捏成一個扁扁的銀餅，他又是羞慚，又是著急，心想：「這人本領不小，怕是來尋仇找晦氣的。」忙向莊丁輕聲囑咐了幾句，叫他快到後堂報知大奶奶，自己直送出莊，連聲道歉。文泰來不再理他。三名莊丁把客人的馬匹牽來，文泰來與余魚同向宋善朋一抱拳，說聲「叨擾」，隨即上馬。

駱冰從懷裏摸出一錠金子，重約十兩，遞給牽著她坐騎的莊丁，說道：「辛苦你啦，一點點小意思，三位喝杯酒吧。」說著向另外兩名莊丁一擺手。這十兩黃金所值，遠遠超過宋善朋所送的兩隻銀元寶，那莊丁一世辛苦也未必積得起，手中幾時拿到過這般沉甸甸的一塊黃金，一時還不敢信是眞事，歡喜得連「謝」字也忘了說。駱冰一笑上馬。

原來駱冰出生不久，母親即行謝世。神刀駱元通是獨行大盜，一人一騎，專劫豪門巨室，曾在一夜之間，連盜金陵八家富戶，長刀短刀飛刀，將八家守宅護院的武師打得人人落荒而逃，端的名震江湖。他行劫之前，必先打聽事主確是聲名狼藉，多行不義，這才下手，是以每次出手，越是席捲滿載，越是人心大快。駱元通對這獨生掌珠千依百順，但他生性粗豪，女孩兒家的事一竅不通，要他以嚴父兼爲慈母，也眞難爲他熬了下來。他錢財得來容易，花用完了，就伸手到別人家裏去取，天下爲富不仁之家，盡是他寄存金銀之庫，只消愛女開口伸手，銀子要一百有一百，要一千說不定就給兩千，因此把女兒從小養成了一副出手豪爽無比的脾氣，說到花費銀子，皇親國戚的千金小姐也遠比不上這個大盜之女的闊氣。

駱冰從小愛笑，一點小事就招得她咭咭咯咯的笑上半天，任誰見了這個笑靨迎人的小姑娘沒有不喜歡的，嫁了文泰來之後，這脾氣仍是不改。文泰來比她大上十多歲，除了紅花會的老舵主于萬亭和幾位義兄之外，生平就只服這位嬌妻。

文泰來等正要縱馬離去，只聽得一陣鸞鈴響，一騎飛奔而來，馳到跟前，乘者翻身下馬，向文泰來等拱手說道：「三位果然是到敝莊來的，請進莊內奉茶。」文泰來道：「已打擾過了，改日再來拜訪。」那人道：「適才途中遇見三位，老莊主猜想是到我們莊上來的，本來當時就要折回，只因實有要事，因此命小弟趕回來迎接貴賓。老莊主最愛交接朋友，他一見三位，知道是英雄豪傑，十分歡喜，他說今晚無論如何一定趕回莊來，務請三位留步，在敝莊駐馬下榻。不恭之處，老莊主回來親自道歉。」文泰來見那人中等身材，細腰寬膀，正是剛才途中所遇，聽他說話誠懇，氣就消了大半。

那人自稱姓孟，名健雄，是鐵膽周仲英的大弟子，當下把文泰來三人又迎進莊去，言語十分恭敬殷勤。宋善朋在旁透著很不得勁兒。賓主坐下，重新獻茶，一名莊丁出來在孟健雄耳邊說了幾句話。孟健雄站起身來，道：「我家師娘請這位女英雄到內堂休息。」

駱冰跟著莊丁入內，走到穿堂，另有一名婢女引著進去。老遠就聽得一個女人大聲大氣的道：「啊喲，貴客降臨，眞是失迎！」一個四十多歲的女人大踏步出來，拉著駱冰的手，很顯得親熱，道：「剛才他們來說，有紅花會的英雄來串門子，說只坐了一會兒就走了。我正懊惱，幸好現下又賞臉回來，我們老爺子這場歡喜可就大啦！快別走，在我們這小地方多住幾天。你們瞧，」回頭對幾個婢女說：「這位奶奶長得多俊。把我們小姐都比下去啦！」駱冰心想這位太太眞是口沒遮攔，說道：「這位不知是怎麼稱呼？小妹當家的姓文。」那女人道：「你瞧我多糊塗，見了這樣標致的一位妹妹，可就樂瘋啦！」她還是沒說自己是誰。一個婢女道：「這是我們大奶奶。」

這女人是周仲英的續絃。周仲英前妻生的兩個兒子，都因在江湖上與人爭鬥，先後喪命。這位繼室夫人生了一個女兒周綺，今年十八歲，生性魯莽，常在外面鬧事。周仲英剛才匆匆忙忙的出去，就爲了這位大小姐又打傷了人，趕著去給人家賠不是。這奶奶生了女兒後就一直沒再有喜，周仲英心想自己年紀這麼一大把，看來是命中注定無子的了，那知在五十四歲這年上居然又生了個兒子。老夫婦晚年得子，自是喜心翻倒。親友們都恭維他是積善之報。

坐定後，周大奶奶道：「快叫少爺來，給文奶奶見見。」一個孩子從內房出來，長得眉清目秀，手腳靈便。駱冰料想他已學過幾年武藝。這孩子向駱冰磕頭，叫聲「嬸嬸」。駱冰握住他的手，問幾歲了，叫甚麼名字。那孩子道：「今年十歲了，叫周英傑。」駱冰把左腕上一串珠子褪下，交給他道：「遠道來沒甚麼好東西，幾顆珠子給你鑲帽兒戴。」周大奶奶見這串珠子顆顆又大又圓，極是貴重，心想初次相見，怎可受人家如此厚禮，又是叫嚷，又是嘆氣，推辭了半天無效，只得叫兒子磕頭道謝。

正說話間，一個婢女慌慌張張的進來道：「文奶奶，文爺暈過去啦。」周大奶奶忙叫人請大夫。駱冰快步出廳，去看丈夫。原來文泰來受傷甚重，剛才一生氣，手捏銀餅又使了力，一股勁支持著倒沒甚麼，一鬆下來可撐不住了。駱冰見丈夫臉上毫無血色，神智昏迷，心中又疼又急，連叫「大哥」，過了半晌，文泰來方悠悠醒來。

孟健雄急遣莊丁趕騎快馬到鎮上請醫，順便報知老莊主，客人已經留下來了。他一路囑咐，跟著莊丁直說到莊子門口，眼看著莊丁上馬，順著大路奔向趙家堡，正要轉身入內，忽見莊外一株柳樹後一個人影一閃，似是見到他而躲了起來。

他不動聲色，慢步進莊，進門後飛奔跑上望樓，從牆孔中向外張望。只見柳樹之後一個腦袋探將出來，東西張望，迅速縮回，過了片刻，一條矮漢輕輕溜了出來，在莊前繞來繞去，走得幾步，又躲到一株柳樹之後。孟健雄見那人鬼鬼祟祟，顯非善類，眉頭一皺，走下望樓，把周英傑叫來，囑咐了幾句。周英傑大喜，連說有趣。

孟健雄跑出莊門，大笑大嚷：「好兄弟，我怕了你，成不成？」向前飛跑。周英傑在後緊追，大叫：「看你逃到那裏去？輸了想賴，快給我磕頭。」孟健雄向他打躬作揖，笑著討饒。周英傑不依，伸出兩隻小手要抓。孟健雄直向那矮漢所躲的柳樹後奔去，那漢子出其不意，嚇了一跳，站起身來，假裝走失了道：「喂，借光，上三道溝走那條路呀？」孟健雄只作不見，嘻嘻哈哈的笑著，直向他衝去，當胸一撞，那人仰天一交摔出。

這矮漢子正是鎭遠鏢局的童兆和。他記掛著駱冰笑靨如花的模樣，雖然吃過文泰來的苦頭，但想：「老子只要不過來，這麼遠遠的瞧上幾眼，你總不能把老子宰了。」是以過不多時，便向駱冰的房門瞟上幾眼。待見她和文泰來、余魚同出店，知道要逃，忙騎了馬偷偷跟隨。他不敢緊跟，老遠的盯著，眼見他們進了鐵膽莊，過了一會，遠遠望見三人出得莊來，不知怎麼又進去了，這次可老不出來。他想探個著實，回去報信，倒也是功勞一件，別讓人說淨會吃飯耍貧嘴，不會辦事。正在那裏探頭探腦，不想孟健雄猛衝過來。他旁的本事沒甚麼，爲人卻十分機警，知道行藏已給人看破，這一撞是試功夫來啦，當下全身放鬆，裝作絲毫不會武功模樣，摔了一交，邊罵邊哼，爬不起來，好在他武功本就稀鬆，要裝作全然不會，相差無幾，倒也算不上是甚麼天大難事。

孟健雄連聲道歉，笑著道：「我跟這小兄弟鬧著玩，不留神撞了尊駕，沒跌痛麼？」童兆和叫道：「這條胳臂痛得厲害，啊唷！」孟健雄伸手把他拉起，道：「請進去給我瞧瞧，我們有上好治傷膏藥。」童兆和無法推辭，只得懷著鬼胎，一步一哼的跟他進莊。

孟健雄把他讓進東邊廂房，問道：「尊駕上三道溝去嗎？怎麼走到我們這兒來啦？」童兆和道：「是啊，我正說呢，剛才一個放羊的娃子冤我啦，指了這條路，他奶奶的，回頭找他算帳。」孟健雄冷冷的道：「也不定是誰跟誰算帳呢。勞您駕把衫兒解開吧，我給你瞧一下傷。」童兆和到此地步，不由得不依。

孟健雄明說看傷，實是把他裏裏外外搜了個遍。他一把匕首藏在靴筒子裏，居然沒給搜出來。孟健雄在他身上摸來摸去，會武功之人，敵人手指伸到自己要害，定要躲閃封閉，否則這條命可是交給了人家。童兆和心道：「童大爺英雄不怕死，胡羊裝到底！」孟健雄在他腦袋上兩邊「太陽穴」一按，胸前「膻中穴」一拍。童兆和毫不在乎道：「這裏沒甚麼。」孟健雄又在他腋下一捏，童兆和噗哧一笑，說道：「啊喲，別格支人，我怕癢。」這些都是致命的要害，他居然並不理會，孟健雄心想這小子敢情眞不是會家，可是見他路道不正，總是滿腹懷疑：「聽口音不是本地人，難道是個偷鷄摸狗的小賊？到鐵膽莊來太歲頭上動土，膽子是甚麼東西打的？」但鐵膽莊向來奉公守法，卻也不敢造次擅自扣人，只得送他出去。

童兆和一面走，一面東張西望，想查看駱冰他們的所在。孟健雄疑心他是給賊人踩道，發話道：「朋友，招子放亮點，你可知道這是甚麼地方？」

童兆和假作痴呆道：「這麼大的地方，說是東嶽廟嘛，可又沒菩薩。」孟健雄送過吊橋，冷笑道：「朋友，有空再來啊！」童兆和再也忍不住了，說道：「不成，得給我大舅子道喜去。他新當上大夫啦，整天給人脫衣服驗傷。」孟健雄聽他說話不倫不類，一怔之下，才明白是繞彎子罵人，伸手在他肩上重重一拍，嘿嘿一笑，揚長進莊。童兆和被他這一拍，痛入骨髓，「孫子王八蛋」的罵個不休，找到了坐騎，奔回三道溝安通客棧。

踏進店房，只見張召重、胡國棟和鏢行的人圍坐著商議，還有七八個面生之人，議論紛紛，猜想文泰來逃往何處，打死韓春霖和馮輝的那個老頭又是何人。誰都說不出個所以然來，個個皺起眉頭，爲走脫了欽犯而發愁。

童兆和得意洋洋，把文泰來的蹤跡說了出來，自己受人家擺佈的事當然隱瞞不說。張召重一聽大喜，說道：「咱們就去，童老弟請你帶路。」他本來叫他「老童」，一高興，居然叫起「老弟」來。童兆和連聲答應，周身骨頭爲之大輕，登時便沒把鏢行中的衆鏢頭瞧在眼裏，不住口的大吹如何施展輕功，如何冒險追蹤，說道：「那是皇上交下來的差使，又是張大人的事，姓童的拚了命也跟反賊們泡上了。」

胡國棟右臂折斷，已請跌打醫生接了骨，聽他丑表功表之不已，便給他和新來的幾人引見。童兆和一聽，吃了一驚，原來都是官府中一流好手：那是大內賞穿黃馬褂的二等侍衛瑞大林，鄭親王府武術總教頭萬慶瀾，九門提督府記名總兵成璜，湖南辰州言家拳掌門人言伯乾，以及天津與保定的幾個名捕頭。

爲了捉拿文泰來，這許多南北滿漢武術名家竟雲集三道溝這小小市鎮。當下一行人摩拳擦掌，向鐵膽莊進發。

陸菲青冒著撲面疾風，縱馬往西，過烏金峽長嶺時，見昨日嶺上惡戰所遺血漬已被雨水沖得乾乾淨淨。一口氣奔出四五十里地，到了一個小市集，一番馳騁，精神愈長，天色未黑，原可繼續趕路，但馬匹已疲，嘴邊儘泛白沫，氣喘不已。文泰來之事勢如星火，後援早到一刻好一刻，正自委決不下，忽見市集盡頭有個回人手牽兩馬，東西探望，似在等人。那兩匹馬身高驃肥，毛色光潤，心中一動，走上前去，向他買馬。

那回人搖搖頭。他取出布囊，摸了一錠大銀遞過，約有二十來兩，那回人仍是搖頭。他心下焦躁，倒提布囊，囊中六七錠小銀子都倒將出來，連大錠一起遞過！那回人揮手叫他走開，似說馬是決不賣的，不必多所囉唆。陸菲青好生懊喪，把銀子放回囊中。那回人一眼瞥見他掌中幾錠小銀子之間夾著一顆鐵蓮子，伸手取過，向著暗器上所刻的羽毛花紋仔細端詳。原來那晚陸菲青帳外窺秘，霍青桐以鐵蓮子相射，給他彈入茶壺，其後隨手放入囊中，也便忘了。那回人詢問鐵蓮子從何而來。

陸菲青靈機一動，便說那個頭插綠羽、手使長劍的回族少女是他朋友，此物是她所贈。那回人點點頭，又仔細看了一下，放還陸菲青掌中，將一匹駿馬的韁繩交了給他。陸菲青大喜，忙再取出銀子。回人搖手不要，牽過陸菲青的坐騎，轉身便走。陸菲青心道：「瞧不出這麼花朵兒般的一個小姑娘，在回人之中竟有偌大聲勢，一顆鐵蓮子便如令箭一般。」

原來這回人正是霍青桐的族人。他們這次大舉東來奪經，沿站設樁，以便調動人手，傳遞消息。他見這漢人老者持有霍青桐的鐵蓮子匆匆西行，只道是本族幫手，毫不猶豫，便將好馬換了給他。

陸菲青縱馬疾馳，前面鎮上又遇到了回人，他取出鐵蓮子，立時又換到了一匹養足了力氣的好馬。這次更加來得容易，因回人馬匹後腿上烙有部族印記，他拿去換的即是他們本族馬匹，對方自然更無懷疑。

陸菲青一路換馬，在馬上吃點乾糧，一日一夜趕了六百多里，第二日傍晚到達安西。他武功精湛，武當派講究的又是內力修爲，但畢竟年歲已高，這一日一夜不眠不休的奔馳下來，也已十分疲累。進得城來，取出文泰來所給紅花，揷在襟頭。走不上幾步，迎面就有兩名短裝漢子過來，抱拳行禮，邀他赴酒樓用飯，陸菲青也不推辭。上了酒樓，一名漢子陪他飲酒，另一個說聲「失陪」就走了。相陪的漢子執禮甚恭，一句話不問，只是叫菜勸酒。

三杯酒落肚，門外匆匆進來一人，上前作揖。陸菲青忙起身還禮，見那人穿一件青布長衫，三十左右年紀，雙目烱烱，英氣逼人。那人請教姓名，陸菲青說了。那人道：

「原來是武當派陸老前輩，常聽趙半山三哥說起您老大名，在下好生仰慕，今日相會，眞是幸事。」陸菲青道：「請教尊姓大名。」那人道：「晚輩衛春華。」原先相陪之人說道：「老英雄請寬坐。」向陸衛二人行禮而去。衛春華道：「敝會少舵主和許多弟兄都在本地，要是得知老前輩大駕光臨，大夥兒一定早來迎接了。不知老前輩是否可以賞臉移步，好讓大家拜見。」陸菲青道：「好極了，我趕來原有要事奉告。」衛春華要再勸酒，陸菲青道：「事在緊急，跟貴會衆英雄會見後再飲不遲。」

當下衛春華在前帶路，走出酒樓，掌櫃的也不算酒錢。陸菲青心想，看來這酒樓是紅花會聯絡之所。兩人上馬出城。衛春華問道：「老前輩已遇到了我們文四哥文四嫂？」陸菲青道：「是啊，你怎知道？」衛春華道：「老前輩身上那朶紅花是文四哥的，這花有四片綠葉相襯。」陸菲青心想：「這是他們會中暗記，這人坦然相告，那是毫不見外，當我是自己人了。」

不一會，二人來到一所道觀。觀前觀後古木參天，氣象宏偉，觀前一塊扁額寫著「玉虛道院」四個大字。觀前站著兩名道人，見了衛春華很是恭謹。衛春華肅客入觀，一名小道童獻上茶來。衛春華在道童耳邊說了幾句話，道童點頭進去。陸菲青剛要舉杯喝茶，只聽得內堂一人大叫：「陸大哥，你可把小弟想死了……」話聲未畢，人已奔到，正是他當年的刎頸之交趙半山。

老友相見，眞是說不出的歡喜。趙半山一疊連聲的問：「這些年來在那裏？怎麼會到這裏的？」陸菲青且自不答，說道：「趙賢弟，咱們要緊事先談。貴會文四當家眼下可在難中。」當下將文泰來與駱冰的事大略一說，只把趙衛兩人聽得慘然變色。衛春華沒聽完，便快步入內報訊。趙半山細細詢問文駱二人傷勢詳情。

陸菲青還未說完，只聽得衛春華在院子中與一人大聲爭執。那人叫道：「你攔著我幹甚麼？我非得馬上趕到四哥身邊不可。」衛春華道：「你就是這麼急性子，大夥兒總先得商量商量，再由少舵主下令派誰去接四哥呀。」那人仍是大叫大嚷的不依。

趙半山拉著陸菲青的手出去，陸菲青見那大聲喧嘩吵鬧之人是個駝子，記得正是那天用手割斷李沅芷馬尾之人。衛春華在駝子身上推了一把，道：「去見過陸老前輩。」那駝子走將過來，楞著眼瞪視半晌，不言不語。陸菲青只道他記得自己相貌，還在為那天李沅芷笑他而心中不快，正想道歉，那駝子忽道：「你一天一晚趕了六百多里，來為我四哥四嫂報信，我章駝子謝謝你啦！」話未說完，突然跪下，就在石階上咚咚咚咚磕了四個響頭。

陸菲青待要阻止，已經不及，只得也跪下還禮。那駝子早已磕完了頭，站起身來，說道：「趙三哥，衛九哥，我先走啦。」趙半山想勸他稍緩片刻，那駝子頭也不回，直竄出去，剛奔出月洞門，外面進來一人，一把拉住駝子，問道：「到那裏去？」駝子道：「瞧四哥四嫂去，跟我走吧。」不由那人分說，反手拉了他手腕便走。趙半山叫道：「七弟你就陪他去吧。」那人遙遙答應。

這駝子姓章名進，最是直性子。他天生殘疾，可是神力驚人，練就了一身外家的硬功夫。他身有缺陷，最惱別人取笑他的駝背，他和人說話時自稱「章駝子」，那是好端端地，然而別人若是在他面前提到個「駝」字，甚至衝著他的駝背一笑，這人算是惹上了禍啦。笑他之人如是常人也還罷了，如會武藝，往往就被他結結實實的打上一頓。他在紅花會中最聽駱冰的話，因他脾氣古怪，旁人都忌他三分，駱冰卻憐他殘廢，衣著飲食，時加細心照料，當他是小兄弟一般。他聽到文泰來夫婦遇難，熱血沸騰，一股勁就奔去赴援。章進在紅花會中排行第十，剛才被他拉去的是坐第七把交椅的徐天宏。其人身材矮小，足智多謀，算是紅花會的軍師，武功也頗不弱，江湖上送他一個外號，叫做「武諸葛」。

趙半山把這兩人的情形大略一說，紅花會眾當家陸續出來廝會，全是武林中成名的英雄好漢，陸菲青在途中大半也都見過。趙半山一一引見，各人心急如焚，連客套話也都省了。陸菲青把文泰來的事擇要說了，那位獨臂二當家無塵道人道：「咱們見少舵主去。」

大夥走向後院，進了一間大房，只見板壁上刻著一隻大圍棋盤，三丈外兩人坐在炕上，手拈棋子，向那豎立的棋局投去，一顆顆棋子都嵌在棋道之上。陸菲青見多識廣，可從未見過有人如此下棋。棋盤旁站著個小道童，遇有食子、打劫，便伸手從棋盤中揑子。持白子的是個青年公子，身穿白色長衫，臉如冠玉，似是個貴介子弟。持黑子的卻是個莊稼人打扮的老者。老者發子之時，每著勢挾勁風，棋子深陷板壁。陸菲青暗暗心驚：「這人不知是那一位英雄，發射暗器的手勁準頭，我生平還沒見過第二位。」眼見黑子勢危，白子一投，黑子滿盤皆輸，那公子一子投去，準頭稍偏，沒嵌準棋道交叉之處，落入了空格。老者呵呵笑道：「這一子不成話，認輸了吧！」推棋而起，顯然是輸了賴皮。那公子微微一笑，說道：「待會再跟師父下過。」那老者也不跟衆人招呼行禮，揚長出門。（按：中國古來慣例，下圍棋尊長者執黑子，日本亦然，至近代始變。）

趙半山向那公子道：「少舵主，這位是武當派前輩名宿陸菲青陸大哥。」又向陸菲青道：「這位是我們少舵主，兩位多親近親近。」那少舵主拱手作揖，說道：「小姪姓陳名家洛，請老伯多多指教。小姪曾聽趙三哥多次說起老伯大名，想像英風，常恨無緣拜會。適才陪師父下棋，不知老伯駕到，未曾恭迎，失禮之極，深感惶恐。」陸菲青連稱不敢，心下詫異，見這少舵主一付模樣直是個富貴人家的紈袴子弟，兼之吐屬斯文，和這些草莽羣豪全不相類。

趙半山把文泰來避難鐵膽莊之事向陳家洛說了，請示對策。陳家洛向無塵道人道：

「請道長吩咐吧。」無塵身後一條大漢站了出來，厲聲說道：「四哥身受重傷，人家素不相識，連日連夜趕來報信，咱們自己還在你推我讓，讓到四哥送了命，那再不讓了吧？老當家的遺命誰敢不遵？少舵主你不奉義父遺囑就是不孝，你要是瞧我們兄弟不起，不肯做頭腦，那麼紅花會七八萬人全都散了夥吧！」陸菲青看那人又高又肥，臉色黝黑，神態威猛，剛才趙半山引見是會中坐第八交椅的楊成協。

羣雄紛紛說道：「咱們蛇無頭不行，少舵主若再推讓，敎大家都寒了心。四哥現下身在難中，大家須得奉少舵主將令趕去相救。」無塵凜然道：「紅花會上下七萬多人，那一個不聽少舵主號令，敎他吃我無塵一劍。」陳家洛見衆意如此，好生爲難，雙眉微蹙，沉吟不語。

西川雙俠中的常赫志冷冷的道：「兄弟，少舵主既然瞧不起咱們，咱哥兒倆把四哥接回之後，就回西川去！」常伯志接口道：「哥哥說得對，就這麼辦。」

陳家洛知道再不答允，必定壞了衆兄弟的義氣，當下團團一揖，說道：「兄弟不是不識抬舉，實因自知年輕識淺，量才量德，均不足擔當大任。但各位如此見愛，從江南遠道來到塞外，又有我義父遺命，叫我好生爲難。本來想等文四哥到後，大家從長計議。現下文四哥有難，無可再等，各位又非要我答允不可，恭敬不如從命，這就聽各位兄長吩咐吧。」紅花會羣雄見他答允出任總舵主，歡然喝采，如釋重負。

無塵道人道：「那麼便請總舵主拜祖師、接紅花。」

陸菲青知道各幫各會都有自家的典禮制儀，總舵主是全會之主，接任就任，要大開香堂，更是非同小可，自己是外人，不便參與，當下向陳家洛道了喜告退。長途跋涉之後，十分困倦，趙半山引他到自己房裏洗沐休息。一覺醒來，已是深夜。趙半山道：「總舵主已率領衆兄弟分批趕赴鐵膽莊，知道大哥一夜未睡，特留小弟在此相陪，咱哥兒倆明日再去。」

故交十多年未見，話盒子一打開，那裏還收得住？這些年來武林中的恩恩怨怨，生生死死，直談到東方泛白，還只說了個大概。陸菲青避禍隱居，於江湖上種種風波變亂，一無所知，此時聽趙半山說來，眞是恍如隔世，聽到悲憤處目眦欲裂，壯烈處豪氣塡膺，又問：「你們總舵主年紀這麼輕，模樣兒就像個公子哥兒，怎地大家都服他？」趙半山道：「這事說來話長，大哥再休息一會，待會兒咱們一面趕路一面說。」

陳家洛使出「百花錯拳」，怪招迭出。周仲英大驚，連連倒退。只見廳外竄進兩人，大叫：「住手！」卻是陸菲青和趙半山到了。

第三回　避禍英雄悲失路　尋仇好漢誤交兵

鎭遠鏢局鏢頭童兆和與高采烈的帶路，引著張召重等一干官府好手、七八名捕快，趕赴鐵膽莊來。他這次有人壯膽撐腰，可就威風八面了，來到莊前，向莊丁喝道：「快叫你家莊主出來，迎接欽差。」莊丁見這干人來勢洶洶，也不知是甚麼來頭，轉身回入。張召重心想周仲英名聲極大，是西北武林首腦人物，可得罪不得，便道：「這位朋友且住，你說我們是京裏來的，有點公事請教周老英雄。」他說罷向胡國棟使了個眼色。胡國棟點點頭，率領捕快繞向莊後，以防欽犯從後門逃走。

孟健雄聽得莊丁稟告，料知這批人定爲文泰來而來，叫宋善朋出去敷衍，當即趕到文泰來室中，說道：「文爺，外面來了六扇門的鷹爪子，說不得，只好委屈三位暫避一避。」當下把文泰來扶起，走進後花園一個亭子，和兩名莊丁合力抬起一張石桌，露出一塊鐵板，拉開鐵板上鐵環，用力一提，鐵板掀起，下面是通向地窖的石級。

文泰來怒道：「文某豈是貪生怕死之徒？躲在這般的地方，便是逃得性命，也落得天下英雄恥笑。」孟健雄道：「文爺說那裏話來？大丈夫能屈能伸，文爺身受重傷，暫時迴避，有誰敢來笑話？」文泰來道：「孟兄美意，文某心領了，這就告辭，以免連累寶莊。」孟健雄不住婉言相勸。

只聽得後門外有人大聲叫門，同時前面人聲喧嘩，衙門中一干人要闖向後進。宋善朋拚命阻攔，卻那裏擋得住？張召重等震於周仲英威名，不便明言搜查，只說：「寶莊建得這麼考究，塞外少見，請宋朋友引我們開開眼界。」

文泰來見鐵膽莊被圍，前後有敵，氣往上沖，對駱冰和余魚同道：「並肩往外衝。」駱冰應了，伸手扶住他右臂。文泰來左手拔出單刀，正要衝出，忽覺駱冰身子微微顫動，向她一看，見她雙目含淚，臉色淒苦，心中一軟，柔情頓起，嘆道：「咱們就躲一躲吧。」

孟健雄大喜，待三人進了地窖，忙把鐵板蓋好，和兩名莊丁合力把石桌抬過壓在鐵板上。周英傑這孩子七手八腳的也在旁幫忙。孟健雄一看已無破綻，命莊丁去開後門。胡國棟等守在門外，並不進來，張召重等一干人卻已進了花園。

孟健雄見童兆和也在其內，冷然道：「原來是一位官老爺，剛才多多失敬。」童兆和道：「在下是鎮遠鏢局的鏢頭，老兄你走了眼吧？」回頭對張召重道：「我親眼目睹，見到三位欽犯進莊，張大人你下令搜吧。」

宋善朋道：「我們都是安份良民，周老莊主是河西大紳士，有家有業，五百里方圓之內無人不知，怎敢窩藏匪類，圖謀不軌？這位童爺剛才來過，莊上沒送盤纏，那是兄弟的不是，可是這麼挾嫌誣陷，我們可吃罪不起。」他知文泰來等已躲入地窖，說話便硬了起來。孟健雄假裝不知，問明張召重等的來由，哈哈大笑，說道：「紅花會是江南的幫會，怎麼會到西北邊塞來？離得十萬八千里了，這位鏢頭異想天開，各位大人也眞會信他！」

張召重等全是老江湖、大行家，明知文泰來定在莊內，可是如在莊內仔細搜查，搜出來倒也罷了，一個搜不出，周仲英豈肯干休？他們雖然大都已有功名，但和江湖上人士久有交往，知道得罪了周仲英這老兒可不是玩的，當下均感躊躇。

童兆和心想，今天抓不到這三人，回去必被大夥奚落埋怨，孩子嘴裏或許騙得出話來，於是滿臉堆歡，拉住了周英傑的手。周英傑剛才見過他，知他鬼鬼祟祟的不是好人，使勁甩脫他手，說道：「你拉我幹麼？」童兆和笑道：「小兄弟，你跟我說，今天來你家的三個客人躲在那裏，我送你這個買糖吃。」說罷拿出隻銀元寶，遞了過去。

周英傑扁嘴向他作個鬼臉，說道：「你當我是誰？鐵膽莊周家的人，希罕你的臭錢？」童兆和老羞成怒，叫道：「咱們動手搜莊，搜出那三人，連這小孩子一齊抓去坐牢。」周英傑道：「你敢動我一根寒毛，算你好漢。我爸爸一拳頭便打你個希巴爛！」

張召重鑒貌辨色，料想這孩子必知文泰來的躲藏處，眼見孟健雄、宋善朋等一干人老辣幹練，只有從孩子身上下工夫，但孩子年紀雖小，嘴頭卻硬，便道：「今兒來的客人好像是四位，不是三位，是不是？」周英傑並不上當，道：「不知道。」張召重道：「待會我們把三個人搜出來，不但你爸爸、連你這小孩子、連你媽媽都要殺頭！」周英傑「呸」了一聲，眉毛一揚，道：「我都不怕你，我爸爸會怕你？」

童兆和突然瞥見周英傑左腕上套著一串珠子，顆顆晶瑩精圓，正是駱冰之物。他是鏢頭，生平珠寶見得不少，倒是識貨之人，這兩日來見到駱冰，於她身上穿戴無不瞧得明明白白，這時心中一喜，說道：「你手上這串珠子，我認得是那個女客的，你還說他們沒有來？你定是偷了她的。」周英傑大怒，說道：「我怎會偷人家的物事？明明是那嬸嬸給我的。」童兆和笑道：「好啦，是那嬸嬸給的。那麼她在那裏？」周英傑道：「我幹麼要對你說？」

張召重心想：「這小孩兒神氣十足，想是他爹爹平日給人奉承得狠了，連得他也自尊自大，我且激他一激，看他怎樣。」便道：「老童，不用跟小孩兒囉唆了，他甚麼都不知道的，鐵膽莊裏大人的事，也不會讓小孩兒瞧見。他們叫那三個客人躲在秘密的地方之時，定會先將小孩兒趕開。」周英傑果然著惱，說道：「我怎麼不知道？」

孟健雄見周英傑上當，心中大急，說道：「小師弟，咱們進去吧，別在花園裏玩了。」張召重抓住機會，道：「小孩兒不懂事，快走開些，別在這裏礙手礙腳。你就會吹牛，你要是知道那三個客人躲在甚麼地方，你是小英雄，否則的話，你是小混蛋、小狗熊。」周英傑怒道：「我自然知道。你才是大混蛋、大狗熊。」張召重道：「我料你不知道，你是小狗熊。」周英傑忍無可忍，大聲道：「我知道，他們就在這花園裏，就在這亭子裏！」

孟健雄大驚，喝道：「小師弟，你胡說甚麼？快進去！」周英傑話一出口，便知糟糕，急得幾乎要哭了出來，拔足飛奔入內。

張召重見亭子四週是紅漆的欄干，空空曠曠，那有躲藏之處。他跳上欄干，向亭周四望，也無人影，跳下來沉吟不語，忽然靈機一動，對孟健雄笑道：「孟爺，在下武藝粗疏，可是有幾斤笨力氣，請孟爺指教。」孟健雄見他瞧不破機關，心下稍寬，只道他抓不到人老羞成怒，要和自己動手，雖然對方人多，卻也不能示弱，說道：「不敢，兵刃拳腳，你劃下道兒來吧。我是捨命陪君子。」張召重哈哈一笑，說道：「大家好朋友，何必動兵刃拳腳，傷了和氣。我來舉一舉這張石桌，待會請孟爺也來試試，我舉不起孟爺別見笑。」孟健雄大驚，登時呆了，想不出法子來推辭阻攔，只道：「不，這……

這個不好！」

瑞大林、成璜一干人見張召重忽然要和孟健雄比力氣，心下俱各納罕，只見他捋起衣袖，右手抓住石桌圓腳，喝一聲「起」，一張三百來斤的石桌竟讓他單手平平端起。衆人齊聲喝采，叫道：「張大人好氣力！」采聲未畢，卻驚叫起來。石桌舉起，桌板底下露出鐵板。

文泰來躲在地窖之中，不一會只聽得頭頂多人走動，來來去去，老不離開，只是聽不到說話，正自氣惱，忽然頭頂軋軋兩聲，接著光亮耀眼，遮住地窖的鐵板已給人揭開。

衆官差見文泰來躲在地窖之中，倒不敢立時下去擒拿，爲了要捉活口，也不便使用暗器，只守在地窖口上，手持兵刃，大聲呼喝。文泰來低聲對駱冰道：「咱們給鐵膽莊賣了。你我夫妻一場，你答允我一件事。」駱冰道：「大哥你說。」文泰來道：「待會我叫你做甚麼，你一定得聽我的話。」駱冰含淚點頭。文泰來大喝：「文泰來在此！你們鳥亂甚麼？」衆人聽他一喝，一時肅靜無聲。文泰來道：「我腿上有傷，放根繩索下來，吊我起來。」

張召重回頭找孟健雄拿繩，卻已不知去向，忙命莊丁取繩來。繩索取到，成璜拿了，將一端垂入地窖，把文泰來吊將上來。文泰來雙足一著地，左手力扯，成璜繩索脫手，文泰來大喝一聲，猶如半空打了個響雷，手腕疾抖，一條繩索直豎起來，當即使出軟鞭中「反脫袈裟」身法，人向右轉，繩索從左向右橫掃，虎虎生風，勢不可當。

武林中有言道：「練長不練短，練硬不練軟。」又道：「一刀、二槍、三斧、四叉、五鉤、六鞭、七抓、八劍。」意思說要學會兵器的初步功夫，學刀只需一年，學鞭卻要六年，這鞭說的乃是單鞭雙鞭的硬兵刃，軟鞭和飛抓是軟兵刃，卻更加難練。文泰來一藝通百藝通，運起勁力將繩索當軟鞭使，勢勁力疾，向著衆人頭臉橫掃而至。衆人出其不意，不及抵擋，急急低頭避讓。童兆和吃過文泰來的苦頭，見他上來時避在衆人背後，躲得遠遠的，那知越在後面越吃虧，前面的人一低頭，他待見繩索打到，避讓已自不及，急忙轉身，繩索貫勁，猶如鐵棍，砰的一聲，結結實實的打正背心，登時撲地倒了。

侍衛瑞大林和湖南言家拳掌門人言伯乾一個挺刀、一個手持雙鐵環，分自左右撲上。余魚同提氣在石級上點了兩腳，縱身搶上，手揮金笛，和總兵成璜打在一起。成璜使開齊眉棍法，棍長笛短，反被余魚同逼得連連倒退。駱冰以長刀撐著石級，一步一步走上來，快到頂時，只見地窖口一個魁梧漢子叉腰而立，她拈起飛刀向那人擲去。那人不避不讓，待飛刀射至面前，伸出三根手指握住刀柄，其時刀尖距他鼻尖已不過寸許。駱冰見此人好整以暇，將她飛刀視若無物，倒抽了一口涼氣，舞起雙刀，傍到丈夫身邊。

那人正是張召重，眉頭微皺，他不屑拔劍與女子相鬥，便以駱冰那柄刃鋒才及五寸的飛刀作匕首用，連續三下進手招數。駱冰步武不靈，但手中雙刀家學淵源，仍能封緊門戶。相拒四五合，張召重左臂前伸，攻到駱冰右臂外側，向左橫掠，把她雙刀攔在一邊，運力推出，駱冰立腳不穩，又跌入地窖。

那邊文泰來雙戰兩名好手，傷口奇痛，神智昏迷，舞動繩索亂掃狂打。余魚同施展金笛卻已佔得上風。張召重見他金笛中夾有柔雲劍法，笛子點穴的手法又是本門正傳，好生奇怪，正要上前喝問，豈知余魚同使一招「白雲蒼狗」，待成璜閃開避讓，突然縱入地窖。原來他見駱冰跌入地窖，也不知是否受傷，忙跳入救援。

駱冰站了起來。余魚同問道：「受傷了麼？」駱冰道：「不礙事，你快出去幫四哥。」余魚同道：「我扶你上去。」

成璜提著熟銅棍在地窖口向下猛揮，居高臨下，堵住二人。文泰來見愛妻難以逃脫，自己已無法再行支持，腳步踉蹌，直跌到成璜身後，當即伸手在他腰間一點，成璜登時身子軟了，被文泰來攔腰抱住，喝聲：「下去！」兩人直向地窖中跌落。

成璜給點中了穴道，已自動彈不得，跌入地窖後，文泰來壓在他身上，兩人都爬不起來。駱冰忙扶起文泰來。他臉上毫無血色，滿頭大汗，向妻子勉強一笑，「哇」的一聲，一口鮮血吐上她衣襟。余魚同明白文泰來的用意，大叫：「讓路，讓路！」

張召重見余魚同武功乃武當派本門眞傳，又見文泰來早受重傷，他自重身分，不肯上前夾攻，是以將駱冰推入地窖後不再出手，那知變起俄頃，成璜竟落入對方手中，這時投鼠忌器，聽余魚同一叫，只得向衆人揮手，分站兩旁，讓了條路出來。

從地窖中出來的第一個是成璜，駱冰拉住他衣領，短刀刀尖對準他後心。第三是余魚同，他左手扶著駱冰，右手抱住文泰來。四個人拖拖拉拉走了上來。駱冰喝道：「誰動一動，這人就沒命。」四人在刀槍叢中鑽了出去，慢慢走到後園門口。駱冰眼見有三匹馬縛在柳樹上，心中大喜，暗暗謝天謝地。這三匹馬正是胡國棟等來堵截後門時所騎。

張召重眼見要犯便要逃脫，心想：「成璜這膿包死活關我何事？我把文泰來抓回北京，那才是大功一件。」拾起文泰來丟在地下的繩索，運起內力，向外拋去。繩索呼的一聲飛出，繞住了文泰來，回臂急拉，將文泰來拉脫了余魚同之手。駱冰聽得丈夫一聲呼叫，關心則亂，早忘了去殺成璜，回身來救丈夫，她腿上受傷，邁不了兩步，已跌倒在地。文泰來叫道：「快走！快走！」駱冰道：「我跟你死在一起。」文泰來怒道：「你剛才答允聽我話的……」話未說完，已被瑞大林等擁上按住。余魚同飛身過來，抱住駱冰，直闖出園門。一名捕快掄鐵尺上前阻攔，余魚同飛起右腳，當胸踢得他直跌出五六步去。

駱冰見丈夫被捕，已是六神無主，也不知身在何處。余魚同搶到柳樹邊，把她放上馬背，叫道：「快放飛刀！」這時言伯乾及兩名捕快已追出園門，駱冰三把飛刀連珠般發出，慘叫聲中，一名捕快肩頭中刀。言伯乾只一呆，余魚同已扯開三匹馬的馬韁，自己騎上一匹，把第三匹馬牽轉馬頭，向著園門，挺金笛在馬臀上猛戳，那馬受痛，向言伯乾等直衝過去，把追兵都擋在花園後門口。混亂之中，余魚同和駱冰兩騎馬奔得遠了。

張召重等捉到要犯文泰來，歡天喜地，誰也無心再追。

駱冰神不守舍的伏在馬上，幾次要拉回馬頭，再進鐵膽莊，都給余魚同揮鞭抽她坐騎，繼續前行。直奔出六七里地，見後面沒人追來，余魚同才不再急策坐騎。

又行了三四里，四乘馬迎面而來，當先一人白鬚飄動，正是鐵膽周仲英。他見到余駱兩人，很是詫異，叫道：「貴客留步，我請了大夫來啦。」駱冰恨極，一柄飛刀向他擲去。

周仲英突見飛刀擲到，大吃一驚，毫無防備之下不及招架，急忙俯身在馬背上一伏，飛刀從背上掠過。在他背後的二弟子安健剛忙揮刀擋格，飛刀斜出，噗的一聲，揷在道旁一株大柳樹上，夕陽如血，映照刃鋒閃閃生光。周仲英正要喝問，駱冰已張口大罵：「你這沽名釣譽、狼心狗肺的老賊！你們害我丈夫，我跟你這老賊拚了。」她邊罵邊哭，手揮雙刀縱馬上前。周仲英給她罵得莫名其妙。安健剛見這女人罵他師父，早已按捺不住，揮單刀上前迎敵，被周仲英伸手攔住，叫道：「有話好說。」

余魚同勸道：「咱們想法子救人要緊，先救四哥，再燒鐵膽莊。」駱冰一聽有理，掉轉馬頭，一口唾沫恨恨的吐在地下，拍馬而走。

周仲英縱橫江湖，待人處處以仁義爲先，眞所謂仇怨不願多結，朋友不肯少交，黑白兩道一提到鐵膽周仲英，無不豎起大拇指叫一聲「好」，那知沒頭沒腦的給這個青年女子先擲一柄飛刀，再加一頓臭罵，眞是生平從所未有之「奇遇」。他見駱冰怨氣沖天，存心拚命，心知必有內情，查問趕到鎭上請醫的莊丁，只說大奶奶和孟爺在家裏好好待客，並沒甚麼爭鬧。

周仲英好生納悶，催馬急奔，馳到鐵膽莊前。莊丁見老莊主回來，忙上前迎接。周仲英見各人神情特異，料知發生了事端，飛步進莊，一連串的呼喝：「叫健雄來！」莊丁回道：「孟爺保著大奶奶、小少爺到後山躲避去了。」周仲英一聽，更是詫異。幾名莊丁七張八嘴的說了經過，說公差剛把文泰來捕走，離莊不久，想來一干人不走大路，因此周仲英回來沒遇上。衆莊丁道：「公差去遠後，已叫人去通知孟爺，想來馬上就回。」

周仲英連問：「三位客人躲在地窖裏，是誰走漏風聲？」莊丁面面相覷，都不敢說。周仲英大怒，揮馬鞭向莊丁劈頭劈臉打去。安健剛見師父動了眞怒，不敢上前相勸。周仲英打了幾鞭，坐在椅中直喘氣，兩枚大鐵膽嗆啷啷的滾得更響。衆人大氣也不敢出，站著侍侯。

周仲英喝道：「大家站在這裏幹麼？快去催健雄來。」說話未畢，孟健雄已自外面奔進，叫道：「師父回來了。」周仲英一躍而起，嘶聲問道：「是誰漏了風聲，你說，你說……」孟健雄見師父氣得話都說不出來，和平日豪邁從容的氣度大不相同，那裏還敢直說，猶豫了一下道：「是鷹爪子自己找到的。」周仲英左手一把抓住他衣領，右手揮鞭，便要劈臉打去，終於強行忍住，怒道：「胡說！我這地窖如此機密，這羣狗賊怎會找到？」孟健雄不答，不敢和師父目光相對。周大奶奶聽得丈夫發怒，攜了兒子過來相勸。

周仲英目光轉到宋善朋臉上，喝道：「你給公差呼喝，心裏便怕了，於是說了出來，是不是？」他素知孟健雄爲人俠義，便殺了他頭也不會出賣朋友，宋善朋不會武藝，膽小怕事，多半是他受不住公差的脅逼而吐露眞相。宋善朋見到老莊主的威勢，似乎一掌便要打將過來，不由得膽戰心驚，說道：「不…不是我說的，是……是小……小公子說的。」

周仲英心中打了個突，對兒子道：「你過來。」周英傑畏畏縮縮的走到父親跟前。

周仲英道：「那三個客人藏在花園的地窖，是你跟公差說的？」周英傑在父親面前素來不敢說謊，卻也不敢直承其事。周仲英揮起鞭子，喝道：「你說不說？」周英傑嚇得要哭又不敢哭，眼睛只望母親。周大奶奶走近身來，勸道：「老爺子別再生氣啦，就算女兒惹你生氣，這小兒子乖乖的在家，你兇霸霸的嚇他幹麼呀？」周仲英不去理她，將鞭子在空中吧的一抖，叫道：「你不說，我打死你這小雜種。」周大奶奶道：「老爺子越來越不成話啦，兒子是你自己生的，怎麼罵他小雜種？」孟健雄等一干人聽了覺得好笑，卻誰都不敢笑出來。周仲英在妻子臂上一推，說道：「別在這兒囉唆！」

孟健雄眼見瞞不過了，便道：「師父，張召重那狗賊好生奸猾，一再以言語相激，說道小師弟倘若不說出來，便是小……小混蛋、小狗熊。」周仲英知道兒子脾氣，年紀小小，便愛逞英雄好漢，喝道：「小混蛋，你要做英雄，便說了出來，是不是？」周英傑一張小臉上已全無血色，低聲道：「是，爹爹！我不是混蛋……」

周仲英怒氣不可抑制，喝道：「英雄好漢是這樣做的麼？」狂怒之下，右手急揮，兩枚鐵膽向對面牆上擲去。豈知周英傑便在這時衝將上來，要撲在父親的懷裏求饒，腦袋正好撞在一枚鐵膽之上。周仲英投擲鐵膽之時，滿腔忿怒全發洩在這一擲之中，力道何等強勁，噹噹兩響，一枚鐵膽嵌入了對面牆壁，另一枚反彈回來，正中周英傑腦袋，登時鮮血四濺。

周仲英大驚，忙搶上抱住兒子。周英傑道：「爹，我……我再也不敢了，求求……你……別打我……」話未說完，已然氣絕，一霎時間，廳上人人驚得呆了。

周大奶奶抱起兒子，叫道：「孩兒！孩兒！」見他沒了氣息，呆了半晌，如瘋虎般向周仲英撲去，哭叫：「你爲甚麼……爲甚麼打死了孩兒？」周仲英搖搖頭，退了兩步，說道：「我……我不是……」周大奶奶放下兒子屍身，在安健剛腰間拔出單刀，縱上前來，揮刀向丈夫迎頭砍去。周仲英此時心灰意懶，不躲不讓，雙目一閉，說道：「大家死了乾淨。」周大奶奶見他如此，手反而軟了，抛刀在地，大哭奔出。

駱冰和余魚同怕遇到公門中人，儘揀荒僻小路奔馳，不數里天已全黑。塞外遍地荒涼，那裏來的宿店，連一家農家也找不到。好在兩人都曾久闖江湖，也不在意，在一塊大巖石邊歇了下來。

余魚同放馬吃草，拿駱冰的長刀去割了些草來，鋪在地下，道：「床是有了，只是沒乾糧又沒水，只好挨到明天再想法子。」駱冰一顆心全掛在丈夫身上，面前就有山珍海味也吃不下，只不斷垂淚。余魚同不住勸慰，說陸師叔後天當可趕到安西，紅花會羣雄當然大舉來援，定能追上鷹爪孫，救出四哥。

駱冰這一天奔波惡鬥，心力交瘁，聽了余魚同的勸解，心中稍寬，不一會就沉沉睡去。睡夢中似乎遇見了丈夫，將她輕輕抱在懷裏，在她嘴上輕吻。駱冰心花怒放，軟洋洋的讓丈夫抱著，說道：「我想得你好苦，你身上的傷可全好了？」文泰來含含糊糊的說了幾句話，將她抱得更緊，吻得更熱。駱冰正自心神蕩漾之際，突然一驚，醒覺過來，星光之下，只見抱著她的不是丈夫，竟是余魚同，這一驚非同小可，忙用力掙扎。

余魚同仍然抱著她不放，低聲道：「我也想得你好苦呀！」駱冰羞憤交集，反手重重在他臉上打了一掌。余魚同一呆。駱冰在他胸前又是一拳，掙脫他懷抱，滾到一邊，伸手便拔雙刀，卻拔了個空，原來已被余魚同解下，又是一驚，忙去摸囊中飛刀，幸喜尚賸兩把，當下拈住刀尖，厲聲喝道：「你待怎樣？」

余魚同顫聲道：「四嫂，你聽我說……」駱冰怒道：「誰是你四嫂？咱們紅花會四大戒條是甚麼？你說。」余魚同低下了頭，不敢作聲。駱冰平時雖然語笑嫣然，可是行規蹈矩，那容得他如此輕薄，高聲喝問：「紅花老祖姓甚麼？」余魚同只得答道：「紅花老祖本姓朱，爲救蒼生下凡來。」駱冰又問：「衆兄弟敬的是甚麼？」余魚同道：「一敬桃園結義劉關張，二敬瓦崗寨上衆兒郎，三敬水泊梁山一百零八將。」二人一問一答，乃是紅花會的大切口，遇到開堂入會，誓師出發，又或執行刑罰之時，由當地排行最高之人發問，下級會衆必須恭謹對答。駱冰在會中排行比余魚同高，她這麼問上了會中的大切口，余魚同心底一股涼氣直冒上來，可是不敢不答。

駱冰凜然問道：「紅花會救的是那四等人？」余魚同道：「一救仁人義士，二救孝子賢孫，三救節婦貞女，四救受苦黎民。」駱冰問道：「紅花會殺的是那四等人？」余魚同道：「一殺韃子滿奴，二殺貪官污吏，三殺土豪惡霸，四殺兇徒惡棍。」駱冰秀眉頓蹙，叫道：「紅花會四大戒條是甚麼？」余魚同低聲道：「投降清廷者殺，犯上叛會者殺，出賣朋友者殺，淫人妻女者殺。」駱冰道：「有種的快快自己三刀六洞，我帶你求少舵主去。沒種的你逃吧，瞧鬼見愁十二郎找不找得到你。」

依照紅花會會規法條，會中兄弟犯了大罪，若只是一時胡塗，此後誠心悔悟，可在開香堂執法之前，自行用尖刀在大腿上連戳三刀，這三刀須對穿而過，即所謂「三刀六洞」，然後向該管舵主和執法香主求恕，有望從輕發落，但若眞正罪重，也自不能饒恕。鬼見愁石雙英在會中坐第十二把交椅，執掌刑堂，鐵面無私，心狠手辣，犯了規條的就是逃到天涯海角，他也必派人抓來處刑，是以紅花會數萬兄弟，提到鬼見愁時無不悚然。

當下余魚同道：「求求你殺了我吧，我死在你手裏，死也甘心。」駱冰聽他言語仍是不清不楚，怒火更熾，拈刀當胸，勁力貫腕，便欲射了出去。余魚同顫聲道：「你一點也不知道，這五六年來，我爲你受了多少苦。我在太湖總香堂第一次見你，我的心……就……不是自己的了。」駱冰怒道：「那時我早已是四哥的人了！你難道不知？」余魚同道：「我……我知道管不了自己，因此總不敢多見你面。會裏有甚麼事，總求總舵主派我去幹，別人只道我不辭辛勞，全當我好兄弟看待，那知我是要躲開你呀。我在外面奔波，有那一天那一個時辰不想你幾遍。」說著捋起衣袖，露出左臂，踏上兩步，說道：「我恨我自己，罵我心如禽獸。每次恨極了時，就用匕首在這裏刺一刀。你瞧！」朦朧星光之下，駱冰果見他臂上斑斑駁駁，滿是疤痕，不由得心軟。

余魚同又道：「我常常想，爲甚麼老天不行好，叫我在你未嫁時遇到你？我和你年貌相當，四哥跟你卻年紀差了一大截。」

駱冰本有點憐他痴心，聽到他最後兩句話又氣憤起來，說道：「年紀差一大截又怎麼了？四哥是大仁大義的英雄好漢，怎像你這般……」她把罵人的話忍住了，哼了一聲，一拐一拐的走到馬邊，掙扎上馬。余魚同過去相扶，駱冰喝道：「走開！」自行上馬。余魚同道：「四嫂到那裏去？」駱冰道：「不用你管。四哥給鷹爪孫抓去，反正我也活不了。把刀還我！」余魚同低著頭將鴛鴦刀遞過。駱冰接了過來，見他站在當地，茫然失措，心中忽覺不忍，說道：「只要你以後好好給會裏出力，再不對我無禮，今晚之事我絕不跟誰提起。以後我給你留心，幫你找一位才貌雙全的好姑娘。」說罷「嗤」的一笑，拍馬走了。

她這愛笑的脾氣始終改不了。這一來可又害苦了余魚同。但見她臨去一笑，溫柔嫵媚，只覺銷魂蝕骨，神不守舍，搖晃了幾下，摔倒在地，眼望著她背影隱入黑暗之中，心亂似沸，一會兒自傷自憐，恨造化弄人，命舛已極，一會兒又自悔自責，堂堂六尺，無行無恥，直豬狗之不若，突然間將腦袋連連往樹上撞去，抱樹狂呼大叫。

駱冰騎馬走出里許，仰望天上北斗，辨明方向。向西是去會合紅花會兄弟，協力救人，向東是暗隨被捕的丈夫，乘機搭救。明知自己身上有傷，勢孤力單，救人是萬萬不能，但想到丈夫是一步一步往東，自己又怎能反而西行？傷心之下，任由坐騎信步走出了七八里地，眼見離余魚同已遠，料他不敢再來滋擾，下得馬來，把馬拴好，便在一處矮樹叢中睡了。

她小時候跟隨父親，後來跟了丈夫，這兩人都武功高強，對她又處處體貼照顧，因此她從小闖蕩江湖，向來只佔上風，從來沒受過甚麼委屈。後來入了紅花會，紅花會人多勢衆，她人緣又好，二十二年來可說是個「江湖驕女」，無求不遂，無往不利。這一次可苦了她，丈夫被捕，自身受傷，最後還讓余魚同這麼一纏，又氣又苦，哭了一會，沉沉睡去。夜中忽然身上燒得火燙，迷迷糊糊的叫：「水，我要喝水！」卻那裏有人理睬？

第二天病勢更重，想掙扎起身，一坐起就頭痛欲裂，只得重行睡倒，眼見太陽照到頭頂，再又西沉，又渴又餓，可是就上不了馬。心想：「死在這裏不打緊，今生可再見不到大哥了。」眼前一黑，暈了過去。

也不知昏睡了多少時候，聽得有人說道：「好了，醒過來啦！」緩緩睜眼，見一個大眼睛少女站在面前。那少女臉色微黑，大眼小嘴，面目俏美，十八九歲年紀，見她醒來，顯得十分歡喜，對身旁丫環道：「快拿小米稀飯，給這位奶奶喝。」

駱冰一凝神，察覺是睡在炕上被窩之中，房中佈置雅潔，是家大戶人家，回想昏迷以前情景，知是讓人救了，好生感激，說道：「請問姑娘高姓？」那少女道：「我姓周，你再睡一忽兒，待會再說。」瞧著她喝了一碗稀飯，輕輕退出，駱冰又闔眼睡了。

再醒來時房中已掌上了燈，只聽得房門外一個女子聲音叫道：「這些傢伙這麼欺侮人，到鐵膽莊來放肆，老爺子忍得下，我可得教訓教訓他們。」駱冰聽得「鐵膽莊」三字，心中一驚，難道又到了鐵膽莊？只見兩人走進房來，便是那少女和丫環。那少女走到炕前，撩開帳子。駱冰閉上眼，假裝睡著，那少女轉身就往牆上摘刀。駱冰見自己鴛鴦刀放在桌上，心中有備，只待少女回身砍來，就掀起棉被把她兜頭罩住，然後抄鴛鴦刀往外奪路。只聽那丫頭勸道：「姑娘你不能再闖禍，老爺子心裏很不好過，你可別再惹他生氣啦！」駱冰猜想，這姑娘多半是周仲英的女兒。

這少女正是鐵膽莊的大小姐周綺。她性格豪邁，頗有乃父之風，愛管閒事，好打不平，只因容貌俏麗，西北武林中人送了她個外號，叫作「俏李逵」。那日她打傷了人，怕父親責罵，當天不敢回家，在外挨了一晚，料想父親氣平了些，才回家來，途中遇到駱冰昏倒在地，救了她轉來，得知兄弟給父親打死，母親出走，自是傷痛萬分。

周綺摘下鋼刀，大聲道：「哼，我可不管！」提刀搶出，丫環跟了出去。駱冰睡了兩天，精神已復，燒也退了，收拾好衣服，穿了鞋子，取了雙刀，輕輕出房，尋思：「他們既出賣大哥給官府，又救我幹麼？多半是另有奸謀。」

此刻身在險地，自己腿傷未愈，那敢有絲毫大意。她來過一次，依稀記得門戶道路，想悄悄繞進花園，從後門出去。走過一條過道，聽得外有人聲，兩個人在說話。等了半晌，那兩人毫沒離開的模樣，只得重又退轉，躲躲閃閃的過了兩進房子，黑暗中幸喜無人撞見，繞過迴廊，見大廳中燈火輝煌，有人大聲說話，口音聽來有點熟悉。湊眼到門縫中一張，見周仲英正陪著兩人在說話，一個似乎見過，一時想不起來，另一個卻正是調戲過她、後來又隨同公差來捉拿她丈夫的童兆和。眼見仇人，想到丈夫慘遇，那裏還顧得自己死活，左掌推開廳門，一柄飛刀疾向童兆和擲去。

周仲英失手打死獨子，妻子傷心出走。周大奶奶本是拳師之女，武功平平，她娘家早已無人，不知她投奔何方。周仲英妻離子死，傷心之極，在家中悶悶不樂的耽了兩日。

這日向晚時分，莊丁來報有兩人來見。周仲英命孟健雄去接見。孟健雄一看，竟是罪魁禍首的童兆和，另一個是鄭王府的武術總教頭萬慶瀾，前天來鐵膽莊捕人，也有此人在內。孟健雄心下驚疑，料知必無好事。這兩人一定要見周仲英。孟健雄道：「老莊主身子不適，兩位有甚麼事，由在下轉達，也是一樣。」童兆和嘿嘿冷笑，說道：「我們這次來是一番好意，周莊主見不見由他。鐵膽莊眼下就是滅門大禍，還搭甚麼架子？」

孟健雄自文泰來被捕，一直便在擔心，惟恐鐵膽莊給牽連在內，聽他這麼說，只得進去稟告。周仲英手裏弄著鐵膽，嗆啷啷、嗆啷啷的直響，怒氣勃勃的出來，說道：「鐵膽莊怎麼有滅門之禍啊？老夫倒要請教。」

萬慶瀾從懷裏摸出一張紙來，鋪在桌上，說道：「周老英雄請看。」兩手按住那張紙的天地頭，似怕給周仲英奪去。周仲英湊近看時，原來是武當派綿裏針陸菲青寫給他的一封信，託他照應紅花會中事急來投的朋友。

這信文泰來放在身邊，一直沒能交給周仲英，被捕後給搜了出來。陸菲青犯上作亂，名頭極大，乃是久捕不得的要犯，竟和鐵膽莊勾結來往。瑞大林等一商量，均覺如去報告上官，未必能捉到陸菲青，反在自己肩頭加了一副重擔，不如去狠狠敲周仲英一筆，大家分了，落得實惠。何況鐵膽莊窩藏欽犯，本已脫不了干係，還怕他不乖乖拿銀子出來？張召重和陸菲青是師兄弟，雖早已絕交，但同門向來情深，又知他厲害，不敢造次，待聽瑞大林等商量著要去敲詐周仲英，覺得未免人品低下，非英雄好漢之所爲，然官場之中，不便阻人財路，只得由他們胡來，決心自己不分潤一文，沒的壞了「火手判官」的名頭。成璜、瑞大林等都是有功名之人，不便公然出面，於是派了萬慶瀾和童兆和二人前來伸手要錢。

周仲英見了這信，心下也暗暗吃驚，問道：「兩位有何見教？」萬慶瀾道：「我們久慕周老英雄的英名，人人打從心底裏佩服出來，都知周老英雄仗義疏財，愛交朋友，銀錢瞧得極輕，朋友瞧得極重。爲了交朋友，十萬八萬銀子花出去，不皺半點眉頭。這封信要是給官府見到了，周老英雄你當然知道後患無窮。衆兄弟拿到這信，都說大家拚著腦袋不要，也要結交周老英雄這位朋友，決意把這信毀了，大家以後隻字不提鐵膽莊窩藏欽犯文泰來、結交叛匪陸菲青之事，再擔個天大的干係，不向上官稟報。」周仲英道：「那是多多承情。」

萬慶瀾不著邊際的說了一些閒話，終於顯得萬分委屈，說道：「只是衆兄弟這趟出京，路上花用開銷，手使得鬆了，負了一身債，想請周老英雄念在武林一脈，伸手幫大家一個忙，我們感激不盡。」周仲英眉頭一皺，哼了一聲。

萬慶瀾道：「這些債務數目其實也不大，幾十個人加起來，也不過六七萬兩銀子。

周老英雄家財百萬，金銀滿屋，良田千頃，騾馬成羣，乃是河西首富，這點點小數目，也不在你老心上。常言道得好：『消財擋災』，有道是『小財不出，大財不來』。」

周仲英為公差到鐵膽莊拿人，全不將自己瞧在眼裏，本已惱怒異常，又覺江湖同道急難來奔，自己未加庇護，心感慚愧，實在對不起朋友，而愛子為此送命，又何嘗不是因這些公差而起？這兩天本在盤算如何相救文泰來，去找公差的晦氣，只是妻離子亡，心神大亂，一時拿不定主意，偏生這些公差又來滋擾，居然開口勒索，當眞是「怒從心上起，惡向膽邊生」，冷冷的道：「在下雖然薄有家產，生平卻只用來結交講義氣、有骨氣的好漢子。」他不但一口拒絕，還把對方一干人全都罵了。

童兆和笑道：「我們是小人，那不錯。小人成事不足，敗事有餘，這一點老英雄也總明白。要我們起這麼一座大的莊子，那是甘拜下風，沒這個本事，不過要是將他毀掉嘛……」話未說完，一人闖進廳來，厲聲道：「姑娘倒要看你怎生把鐵膽莊毀了。」正是周綺。

周仲英向女兒使個眼色，走到廳外，周綺跟了出來。周仲英低聲道：「去跟健雄、健剛說，萬萬不能放這兩個鷹爪孫出莊。」周綺喜道：「好極了，我在外邊越聽越有氣。」

周仲英回到廳上。萬慶瀾道：「周老英雄既不賞臉，我們就此告辭。」說著把陸菲青那信隨手撕了。

周仲英一楞，這一著倒大出乎他意料之外。萬慶瀾道：「這是那封信的副本，把它撕了，免得給人瞧見不便。信的眞本在火手判官張大人身邊。」這句話是向周仲英示意：就是把我們兩人殺了，也已毀不了鐵證如山。

周仲英怒目瞪視，心道：「你要姓周的出錢買命，可把我瞧得忒也小了。」便在此時，駱冰在門外一飛刀向童兆和擲了過去。周仲英沒看清來人是誰，雖然痛恨童兆和，可也不能讓他就此喪命，不及細想，救人要緊，手中鐵膽拋出，向飛刀砸去，噹的一聲，飛刀與鐵膽同時落地。

駱冰見周仲英出手救她仇人，罵道：「好哇，你們果是一夥！你這老賊害我丈夫，連我也一起殺了吧。」一拐一拐的走進廳來，舉起鴦鴛雙刀向周仲英當頭直砍。

周仲英手中沒兵刃，舉起椅子一架，說道：「把話說清楚，且慢動手。」駱冰存心拚命，那去聽他分辯，雙刀全是進手招數。周仲英心知紅花會誤以爲自己出賣文泰來，只有設法解釋，決不願再出手傷人，是以一味倒退，並不還手。駱冰長刀短刀，刀刀向他要害攻去，眼見他已退到牆邊，無可再退，忽聽背後金刃劈風之聲，知道有人偷襲，忙伏身閃避，呼的一聲，一柄單刀掠過腦後，挾著疾風直劈過去。駱冰左手長刀橫截敵人中路，待對方退出一步，這才轉身，只見周綺橫刀而立，滿臉怒容。

周綺戟指怒道：「你這女人這等不識好歹！我好心救你轉來，你幹麼砍我爹爹？」駱冰道：「你鐵膽莊假仁假義，害我丈夫。你走開些，我不來難爲你。」回身向周仲英又是一刀。周仲英舉椅子一擋，駱冰收回長刀，以免砍在椅上，隨手「抽撤連環」，三招急下。周仲英左躲右閃，連叫：「住手，住手！」周綺大怒，擋在周仲英面前，挺刀和駱冰狠鬥起來。

說到武藝與經歷，駱冰均遠在周綺之上，只是她肩頭和腿上都受了傷，兼之氣惱憂急，正是武家大忌，兩人對拆七八招後，駱冰漸處下風。周仲英連叫：「住手！」卻那裏勸得住？萬慶瀾和童兆和在一旁指指點點，袖手觀鬥。

周仲英見女兒不聽話，焦躁起來，舉起椅子正要把狠命廝拚的兩人隔開，忽聽背後一聲哇哇怪叫，一團黑影直撲進來。

那人矮著身軀，手舞一根短柄狼牙棒，棒端尖牙精光閃閃，直上直下向周綺打去，勢如瘋虎，猛不可當。周綺嚇了一跳，單刀「神龍抖甲」，反砍來人肩背。那人揮棒硬接硬架，「噹」的一聲，火光交迸。劇震之下，周綺手背發麻，單刀險些脫手，接連縱出兩步，燭光下但見那人是個模樣醜怪的駝子。這駝子並不追擊，反身去看駱冰。

駱冰乍見親人，說不出的又是高興又是傷心，只叫得一聲：「十哥！」忍不住兩行熱淚流了下來。章進問道：「四哥呢？」駱冰指著周仲英、萬慶瀾、童兆和三人叫道：

「四哥教他們害了，十哥你給我報仇。」

章進一聽得文泰來被人害了，也不知是如何害法，大叫：「四哥，四哥，我給你報仇！」手揮狼牙棒，著地向周仲英下盤捲去。周仲英縱身跳上桌子，喝道：「且慢動手！」章進悲憤填膺，不由分說，揮棒又向他腿上打去。周仲英雙臂一振，竄起數尺，斜身落地。章進一棒打在檀木桌邊，棒上尖刺深入桌中，急切間拔不出來。

這時孟健雄和安健剛得訊，趕進廳來。安健剛把周仲英的金背大刀遞給師父。周綺見駱冰和這駝子到本莊來無理取鬧，招招向爹爹狠打，那裏還按捺得住？叫道：「孟大哥、安二哥，協力上啊！甚麼地方鑽出來這些蠻橫東西，到鐵膽莊來撒野。」孟安二人不知章進的來由，進廳時見他揮棒向師父狠打，自是敵人無疑，當下三人三柄刀齊向章進攻去。章進揮棒抵住，大叫：「七哥你快來護住四嫂，你再不來，我可要罵你祖宗啦！」

章進和武諸葛徐天宏得知文泰來夫婦遭厄，首先赴難，日夜不停的趕來鐵膽莊，到達時天已全黑。依徐天宏說，要備了名帖，以晚輩之禮先向周仲英拜見，章進話也不說，縱身就跳進莊去。徐天宏怕他闖禍，只得跟進，他慢了一步，章進已和周仲英、周綺、孟健雄、安健剛四人交上了手。

徐天宏聽得章進呼喝，忙奔進廳去，搶到駱冰身邊。這時駱冰喘過了氣，手掄雙刀又向周仲英殺去，忽見徐天宏進來，心中一喜，知他足智多謀，此人一到，自己這面決不會吃虧，指著童兆和與萬慶瀾兩人道：「他們害了我四哥……」徐天宏生性謹愼持重，但聽得情同手足的四哥被害，也自方寸大亂，手持鋼刀鐵拐，縱到童兆和跟前。

童萬二人本想隔山觀虎鬥，讓紅花會和鐵膽莊的人廝拚，紅花會人少，勢必落敗，那時再伸手捉拿幾人回去，倒是一件功勞。童兆和一雙色迷迷的眼睛正瞪著駱冰，忽見徐天宏飛縱過來，鋼刀砍到，忙舉刀架住。萬慶瀾心道：「鎭遠鏢局名氣挺大，倒要見識見識你們鏢頭的玩意兒。」徐天宏身材矮小，外形跟童兆和倒是一對，但武藝精熟，只三個照面，已把對方逼得連連倒退，他左手鐵拐往外一掛，「盤肘刺扎」，右手刀向童兆和扎去。童兆和忙向左避開，留心了上面沒防到下面，被徐天宏一個掃堂腿，撲地倒了。徐天宏鐵拐往下便砸，堪堪砸到，驟覺背後勁風撲到，不及轉身，左足在童兆和胸前一點，翻身和萬慶瀾一對鑌鐵點鋼穿打在一起。童兆和哇哇大叫，一時站不起身。

萬慶瀾在這對鑌鐵穿上下過二十年苦功，憑手中眞實功夫，在北京連敗十多名武術好手，才做到鄭王府的總教頭。鄭親王爲了提拔他，讓他跟張召重出來立一點功，就可保舉他作官。這時他和徐天宏一個力大，一個招熟，對拆十餘招難分勝負。萬慶瀾心中焦躁，暗想這般貌不驚人的一個合字尙且打不贏，豈不讓童兆和笑話，舉鑌鐵穿猛向徐天宏胸前扎去。徐天宏鐵拐封擋，右手刀迎面劈出。萬慶瀾撤回鑌鐵穿，「孔雀開屛」，橫擋直扎。徐天宏單拐往外砸碰，擋開鐵穿。萬慶瀾右手鐵穿卻已「霸王卸甲」，直劈下來。徐天宏急忙縮頭，鐵穿在左臉擦過，差不盈寸，甚是兇險。徐天宏見對方武功了得，起了敵愾之心，他身材矮小，專攻敵人下盤，單刀鐵拐左右合抱，砍砸敵人雙腿。萬慶瀾雙穿在兩腿外一立，那知徐天宏這一招乃是虛招，單刀繼續砍出，鐵拐卻中途變招，疾翻而上，直點到敵人門面。萬慶瀾無法挽救，急以「鐵板橋」後仰，雖然躲開了這一拐，卻已嚇出一身冷汗，再拆數招，漸感不敵，不由得心生懼意。

那邊章進以一敵三，越鬥越猛。孟健雄叫道：「健剛，快去守住莊門，別再讓人進來。」章進的狼牙棒極是沉重，舞開來勢如疾風，安健剛一時緩不出手腳。周綺叫道：「安二哥快去，這駝子我來對付。」章進聽周綺叫他「駝子」，那是他生平最忌之事，怒火更熾，大吼大叫。周綺和孟健雄兩人合力抵住，安健剛奔出廳去。

周仲英高叫：「大家住手，聽老夫一句話。」孟健雄和周綺立即退後數步。徐天宏也退了一步，叫道：「十弟住手，且聽他說。」章進全不理會，搶上再打。徐天宏正要上前阻止，那知萬慶瀾突在背後揮穿打落，徐天宏沒有防備，身子急縮，已給打中肩頭，又痛又怒，一個踉蹌，叫道：「好哇，鐵膽莊眞是鬼計多端。」他可不知萬慶瀾不是鐵膽莊中人。他本來冷靜持重，但突遭暗算，憤怒異常，左肩受傷，鐵拐已不能使，挺單刀又和萬慶瀾狠鬥。施展「五虎斷門刀」刀法，仍是著著進攻，只是少了鐵拐借勢，單刀稍稍嫌輕，使來不大順手，已不能再佔上風。

童兆和站得遠遠的，指著駱冰，口中不清不楚、有一搭沒一搭的胡說。駱冰手中只餘一柄飛刀，不肯輕易用掉，挺刀追去。童兆和仗著腿腳靈便，在大廳中繞著桌椅亂轉，說道：「別這麼兇，你丈夫早死啦，不如乖乖的改嫁你童大爺。」駱冰關心則亂，聽了童兆和這句話，只道文泰來真的已死，眼前一黑，昏了過去。童兆和見她跌倒，奔將過來。

周仲英一見，氣往上沖，舉起金背大刀，也朝駱冰奔去。他本是要阻止童兆和對她無禮，那知誤會上又加誤會，只聽門外有人大喝：「你敢傷我四嫂，我跟你把命拚了！」一人手執雙鉤，上下兩路，一奔咽喉，一奔前陰，勢挾勁風，直向周仲英撲到。周仲英見此人面目英俊，身手矯捷，心中先存好感，舉刀輕擋，退後一步，說道：「尊駕是誰，先通姓名。」

那人不答，俯身看駱冰時，見她臉如白紙，氣若遊絲，忙將她扶起坐在椅上，撿起地下鴛鴦雙刀，放在她身邊。

周仲英見眾人越打越緊，無法勸解，很是不快，忽聽外面有人喊聲如雷，又聽得鐵器相撞，發聲沉重，不一會，安健剛敗了進來，一人緊接著追入。那人又肥又高，手執鋼鞭，鞭身甚是粗重，看模樣少說也有三十來斤，安健剛不敢以單刀去碰撞。章進叫道：「八哥九哥，今日不殺光鐵膽莊的人，咱們不能算完。」

那胖子是紅花會排名第八的「鐵塔」楊成協。面目英俊的是排行第九的「九命錦豹子」衛春華，凡逢江湖上兇毆爭鬥、對抗官兵之時，衛春華總是不顧性命的勇往直前，一生所遇兇險不計其數，卻連重傷也未受過一次，是以說他有九條性命。他二人是紅花會赴援的第二撥，到得鐵膽莊時已近午夜，只見莊門口火把通明，衆莊丁手執兵器，如臨大敵。衛春華上前叫道：「紅花會姓楊的、姓衛的前來拜見鐵膽莊周老英雄，請弟兄們辛苦通報。」安健剛一聽是紅花會人馬，裏面正打得熱鬧，怎能再放他們進來，喝道：「放箭！」二十幾名莊丁彎弓搭箭，一排箭射了過去。衛春華和楊成協大怒，揮動兵刃撥箭。衛春華那顧前面是刀山箭林，一陣風的衝將過來。衆莊丁見這人兇悍無比，都軟了手腳，來不及關閉莊門，已被他直闖進去。

楊成協跟著進來，安健剛揮刀攔住。楊成協身裁高大，氣度威猛，鋼鞭打出，虎虎生風。安健剛不敢硬架，使開刀法，一味騰挪閃避，找到空檔，倏地一刀砍將過來。楊成協鋼鞭「橫掃千軍」，用力格開，噹的一聲，刀鞭相交，安健剛虎口震裂，單刀脫手飛出。楊成協不願傷他性命，待他退走，便即舉鞭打破二門，大踏步進來，他不識莊中道路，黑暗之中聽聲尋路。安健剛找了一把刀，翻身又來攔截，這次加倍小心，但對拆數招，又被楊成協鋼鞭打上刀背，單刀彎成了曲尺。安健剛揮舞曲刀護身，退入大廳。

楊成協舉鞭迎頭擊去，安健剛急忙縮身，隨手掀起桌子一擋，桌子一角登時落地，木屑四濺。周仲英心下驚佩：「怪不得紅花會聲勢偌大，會裏人物果然武藝驚人。」眼見安健剛滿頭大汗，再拆數招，難免命喪鞭下，縱聲高叫：「紅花會的英雄們，聽老夫說句話。」

這時衛春華已將徐天宏替下，正和萬慶瀾猛鬥，他和楊成協聽得周仲英叫喊，手勢稍緩。徐天宏大叫：「留神，別上當。」話聲未畢，萬慶瀾果然舉穿向衛春華扎去。他惟恐鐵膽莊和紅花會聯成一氣，因此不容他們有說和機會。衛春華聽得徐天宏叫聲，已有防備，眼見敵刃攻到，竟是悍然不退，反手出鉤，以攻對攻。萬慶瀾見他如此不顧性命的狠打，嚇了一跳，忙收鋼穿招架。

徐天宏戟指大罵：「江湖上說你鐵膽周是大仁大義的好朋友，當真是浪得虛名，原來這般陰險毒辣。你暗施詭計，算得是甚麼英雄好漢？」

周仲英明知他誤會，但也不由得惱怒，叫道：「你紅花會也算欺人太甚。」一捋長袍，叫道：「健剛退下，讓我來鬥鬥這些成名的英雄豪傑。」安健剛退後數步，周仲英上前說道：「幾位朋友，尊姓大名？」楊成協見他白鬚飄動，不敢輕慢，抱拳說道：「在下鐵塔楊成協。」這時駱冰已然醒轉，叫道：「八哥你還客氣甚麼？這老匹夫把四哥害死了。」

此言一出，徐、楊、衛、張四人全都又驚又悲。衛春華撇下萬慶瀾，反身撲到周仲英面前，雙鉤如風，直撲到他懷裏。周仲英大刀挺立，內力鼓盪，將雙鉤反彈出去。衛春華胸口氣促，知道對方武功厲害，但他是出名的不怕死，毫不退縮，又攻了過去。

那邊章進雙戰孟健雄和周綺，早已打得難解難分。安健剛呼呼喘氣，舉袖拭了額頭上汗水，挺刀上前助戰。楊成協揮鋼鞭敵住萬慶瀾。

徐天宏察看廳內惡鬥情況，章進以一敵三，雖感吃力，並未見敗，那邊衛春華卻招架不住了。周仲英好幾次刀下留情，但對方毫不退縮，心想你這年輕人眞是不識好歹，將他左手鉤震得直盪開去。徐天宏見周仲英刀法精奇，功力深湛，數招之後，衛春華已非其敵，忙挺單刀過去助戰，以二敵一，兀自抵擋不住。周仲英年紀雖老，金背大刀使開來白光黃光閃舞，招數一刀緊似一刀，勁力一刀大似一刀，愈戰愈勇。

徐天宏眼見不能取勝，大叫：「五哥六哥，你們來了，好，快放火燒了鐵膽莊。」他這是虛張聲勢，紅花會排行第五第六的常赫志、常伯志兄弟其實並沒來，他們奉總舵主之命，到三道溝去查探京裏來的公差行蹤去了。他這麼一叫，鐵膽莊中人果然全都大驚。周仲英分神之下，險些中了衛春華一鉤，長眉豎立，大刀「三羊開泰」，連環三招，將徐、衛兩人迫退數步，縱身奔到廳口，要出去攔截縱火的敵人。

那知衛春華如影隨形，緊跟在後，人未至，鉤先至，向他背心疾刺。周仲英大刀圈轉，「噹」的一聲，格開了雙鉤，進手橫砍，右足貼地勾掃，同時左手一個捺掌。衛春華急急縱身躍起，向旁跳開。周仲英左手五指撮攏，變爲鵰手，借勢回撥，揮掌打在他肩頭。周仲英這一勾、一捺、一撥，名爲「三合」，乃是少林拳中「二郎擔山」絕技。衛春華專心對付他的大刀，那知他突然施展少林拳，刀拳足三者並用，避開了兩招，最後一招終於躲不掉，右肩重重吃了一掌，幸而周仲英掌下留情，只使了四成力，否則已受重傷。

衛春華愈敗愈狠，給周仲英一掌打得倒退三步，尚未站定，又撲上四步，雙鉤「彩鳳旋窩」，猛捲而上。周仲英大怒，叫道：「你這位小哥，我跟你又沒殺父之仇、奪妻之恨，爲何苦苦相逼？我已掌下留情，你也該懂得好歹！」衛春華道：「你殺我文四哥，仇深似海。我打你不過，但我是打不死的九命錦豹子，你知道嗎？」口中說話，手上絲毫不緩。周仲英見他狠打痴纏，一味的不要命死拚，心中有氣，可是見他如此勇猛，也不由得愛惜，說道：「老夫活了六十多歲，還沒見過你這般不要命的漢子！」衛春華道：「今兒叫你見見。」唰的一鉤直刺，徐天宏單刀橫砍。周仲英忽地跳起，大刀猛劈三刀，衛春華奮力抵住。刀光劍影中，周仲英彎刀向內，肘角向外撞出，正撞在他腰肋之上，這一記是少林拳中的「肋下肘」，倘若使足了力，衛春華肋骨已斷了數根。

衛春華受他一撞，饒是對方未用全力，可也痛入骨髓，哼了一聲，蹲了下來。徐天宏道：「九弟你退下。」衛春華不答，搖搖晃晃的站起來，斜眼向周仲英凝視，又挺雙鉤上前。周仲英罵道：「我瞧你是不可救藥！」徐天宏大叫：「快放火啦，十二郎，你截住後門，別讓一個人逃出莊去。」周綺給她喊得心煩意亂，一時又戰章進不下，心想：「我殺了那罪魁禍首再說。」舉刀奔向駱冰。

駱冰自聽童兆和說他丈夫已死，昏昏沉沉的坐在椅上，大廳中衆人打得兇惡，她只覺得一團團人影在面前竄來晃去，腦子中空空洞洞的，對眼前之事茫然不解。周綺縱到她面前，舉刀砍去。駱冰向她淒然微笑，要哭不哭的樣子。周綺鋼刀砍到她面前，見到她臉上又可憐又傷心的溫柔神色，這一刀竟爾砍不下去，一凝神，將椅上鴛鴦雙刀拿起，遞入駱冰手中，說道：「打呀！」駱冰隨手接了。周綺揮刀輕輕迎頭砍下，瞧她是否招架。駱冰笑了笑，隨隨便便的右手短刀架過，左手長刀反擊。周綺嘆了口氣，柔聲道：「這才對了，你站起來打。」駱冰聽話站起，但腿上傷痛，拐了一下重又坐下。於是一個坐一個站，一個獃一個憨，雙刀單刀打了起來。拆了數招，周綺急道：「誰跟你鬧著玩？」她覺得對手似傻不傻，殺之不忍，鬥之無味，又聽得徐天宏大叫「放火」，心下慌亂，抛下駱冰奔出廳去。

剛到廳口，驀聽得門外一人陰沉沉的說道：「想逃嗎？」周綺一驚，反身後躍，退開兩步，燭光搖晃下只見兩人擋在門口。說話之人面上如罩上一層寒霜，兩道目光攝人心魄般直射過來。周綺想再看他身旁那人，說也奇怪，一被他目光瞪住，自己的眼睛竟不敢移向左邊，輕輕罵了聲：「見鬼！」那人冷冷的道：「不錯，我是鬼見愁。」說話中沒絲毫暖意。周綺向來天不怕地不怕，見這人陰氣森森，不由得打了個冷戰，喝道：「難道姑娘怕你？」她這句話是給自己壯膽，其實姑娘確是有點怕的，心中雖怕，還是舉刀向那人迎頭砍去。

那人「左掛金鈴」，單刀斜掛擋開，左掌輕撫刀柄，雙目仍舊是直瞪著她。周綺但覺他這一掛中含勁未吐，輕靈鬆靜，竟是內家功夫，驚懼更甚，自忖：「反正我媽走了，弟弟死了，我跟爹爹都讓你們殺了吧。」勇氣陡長，揮刀沒頭沒腦的向那人砍去。那人正是紅花會執掌刑堂的鬼見愁十二郎石雙英。他本是無極拳門下弟子，入紅花會後常向三當家趙半山討教武藝。趙半山將太極門中的玄玄刀法相授，因此他兩人名是結義兄弟，實為師徒。石雙英以靜制動，以柔克剛，不數招已將周綺一柄刀裹住。

那邊孟健雄、安健剛雙戰章進，已自抵敵不住。萬慶瀾左手鋼穿也被楊成協重鞭打折，不敢再戰，只繞著桌子兜圈子，欺對方身胖，追他不上。童兆和早不知那裏去了。周仲英對敵徐天宏和衛春華卻佔著上風，他想只有先將這兩人打倒，再來分說明白，否則混戰下去，殊非了局，刀法加緊，將對手兩人逼得連連倒退，正漸得手，忽地一人縱上前來，叫道：「我來鬥鬥你這老兒！」一柄鐵槳當頭猛打下來。

兵器是鐵槳，使的卻是「魯智深瘋魔杖」的招術，他是將鐵槳當作禪杖使，這一記「秦王鞭石」，鐵槳從自己背後甩過右肩，猛向周仲英砸落，呼的一聲，猛惡異常。這人和石雙英同來，乃紅花會中排名第十三的「銅頭鱷魚」蔣四根。周仲英見他力大，向左閃開，反手還刀。蔣四根直砸不中，鐵槳打橫，雙手握定，槳尾向右橫擋，雙手揮槳頭向左橫擊，這是「瘋魔杖」中的「金鉸剪月」，出手迅捷。周仲英是少林正宗，識得此招，側身讓過，眉頭一皺，主意打定，邊打邊退，不斷移動腳步，眼見萬慶瀾逃避楊成協的追逐，奔近自己身邊，大刀揮出，向他砍去。

周仲英知道紅花會的誤會已深，非三言兩語所能說明，幾次呼喝住手，都被萬慶瀾從中搗亂。這人來鐵膽莊敲詐勒索，周仲英原是十分氣惱，可是若和官府作對，便是造反，自己在這裏數十年安居，有家有業，自古道「滅門的縣官」，得罪了官府，可眞是無窮禍患。他雖是一方豪傑，但近二十年來廣置地產，家財漸富，究竟是丟不掉放不下，是以一直不願對萬慶瀾翻臉。再者自己兒子爲紅花會的朋友而死，他們居然不問情由，闖進莊來狠砍猛殺，還說要燒莊，心下不免有氣，自己年紀這麼一大把，對方就是不敬賢也得敬老。他本擬憑武藝當場將衆人懾服，然後說明原委，那知紅花會人衆越來越多，越打越兇，時刻一長，總不免有人死傷，這一來誤會變成眞仇，那就不可收拾，權衡輕重，甩出去鐵膽莊不要，決意向萬慶瀾動手，以求打開僵局。

萬慶瀾見周仲英金刀砍來，不由得大駭，急忙閃讓，見後面楊成協又追了上來，當即跳上桌子。他已知周仲英用意，大叫：「我們聯手合力捉拿文泰來。那文泰來雖是你殺死的，但朝廷懸賞的二萬兩銀子，你想害死了我獨吞嗎？」他存心誣陷，要挑撥鐵膽莊和紅花會鬥個兩敗俱傷。

紅花會羣雄見周仲英刀砍萬慶瀾，俱都一怔，各自停手，聽萬慶瀾這麼叫嚷，既傷心義兄慘死，又在激鬥之際，那裏還能細辨是非曲直？章進哇哇大叫，狼牙棒向周仲英腰上砸去。周仲英急怒交迸，有口難辯，只得揮刀擋住。

徐天宏畢竟精細，見事明白，適才和周仲英拚鬥，見他數次刀下留情，其中必有別情，喊道：「十弟不可造次！」章進殺得性起，全沒聽見。蔣四根鐵槳攔腰又向周仲英打去。周仲英側身避過，不想背後楊成協鋼鞭斜肩砸到。周仲英聽得耳後風生，揮刀擋格，兩人手臂都是一陣酸麻。楊成協、章進和蔣四根是紅花會的「三大力士」，均是膂力驚人。周仲英獨戰三人，漸見不支，吆喝聲中大刀和章進狼牙棒相交，火花迸發，手臂又是一陣發麻。蔣四根鐵槳「翻身上捲袖」，鐵槳自下而上砸正大刀刃口。周仲英再也拿揑不住，大刀脫手飛出，直插入大廳正中樑上。

孟健雄、安健剛見師父兵刃脫手，一驚非同小可，雙雙搶前相護，只跨出兩步，衛春華揮動雙鉤，和身撲來攔住。

周仲英大刀脫手，反而縱身搶前，直欺到楊成協懷裏，一招「弓箭衝拳」，左手已抓住鋼鞭鞭梢，右拳向他當胸擊出。楊成協萬想不到對方功夫如此了得，危急之中，竟會施展「空手奪白刃」招術強搶自己鋼鞭，給他這般欺近，招架已自不及，胸膛一挺，「哼」的一聲，硬接了這一拳，鋼鞭竟不撒手。他這一身鐵布衫的橫練功夫，雖不能說刀槍不入，但尋常利器卻也傷他不得。他外號「鐵塔」，是說他身子雄偉堅牢，有如鐵鑄之塔。周仲英拳力極大，眞有碎石斃牛之勁，見對方居然若無其事的受了下來，不禁暗暗吃驚。其實楊成協也是有苦說不出，這一拳只打得他痛徹心肺，幾欲嘔血，猛吸一口氣強忍，再用力拉扯，想將他拉住鋼鞭的手掙脫。周仲英也正在這時左手發勁。楊成協雖然力大，究不及周仲英功力精湛，手中鋼鞭竟然便要給他硬生生奪去。

周仲英鋼鞭尙未奪到，章進和蔣四根的兵器已向他砍砸而至。周仲英放脫鋼鞭，隨手把桌子一掀，推向章蔣二人。

孟健雄跳在一旁，拿出彈弓，叭叭叭叭，連珠彈向章蔣兩人身上亂打，爲師父抵擋了一陣。但己方形勢危急異常，眼見師父推倒桌子，桌上燭台掉在地下，蠟燭頓時熄滅，靈機一動，一陣連珠彈將廳中幾枝蠟燭全都打滅，大廳中登時一片漆黑，伸手不見五指。

這一著衆人全都出於意料之外，不約而同的向後退了幾步，惡鬥立止。各人屏聲凝氣，誰都不敢移動腳步，黑暗之中有誰稍發聲息，被敵人辨明了方位，兵刃暗器馬上招呼過來，卻又如何趨避躲閃？何況這是羣毆合鬥，黑暗中隨便出手，說不定就傷到了自己人。大廳中刹時突然靜寂，其間殺機四伏，比之適才呼叫砍殺，倒似更加令人驚心動魄。

一片靜寂之中，忽然廳外腳步聲響，廳門打開，衆人眼前一亮，只見一人手執火把走了進來。那人書生打扮，另一手拿著一支金笛。他一進門便向旁一站，火把高舉，火光照耀中又進來三人。一個獨臂道人，背負長劍。另一人輕袍緩帶，長眉玉面，服飾儼然是個貴介公子，身後跟著個十多歲的少年，手捧包裹。這四人正是「金笛秀才」余魚同、「追魂奪命劍」無塵道人，以及新任紅花會總舵主的陳家洛，那少年是陳家洛的書僮心硯。

紅花會羣豪見總舵主和二當家到來，俱都大喜，紛紛上前相見。徐天宏向楊成協和衛春華低聲道：「留心瞧著鐵膽莊這批傢伙，別讓他們走了。」兩人點點頭，繞到周仲英身後。安健剛知道他們用意，心頭有氣，走上一步，正欲開口質問，周仲英伸手拉住，低聲道：「沉住氣，瞧他們怎麼說。」

余魚同拿了兩張名帖，走到周仲英面前，打了一躬，高聲說道：「紅花會總舵主陳家洛、二當家無塵道人，拜見鐵膽莊周老英雄。」孟健雄上去接了過來，遞給了師父。

周仲英見名帖上寫得甚是客氣，陳家洛與無塵都自稱晚輩，忙搶上前去拱手道：「貴客降臨敝莊，不曾遠迎，可失禮了。請坐，請坐。」

這時大廳上早已打得桌倒椅翻，一塌胡塗。周仲英大叫：「來人哪！」宋善朋率領了幾名莊丁進來，排好桌椅，重行點上蠟燭，分賓主坐下。西首賓位陳家洛居先，依次是無塵、徐天宏、楊成協、衛春華、章進、駱冰、石雙英、蔣四根、余魚同。心硯站在陳家洛背後。東首主位周仲英坐第一位，依次是孟健雄、安健剛、周綺。

余魚同偷眼暗瞧駱冰，見她玉容慘淡，不由得又是憐惜，又是惶愧，不知她有否將自己的胡作非為告知石雙英，看那鬼見愁十二郎時，見他臉上陰沉沉的，瞧不出半點端倪。余魚同自駱冰走後，自怨自艾，莫知適從。此後兩天總是在這十幾里方圓之間繞來繞去，心想駱冰腿上有傷，若再遇上公人如何抵禦，只想悄悄跟在她後面暗中保護，但始終沒發見她的蹤跡，怎想得到她會重去鐵膽莊。到得第三天晚上，卻遇上了陳家洛與無塵。

兩人聽得文泰來為鐵膽莊所賣，驚怒交加。無塵立刻要去搭救文泰來。陳家洛道：「眾兄弟都已趕向鐵膽莊，大家不知道周仲英如此不顧江湖道義，說不定要中這老兒的暗算。咱們不如先到鐵膽莊，會齊眾兄弟後再去救四哥。」無塵點頭稱是，當下由余魚同領路，趕到鐵膽莊來。那正是孟健雄彈滅蠟燭、大廳中一團漆黑之時。

萬慶瀾見雙方敘禮，知道事情要糟，慢慢挨到門邊，正想溜出，徐天宏縱身竄出，落在門口，攔住去路，喝道：「請留步，大家把話說說淸楚。」萬慶瀾見對方人多勢衆，不敢動手，只得回來，坐在周綺下首。周綺圓眼一瞪，喝道：「滾開！你坐在姑娘身邊幹麼？」萬慶瀾拉開椅子，坐遠了些。

周仲英和陳家洛替雙方引見了，報了各人姓名。周仲英一聽，對方全是武林中的成名英雄，怪不得手下如此了得，看那總舵主陳家洛卻像是個養尊處優的官宦子弟，這人竟統領著這批江湖豪傑，衆人對他十分恭謹，實在透著古怪，心下暗暗納罕。

陳家洛見周仲英臉現詫異之色，不住的打量自己，強抑滿懷怒氣，冷然說道：「敝會四當家奔雷手文泰來遇到鷹爪子圍攻，身受重傷，避難寶莊，承周老前輩念在武林一脈，仗義援手，敝會衆兄弟全都感激不盡，兄弟這裏當面謝過。」說罷站起身來深深一揖。

周仲英連忙還禮，心下萬分尷尬，暗道：「瞧不出他公子哥兒般似的，居然有這麼一手，竟拿場面話來擠兌我。」陳家洛這番話一說，無塵、徐天宏、衛春華、余魚同等都暗暗佩服。章進卻沒懂陳家洛的用意，大叫起來：「總舵主你不知道，這老匹夫已把咱們四哥害了。」衛春華坐在他身邊，忙拉了他一把，叫他別嚷。

陳家洛便似沒聽見他說話，仍然客客氣氣的對周仲英道：「衆兄弟夤夜造訪寶莊，禮貌不週，還請周老前輩海涵。只因聽得文四哥有難，大家如箭攻心，未免鹵莽。不知文四哥傷勢如何，周老前輩想已延醫給他診治，就請引我們相見。」說著站起身來，紅花會羣雄跟著站起。周仲英口訥，一時不知如何回答。駱冰哽咽著叫道：「四哥給他們害死了！總舵主，咱們殺了老匹夫給四哥抵命！」

陳家洛等一聽大驚，無不慘然變色。章進、楊成協、衛春華等一干人各挺兵刃，逼上前來。孟健雄挺身而出，大聲說道：「文爺到敝莊來，事情是有的……」徐天宏插嘴道：「那麼便請孟爺引我們相見。」孟健雄道：「文爺、文奶奶和這位余爺來到敝莊之時，我們老莊主不在家，是兄弟派人去趙家堡請醫，這是文奶奶和余爺親眼見到的。後來六扇門的人到來，我們慚愧得很，沒能好好保護，以致文爺給捕了去。陳當家的，你怪我們招待不週，未盡護友之責，我們認了。你要殺要剮，姓孟的皺一下眉頭，不算好漢。但你們衆位當家硬指我們老莊主出賣朋友，那算甚麼話？」

駱冰走上一步，戟指罵道：「姓孟的，你還充好漢哪！我問你，你叫我們躲在地窖之中，如此隱秘的所在，若不是你們得了鷹爪孫的好處，說了出來，他們怎會知道？」孟健雄登時語塞，要知周英傑受不住激而洩漏秘密，雖是小兒無知，畢竟是鐵膽莊的過失。

無塵向周仲英道：「出事之時，老莊主或者眞不在家。可是龍有頭，人有主，鐵膽莊的事，我們只能衝著老莊主說，請你拿句話出來。」這時縮在一旁的萬慶瀾突然叫道：「是他兒子說的，他肯認帳麼？」陳家洛走上一步，說道：「周老前輩，這話可眞？」周仲英豈肯當面說謊，緩緩點了點頭。紅花會羣豪大嘩，更圍得緊了。有的對周仲英橫眉怒目，有的瞧著陳家洛，待他示下。陳家洛側目瞧向萬慶瀾，冷然說道：「這位是誰，還沒請教閣下萬兒。」駱冰搶著說道：「他是鷹爪孫，來捉四哥的人中，有他在內。」

陳家洛一言不發，緩步走到萬慶瀾面前，突然伸手，奪去他手中鋼穿，往地下一擲，將他雙手反背併攏，左手一把握住。萬慶瀾「啊唷」一聲，已然掙扎不脫。陳家洛這一下出手快得出奇，衆人都沒看清楚他使的是甚麼手法。萬慶瀾武功並非泛泛，適才大家已經見過，但被他隨手拿住，竟自動彈不得。這一來，不但鐵膽莊衆人聳然動容，連紅花會羣雄也各暗暗稱奇，他們只尊陳家洛是總舵主，遵他號令，他武功如何，誰也不知底細。

陳家洛喝道：「你們把文四爺捉到那裏去了？」萬慶瀾閉口不答，臉上一副傲氣。陳家洛駢指在他肋骨下「中府穴」一點，喝道：「你說不說？」萬慶瀾哇哇大叫：「你作踐人不是好漢，有種就把我殺了……」一句話沒喊完，頭上黃豆大的汗珠已直冒出來。陳家洛又在他「筋縮穴」上一點。萬慶瀾這下可熬不住了，低聲道：「我說，我說……」陳家洛伸指在他「氣兪穴」上推了幾下。萬慶瀾緩過一口氣，說道：「要解他到京裏去。」駱冰忙問：「他……他沒死？」萬慶瀾道：「當然沒死，這是要犯，誰敢弄死他？」

紅花會羣雄大喜，都鬆了口氣，文泰來既然沒死，對鐵膽莊的恨意便消了大半。駱冰顫聲道：「你……你這話……這話可眞？」萬慶瀾道：「我幹麼騙你？」駱冰心頭一喜，暈了過去，向後便倒。余魚同伸手要扶，忽然起了疑懼之心，伸出手去又縮了回來。駱冰仰頭倒在地下，章進急忙扶起，叫道：「四嫂，你怎麼了？」橫目向余魚同白了一眼，覺得他不扶駱冰，實在豈有此理。

陳家洛鬆開了手，對書僮心硯道：「綁了起來。」心硯從包裹中取出一條繩索，將萬慶瀾雙手反背牢牢縛住。萬慶瀾被點穴道雖已解開，但一時手腳酸痲，無法反抗。陳家洛高聲說道：「各位兄弟，咱們救四哥要緊，這裏的帳將來再算。」紅花會羣雄齊聲答應。駱冰醒過後，坐在椅上喜極而泣，聽陳家洛這麼一說，站了起來，章進扶住了她。

衆人走到廳口，孟健雄送了出來。陳家洛將出廳門，回身舉手，對周仲英道：「多有吵擾，大恩大德，沒齒難忘，咱們後會有期。」周仲英聽他語氣，知道紅花會定會再來尋仇，心道：「周某問心無愧，你們不諒，我難道就怕了你們？」哼了一聲，一言不發。

章進叫道：「救了文四哥後，我章駝子第一個來鬥鬥你鐵膽莊的英雄好漢。」楊成協道：「狗熊都不如，稱甚麼英雄？」周綺一聽大怒，喝道：「你罵誰？」楊成協怒道：「我罵不講義氣，沒家教的老匹夫。」他胸口吃了周仲英一拳，雖然身有鐵布衫功夫，未受重傷，但也吃虧不小，此刻兀自疼痛不止，再聽說文泰來為周仲英之子所賣，更加氣憤。

周綺搶上一步，喝道：「你是甚麼東西，膽敢罵我爹爹？」楊成協道：「呸，你這丫頭！」他不願與人家姑娘爭鬧，回頭就走。「俏李逵」性如烈火，更恨人家以她是女流之輩而瞧她不起，平素常道：「男女都是人，為甚麼男人做得，女人就做不得？」聽得楊成協罵她「丫頭」，而且滿臉鄙夷之聲，那裏還忍耐得住？搶上一步，喝道：「丫頭便怎樣？」

楊成協怒道：「去叫你哥哥出來，就說我姓楊的要見見。」周綺道：「我哥哥？」心下甚是奇怪。衛春華道：「有種賣朋友，就該有種見朋友。你哥哥出賣我們四哥，這會兒躲到那裏去了？」周綺愕然不解，心道：「我那裏來的哥哥？」孟健雄見周綺受擠，知道紅花會誤會了萬慶瀾那句話，事情已鬧得如此之僵，此時如把師父擊斃親子之事相告，未免示弱，倒似是屈服求饒，只得出頭給師妹擋一擋，當下高聲說道：「各位還有甚麼吩咐，現在就請示下，省得下次再勞動各位大駕。」章進道：「我們就是要見見這位姑娘的哥哥。」周綺道：「你這駝子胡說八道，我有甚麼哥哥？」章進又被她罵一聲「駝子」，虎吼一聲，雙手向她面門抓去。周綺挺刀擋格，章進施展擒拿功，空手和她拚鬥。

衛春華雙鉤一擺，叫道：「孟爺，你我比劃比劃。」孟健雄只得應道：「請衛爺指教。」這邊蔣四根和安健剛也叫上了陣，各挺兵刃就要動手。楊成協大喊：「賣朋友的兔崽子，再不給我滾出來，爺爺要放火燒屋了。」雙方兵器紛紛出手，勢成羣毆。

周仲英氣得鬚眉俱張，對陳家洛道：「好哇，紅花會就會出口傷人，以多取勝。」陳家洛一聲唿哨，拍了兩下手掌，羣豪立時收起兵刃，退到他身後站定，默不作聲。周仲英暗想：「這人部勒羣雄，令出即遵。我適才連呼住手，卻連自己女兒也不聽。」陳家洛道：「周老英雄，你責我們以多取勝，在下就單身請周老英雄不吝賜教幾招。」周仲英道：「那再好沒有。陳當家的剛才露了這手，我們全都佩服之至，眞是英雄出在年少，老夫很想領教，陳當家的要比兵刃還是拳腳？」石雙英陰森森的道：「大刀飛到樑上去了，還比甚麼兵刃？」此言一出，周仲英面紅過耳，各人都抬頭去望那柄嵌在樑上的金背大刀。

忽見一人輕飄飄的躍起，右手勾住屋樑，左手拔出大刀，隨即毫無聲息的落在地下，走到周仲英面前，左腿半跪，高舉過頂，說道：「周老太爺，你老人家的刀。」這人是陳家洛的書僮心硯，瞧不出他年紀輕輕，輕功竟也如此不凡。

心硯露這一手，周仲英臉上更下不去，他哼了一聲，對心硯不理不睬，向陳家洛道：「陳當家的亮兵刃吧，老夫就空手接你幾招。」孟健雄接過心硯手中的金背大刀，低聲道：「師父犯不著生氣，跟他刀上見輸贏！」他怕師父中了對方激將之計，真以空手去和人家兵器過招，那是未打先吃三分虧。心硯縱身回來，解開包裹，將陳家洛獨門之秘的兵器亮出，雙手托著，拿到他面前。

徐天宏低聲道：「總舵主，他要比拳，你就在拳腳上勝他。」原來徐天宏得知文泰來未死，心即寧定，細察周仲英神情舉止，對紅花會處處忍讓，殊少敵意，雙方一動兵刃難免死傷，不如比拳易留餘地。再者他已領教過周仲英大刀功夫，實在是功力深厚，非同小可，自己與衛春華以二敵一，儘管對方未出全力，兀自抵擋不住。陳家洛兵器上造詣深淺未知，可是適才見他出手逼供萬慶瀾，手法又奇又快，大非尋常。他要陳家洛比拳，是求避敵之堅，用己之長。陳家洛道：「好。」對周仲英拱手說道：「在下想請教周老英雄幾路拳法，請老前輩手下留情。」

周仲英道：「好說，陳當家的不必過謙。」周綺走過來替父親脫去長袍，低聲道：「這小子會點穴，爹爹你留點神。」說著眼圈兒紅了，她脾氣發作時火爆霹靂，可是對方人數眾多，個個武功精強，今日形勢險惡異常，她並非不知。周仲英低聲道：「要是我有甚好歹，你上西安找吳叔叔去，以後可千萬不能鬧事了。」周綺心中酸痛，點了點頭。

宋善朋督率莊丁，將大廳中心桌椅搬開，露出一片空地，四周添上巨燭，明亮如晝。周仲英走到廳心，抱拳說道：「請上吧。」

陳家洛並不寬衣，長袍飄然，緩步走近，說道：「在下輸了之後，定當遍請西北武林同道，來向老前輩賠話謝罪，紅花會衆兄弟自今而後，不敢帶兵刃踏進甘肅一步。」周仲英道：「陳當家的言重了。」陳家洛秀眉一揚，說道：「要是老前輩承讓一招半式，那怎麼說？」周仲英傲然仰頭，打個哈哈，一捋長鬚，說道：「那時鐵膽莊數十口老小性命，還不全操於紅花會之手？」陳家洛道：「紅花會雖是小小幫會，卻也恩怨分明，豈敢妄害無辜？倘若在下僥倖勝得一拳一腳，那位洩露文四哥行藏的令郎，我們斗膽要帶了去。文四哥若能平安脫險，在下保證不傷令郎毫髮，派人護送回歸寶莊。可是文四哥若有三長兩短……那不免要令郎抵命。」周仲英給這番話引動心事，虎目含淚，右手輕揮，道：「不必多言，進招吧！」

陳家洛在下首站定，微一拱手，說道：「請賜招。」衆人見他氣度閒雅，雍容自若，竟如是揖讓序禮，那裏是龍爭虎鬥的厮拚，有的佩服，有的擔心。

周仲英按著少林禮數，左手抱拳，一個「請手」。他知對方年輕，自居晚輩，決不肯搶先發招，也不再客氣，一招「左穿花手」，右拳護腰，左掌呼的一聲，向陳家洛當面劈去。這一掌勢勁力疾，掌未至，風先到，先聲奪人。陳家洛一個「寒鷄步」，右手上撩，架開來掌，左手畫一大圓弧，彎擊對方腰肋，竟是少林拳的「丹鳳朝陽」。這一亮招，紅花會和鐵膽莊雙方全都吃驚。周仲英是少林拳高手，天下知名，可沒想到陳家洛竟然也是少林派。周仲英「咦」了一聲，甚感詫異，手上絲毫不緩，「黃鶯落架」、「懷中抱月」，連環進擊，一招緊似一招。陳家洛進退趨避，少林拳的手法竟也十分純熟。兩人拳式完全相同，不像爭鬥，直如同門練武。但兩人年歲相差既大，功力深淺，自也懸殊，勝負之數，不問可知。紅花會羣雄暗暗擔憂，鐵膽莊中人卻都吁了口氣。

翻翻滾滾拆了十餘招。周仲英在少林拳上浸淫數十年，功力已臻爐火純青之境，推拳勁作，發腿風生。少林拳講究心快、眼快、手快、身快、步快，他愈打愈快，攻守吞吐，迴轉如意，第一路「闖少林」三十七勢未使得一半，陳家洛已處下風。周仲英突然猛喝，身向左轉，一個「翻身劈擊」，疾如流星。陳家洛急忙後仰，敵掌去頰僅寸，險些未及避開。紅花會羣雄俱各大驚。

陳家洛縱出數步，猱身再上，拳法已變，出招是少林派的「五行連環拳」，施開崩、鑽、劈、砲、橫五趟拳術。周仲英仍以少林拳還擊。不數招，陳家洛忽然改使「八卦遊身掌」，身隨掌走，滿廳遊動，燭影下似見數十個人影來去。周仲英以靜御動，沉著應戰，陳家洛身法雖快，卻絲毫未佔便宜。

再拆數招，周仲英左拳打出，忽被對方以內力黏至外門，這一招竟是太極拳中的「如封似閉」。但見他拳勢頓緩，神氣內斂，運起太極拳中以柔克剛之法，見招破招，見式破式。衆人愈觀愈奇，自來少林太極門戶有別，拳旨相反，極少有人兼通，他年紀輕輕，居然內外雙修，實是武林奇事。周仲英打起精神，小心應付。這一來雙方攻守均慢，但行家看來，比之剛才猛打狠鬥，尤爲兇險。兩人對拆二十餘招，點到即收。陳家洛忽地使招「倒輦猴」，拳法又變，頃刻之間，連使了武當長拳、三十六路大擒拿手、分筋錯骨手、岳家散手四門拳法。

衆人見他拳法層出不窮，俱各納罕，不知他還會使出甚麼拳術來。周仲英以不變應萬變，六路少林拳融會貫通，得心應手，門戶謹嚴，攻勢凌厲。他縱橫江湖數十年，大小數百戰，似陳家洛這般兼通各路拳術的對手雖然未曾會過，但也不過有如他數十年來以一套少林拳依次遍敵各門好手，拳法上並不吃虧。他素信拳術之道貴精不貴多，專精一藝，遠勝駁雜不純，然見陳家洛每一路拳法所學者均非皮毛，也不禁暗暗稱異。

酣鬥中周仲英突然左足疾跨而上，一腳踏住陳家洛袍角，一個「躺擋切掌」，左掌向他下盤切去。陳家洛急忙抽身，竟未抽動，急切中一個「鯉魚打挺」，嗤的一聲，長袍前襟齊齊撕去。周仲英說聲「承讓」，陳家洛臉上一紅，駢指向他腰間點去，兩人又鬥在一起。

三招拆過，旁觀衆人面面相覷，只見陳家洛擒拿手中夾著鷹爪功，左手查拳，右手綿掌，攻出去是八卦掌，收回時已是太極拳，諸家雜陳，亂七八糟，旁觀者人人眼花繚亂。這時對他拳勢手法已全然難以看清，至於是何門派招數，更是分辨不出了。

衆人均不識得這是天池怪俠袁士霄所創的獨門拳術「百花錯拳」。袁士霄少年時鑽研武學，所學本已極博，後來遇到一件大失意事，性情激變，發願做前人所未做之事，打前人所未打之拳，於是遍訪海內名家，或學師，或偷拳，或挑鬥踢場以觀其招，或明搶暗奪而取其譜，將各家拳術幾乎學了個遍，中年後隱居天池，別走蹊徑，創出了這路「百花錯拳」。這拳法包蘊百家，其妙處尤在於一個「錯」字，每一招均和各派正宗手法相似而實非，一出手對方以爲定是某招，舉手迎敵，才知打來的方位手法完全不同，其精微要旨在於「似是而非，出其不意」八字。旁人只道拳腳全打錯了，豈知正因爲全部打錯，對方才防不勝防。凡武學高手，見聞必博，所學必精，於諸派武技胸中早有定見，不免「百花」易敵，「錯」字難當。袁士霄創此拳術，志在讓他情敵栽個大觔斗，敗得狼狽不堪，丟臉之極，但生怕狂怒中失手打死情敵，於理不合，是以自行克制，不與對方動手過招，因此這套拳術從未用過，他弟子也只陳家洛一人。陳家洛先學了內外各大門派主要的拳術兵刃，於擒拿、暗器、點穴、輕功俱有相當根柢之後，才學「百花錯拳」。今日與周仲英激鬥百餘招，險些落敗，深悔魯莽，先前將話說滿了，未免小覷了天下英雄，心驚之餘，只得使出這路怪拳。發硎初試，果然鋒銳無匹。

周仲英大驚之下，雙拳急揮，護住面門，連連倒退，見對方拳法古怪之極，而拳劈指戳之中，又夾雜著刀劍的路數，眞是見所未見，聞所未聞。周綺見父親敗退，情急大叫：「你打的是甚麼拳？亂搞一氣，簡直不成話！怎地撒賴胡打？不對，不對！你……你全都打錯了！」

喊聲未畢，廳外竄進兩人，連叫「住手！」卻是陸菲青和趙半山到了。忽聽得廳外有人大呼：「走水啦，快救火呀，走水啦！」喧嚷聲中，火光已映進廳來。

周仲英正受急攻，本已拳法大見散亂，忽聽得大叫「救火」，身家所在，不免關心，一疏神，突覺左腿一麻，左膝外「陽關穴」竟被點中，一個踉蹌，險些倒地。周綺忙搶上扶住，急叫「爹爹」，單刀橫過，護住父親，以防敵人趕盡殺絕。

陳家洛並不追趕，反而倒退三步，說道：「周老英雄怎麼說？」周仲英怒道：「好，我認栽了。我兒子交給你，跟我來！」扶著周綺，一拐一拐的往廳外便走。

霍青桐解下腰間短劍，說道：「這短劍是我爹爹所賜，據說劍裏藏著一個極大秘密，幾百年來輾轉相傳，始終無人參詳得出。今日一別，後會無期，此劍請公子收下。公子慧人，或能解得劍中奧妙。」

第四回

置酒弄丸招薄怒
還書貽劍種深情

陳家洛、陸菲青，及紅花會羣雄跟著周仲英穿過了兩座院子。此時火勢更大，熱氣逼人，黑夜中但見紅光沖天，煙霧瀰漫。孟健雄、安健剛和宋善朋早已出去督率莊丁，協力救火。徐天宏大叫：「咱們先合力把火救熄了再說。」周綺罵道：「你叫人放火，還假惺惺裝好人。」她剛才聽徐天宏一再大喊放火，認定是他指使了人來燒鐵膽莊的，滿腔悲憤，那裏還顧到對方人多勢衆，舉刀便向徐天宏砍去。徐天宏忙竄開避過，周綺還待要追，已被趙半山勸住。饒是周綺單刀在手，猛衝猛跳，但被趙半山伸手輕輕搭上刀背，一柄刀便如有千斤之重，幾乎拿也拿不住，那裏還進得半步。

周仲英對這一切猶如不見不聞，大踏步直到後廳。衆人進廳，只見設著一座靈堂，靈位前點著兩對白燭，素幡冥鏹，陰沉沉的一派淒涼景象。周仲英掀開白幕，露出一具黑色小棺材來，棺材尚未上蓋。原來周仲英擊斃愛子後，因女兒外出未歸，是以未將周英傑成殮，以待周綺回來再見弟弟一面。

周仲英喝道：「我兒子洩露了文爺的行藏，那不錯，你們要我兒子，好……你們拿去吧！」他心神激盪，語音大變。眾人在黯淡的燭光之下，見一個小孩屍身躺在棺材之中，都摸不著頭腦。周綺叫道：「我弟弟還只十歲，他不懂事，把你們文爺的藏身地方說了出來。爹爹回到家來，大怒之下，失手把弟弟打死了，把我媽媽也氣走了，這總對得起你們了吧？你們還不夠，把我們父女都殺了吧！」

紅花會眾人聽了，不由得慚愧無已，都覺剛才錯怪了周仲英，實是萬分不該。章進最是直性人，搶上兩步，向周仲英磕了個響頭，叫道：「老爺子，我得罪你啦，章駝子給你賠罪。」站起身來，又向周綺一揖，道：「姑娘，你再叫我駝子，我也不惱。」周綺聽了想笑，卻笑不出來。

這時陳家洛以及罵過周仲英的駱冰、徐天宏、楊成協、衛春華等都紛紛過來謝罪。陳家洛乘著躬身行禮，伸手輕拂，將周仲英膝間所封穴道解開，旁人都沒瞧見。周仲英忙著還禮，心中難過之極，說不出話來。陳家洛叫道：「周老英雄對紅花會的好處，咱們至死不忘。各位兄弟，現下救火要緊。大家快動手。」眾人齊聲答應，紛紛奔出。

但見火光燭天，屋瓦墮地，樑柱倒坍之聲混著眾莊丁的吆喝叫喊，亂成一片。安西是中國出名的「風庫」，一年三百六十日幾乎沒一天沒風，風勢又最大不過。此時風助火威，眼見大火已無法撲滅，偌大一座鐵膽莊轉眼便要燒成白地。

廳中奇熱，布幡紙錢已然著火。眾人見周仲英痴痴扶著棺材，神不守舍。不多時火燄捲入廳來，衛春華、石雙英、蔣四根都已撲出去救火。周綺連叫：「爹，咱們出去吧！」周仲英不理不睬，眼睜睜儘望著棺材中的兒子。

大家知他不忍讓兒子屍體葬身火窟，捨不得離開。章進彎下腰來，說道：「八哥，把棺材放在我背上。」楊成協抓住棺材兩邊，一使勁，將棺材提了起來，放上章進的駝背。章進也不長身，就這麼彎著腰直衝出去。周綺扶著父親，眾人前後擁衛，奔到莊外空地。走出不久，後廳屋頂就坍了下來，各人都暗說：「好險！」

心硯忽地叫了起來：「啊喲，那鷹爪孫還在裏面！」石雙英道：「這等人作惡多端，燒死了也不冤。」駱冰道：「可惜便宜了鏢行那小子。」陳家洛問道：「是誰？」駱冰將童兆和的事說了。孟健雄也說了他如何三入鐵膽莊，探莊報訊，引人捉拿文泰來，最後還來勒索。徐天宏叫道：「對，定是他放火！」眾人心下琢磨，均想定是此人無疑。徐天宏偷眼向周綺望去，見她對己正自側目斜睨，兩人目光一對，都即轉頭避開。周綺大聲自言自語：「矮子肚裏疙瘩多，放火的鬼主意也只矮子才想得出。人無三尺高，肚裏一把刀。」陳家洛道：「咱們得抓這小子回來。七哥、八哥、九哥、十哥，你們四位分東南西北路去搜，不管是否追到，一個時辰內回報。」四人接令去了。

這邊陸菲青和周仲英等人廝見，互道仰慕。陳家洛又向周仲英一再道歉，說道：「周老前輩爲了紅花會鬧到這步田地，大仁大義，眞是永世難報。我們定去訪請周老太太回來，和老前輩團圓。鐵膽莊已毀，當由紅花會重建，各位莊丁弟兄所有損失，紅花會全部賠償。他們辛苦，在下另有一番意思。」

周仲英眼見鐵膽莊燒成灰燼，多年心血經營毀於一旦，自也不免可惜，但聽陳家洛這麼說，忙道：「陳當家的說那裏話來，錢財是身外之物，你再說這等話，那是不把兄弟當朋友了。」他素來最愛朋友，現下誤會冰釋，見紅花會衆人救火救人，奮不顧身，對他又是極爲敬重感激，一時之間結交到這許多英雄人物，十分痛快，對鐵膽莊被焚之事登時釋然，但一瞥眼間見到那具小小棺材，心中卻又一陣慘傷。

忙亂了一陣，衛春華和章進先回來了，向陳家洛稟報，都說追出了六七里地，不見童兆和蹤跡。又過片刻，徐天宏和楊成協也先後回來，說東南兩路數里內並無人影，這傢伙想是乘著大火，混亂中逃得遠了。

陳家洛道：「好在知道這小子是鎭遠鏢局的，不怕他逃到天邊去，日後總抓得到。」問周仲英道：「周老前輩，寶莊這些莊丁男婦，暫且讓他們去那裏安身？」周仲英道：「我想等天明之後，大家先到赤金衛。」徐天宏道：「小姪有一點意思，請老前輩瞧著是不是合適。」陳家洛道：「我們這位七哥外號叫武諸葛，最是足智多謀。」周綺向徐天宏白了一眼，哼了一聲，對孟健雄道：「孟大哥，你聽，人家比諸葛亮還厲害呢，他還會武！」孟健雄微微一笑。周仲英忙道：「徐爺請說。」

徐天宏道：「那姓童的小子逃了回去，勢不免加油添醬，胡說一通。那姓萬的又沒回轉，鷹爪孫定要報官，將許多罪名加在前輩頭上。小姪以爲鐵膽莊的人最好往西，暫時避一下風頭，等摸清了路數再定行止。現下往東去赤金衛，只怕不甚穩便。」

周仲英閱歷甚深，一經徐天宏點破，連聲稱是，說道：「對，對，老弟眞不愧武諸葛，明兒該當先奔安西州。安西我有朋友，借住十天半月的，決不能有甚麼爲難。」周綺見父親反而稱讚徐天宏，心下老大不願意。她雖然已不懷疑燒鐵膽莊是徐天宏主使，但先前對他存了憎厭之心，不由得越瞧越不順眼。

周仲英對宋善朋道：「你領大夥到安西州後，可投吳大官人處耽擱，一切使費，到咱們號子裏支用。待我事情料理完後，再來叫你。」周綺道：「爹爹，咱們不去安西？」周仲英道：「當然不去啦，文四爺在咱們莊上失陷，救人之事，咱們豈能袖手旁觀？」周綺、孟健雄、安健剛三人聽他說要出手助救文泰來，俱各大喜。

陳家洛道：「周老前輩的美意，我們萬分感激。不過救文四哥乃是殺官造反之事，各位都是安份良民，和我們浪蕩江湖之人不同，親自出手，恐有不便。我們請周老前輩出個主意，指點方略，至於殺鷹爪、救四哥，還是讓我們去辦。」

周仲英長鬚一捋，說道：「陳當家的，你不用怕連累我們。你不許我替朋友賣命，那就是不把周仲英當好朋友。」陸菲青插嘴道：「周老英雄義重如山，江湖上沒人不佩服的，否則我和他素不相識，文四爺身上又負著重案，我怎敢貿然薦到鐵膽莊來？」

陳家洛略一沉吟，說道：「周老英雄如此重義，紅花會上下永感大德。」駱冰走上前來，盈盈拜倒，說道：「老爺子拔刀相助，我先替我們當家的道謝。」周仲英連忙扶起，道：「文四奶奶你且寬心，不把文四爺救回來，咱們誓不為人。」轉頭對陳家洛道：「事不宜遲，就請陳當家的發施號令。」陳家洛道：「這個那裏敢當？請周陸兩位前輩商量著辦。」陸菲青道：「陳當家的不必太謙。紅花會是主，咱們是賓，這決不能喧賓奪主。」

陳家洛又再謙讓，見周陸二人執意不肯，便道：「那麼在下有僭了！」轉身發令，分撥人馬。

這時鐵膽莊餘燼未熄，焦木之氣充塞空際，風吹火炬，獵獵作響。衆人肅靜聽令。

第一撥：當先哨路金笛秀才余魚同，和西川雙俠常赫志、常伯志兄弟取得聯絡，探明文泰來行蹤，趕回稟報。第二撥：千臂如來趙半山，率領石敢當章進、鬼見愁石雙英。第三撥：追魂奪命劍無塵道人，率領鐵塔楊成協、銅頭鱷魚蔣四根。第四撥：紅花會總舵主陳家洛，率領九命錦豹子衛春華、書僮心硯。第五撥：綿裏針陸菲青，率領神彈子孟健雄、獨角虎安健剛。第六撥：鐵膽周仲英，率領俏李逵周綺、武諸葛徐天宏、鴛鴦刀駱冰。

陳家洛分撥已定，說道：「十四弟，請你立即動身。其餘各位就地休息安眠，天明起程，分撥進嘉峪關後會集。關上鷹爪孫諒必盤查嚴緊，不可大意。」衆人齊聲答應。余魚同向衆人躬身抱拳，上馬動身，馳出數步，回頭偷眼向駱冰望去，見她正自低頭沉思，對他離去渾沒在意。他嘆了口氣，策馬狂奔而去。

衆人各自找了乾淨地方睡下。陳家洛悄悄對徐天宏道：「七哥，周老英雄已讓咱們累得家破人亡，這次又仗義去救四哥。你多費點心，別讓官面上的人認出他來。四嫂身上有傷，她惦念四哥，廝殺起來一定奮不顧身，你留心別讓她拚命。你們這一路不必趕快，能夠不動手，那就最好。」徐天宏答應了。

睡不到兩個時刻，天已黎明。千臂如來趙半山率領章進、石雙英首先出發。駱冰一晚沒合眼，叫過章進，說道：「十哥，路上可別鬧事。」章進道：「四嫂你放心，救四哥是大事，我就再胡塗也理會得。」

孟健雄、宋善朋等將周英傑屍身入殮，葬在莊畔。周綺伏地痛哭，周仲英亦是老淚縱橫。陳家洛等俱在墳前行禮。

此後，無塵、陳家洛、陸菲青三撥人馬先後啓程，最後是周仲英及宋善朋等大隊人夥動身。到趙家堡後，當地百姓已知鐵膽莊失火，紛來慰問。周仲英謝過了，去相熟銀鋪取了一千兩銀子，打了尖，即與宋善朋等分手，縱馬向東疾馳。

一路之上，周綺老是跟徐天宏作對，總覺他的一言一動越瞧越不對勁，不管周仲英板臉斥責也好，駱冰笑著勸解也好，徐天宏低聲下氣忍讓也好，周綺總是放他不過，冷嘲熱諷，不給他半分面子。後來徐天宏也氣了，心道：「我不過瞧著你爹爹面子，讓你三分，難道當眞怕你？我武諸葛縱橫江湖，成名的英雄豪傑那一個不敬重於我，今日卻來受你這丫頭的閒氣！」他一騎馬索性落在後面，一言不發，落店吃飯就睡，天明就趕路，一路馬不停蹄，第三天上過了嘉峪關。

周仲英見女兒如此不聽話，背地裏好幾次叫了她來諭導呵責。周綺當時答應，可是一見徐天宏，忍不住又和他抬起槓來。周仲英心想若是老妻在此，或能管教管教這一向寵慣了的女兒，現下她負氣出走，不知流落何方，言念及此，甚是難過，見徐天宏悶悶不樂，又覺過意不去。

當晚到了肅州，四人在東門一家客店住了。徐天宏出去了一會，回來說道：「十四弟還沒追上四哥，也沒遇上西川雙俠。」周綺忍不住插嘴：「你又怎麼知道？瞎吹！」

徐天宏白了她一眼，一聲不響。

周仲英怕女兒再言語無禮，說道：「這裏是古時的酒泉郡，酒最好。七爺，我和你到東大街杏花樓去喝一杯。」徐天宏道：「好。」周綺道：「爹，我也去。」徐天宏噗哧一笑。周綺怒道：「你笑甚麼？我就去不得？」徐天宏把頭別過，只當沒聽見。駱冰笑道：「綺妹妹，咱們一起去。爲甚麼女人就不能上酒樓喝酒？」周仲英是豪爽之人，也不阻止。

四人來到杏花樓，點了酒菜。肅州泉水清冽，所釀酒香醇無比，於西北諸省中算得第一。店小二又送上一盤肅州出名的烘餅。那餅弱似春綿，白如秋練，又軟又脆，周綺吃得讚不絕口。酒樓之上耳目衆多，不便商量救文泰來之事，四人隨口談論路上景色。

周仲英忽向徐天宏道：「貴會陳當家的年紀輕輕，一副公子哥兒的樣子，居然精通各家各派拳術，眞是從所未見。他和我比拳之時，最後所使的那套拳法怪異之極，不知是甚麼名稱。七爺可知道麼？」周綺心中也一直存著這個疑團，聽父親問起，忙留神傾聽。

徐天宏道：「陳當家的是海寧陳閣老的三公子。我和陳當家的這次也是初會。他十五歲上，就由我們于老當家送到了天山，拜天池怪俠爲師，一直沒回江南來。只有無塵道長、趙三哥幾位年長的香主在他小時候見過。這套拳法，我瞧多半是天池怪俠的獨創。」周仲英道：「紅花會名聞大江南北，總舵主卻竟像是位富貴公子，我初見之時，很是納罕，只覺透著極不相稱。後來跟他說了話、交了手，才知他不但武功了得，而且見識不凡，確是位了不起的人物，這眞叫做人不可以貌相。」徐天宏和駱冰聽他極口稱揚他們首領，甚是高興。只是駱冰想到丈夫安危難知，又擔心他受公差虐待，自是愁眉不能盡展。

周仲英道：「這幾年來，武林中出了不少人物，也眞是長江後浪推前浪，十年人事幾翻新。就像你老弟這般智勇雙全，江湖上就十分難得。總要別辜負了這副身手，好好做一番事業出來。」徐天宏連聲稱是。他是答應周仲英「好好做一番事業」的勉勵之言，周綺卻哼了一聲，心道：「我爹讚你十分難得，你還說是呢，也不怕醜？」

周仲英喝了口酒道：「一直聽人說，貴會于老當家是少林派弟子，和我門戶很近。我久想見他一面，向他討教，但一個在江南，一個在西北，這心願始終沒了，他竟已撒手西歸。我常在打聽他的師承淵源，可是人言紛紜，始終沒聽到甚麼確訊。」徐天宏道：「于老當家從來不提他的師承，直到臨終時才說起，他以前是在福建少林寺學的武藝。」周仲英道：「我是河南少室山少林寺本寺學的。北少林南少林本是一家，我跟于老當家雖非同寺學藝，卻也可算得是同門。」又道：「我曾聽人說，紅花會總舵主的武功跟少林家數很近，我心下很是仰慕，打聽他在少林派中的排行輩份，卻無人得知，常覺奇怪。以他如此響噹噹的人物，若是少林門人，豈有無人得知之理？我曾寫了幾封信給他。他的覆信甚是謙虛，說了許多客氣話，卻一字不提少林門派。」

徐天宏道：「于老當家不提自己武功門派，定有難言之隱。他一向是最愛結交朋友的，以老前輩如此熱腸厚道，若和于當家相遇，兩位定是一見如故。」周綺冷冷的道：「紅花會的人哪，很愛瞧不起人。冰姊姊，我可不是說你。」徐天宏不加理會。

周仲英又問：「于老當家是生了甚麼病去世的？他年紀似乎比我也大不了幾歲吧？」徐天宏道：「于老當家故世時六十五歲。他得病的情由，說來話長。此間人雜，咱們今晚索性多趕幾十里路，找個荒僻之地，好向前輩詳行稟告。」周仲英道：「好極了！」忙叫櫃上算帳。徐天宏道：「請等一等，我下去一下。」周仲英道：「老弟，是我作東，你可別搶著會鈔。」徐天宏道：「是。」快步下樓去了。

周綺撇嘴道：「老愛鬼鬼祟祟的！」周仲英罵道：「女孩兒家別沒規沒矩的瞎說。」駱冰笑道：「綺妹妹，我們這位七哥，千奇百怪的花樣兒最多。你招惱了他，小心他作弄你。」周綺哼了一聲，道：「一個男子漢，站起來還沒我高，我怕他？」周仲英正要斥責，聽得樓梯上腳步聲，就避口不說了。徐天宏走了上來，道：「咱們走吧。」周仲英會了鈔，到客店取了衣物，連騎出城。幸喜天色未夜，城門未閉。

四騎馬一口氣奔出三十里地，見左首一排十來株大樹，樹後亂石如屏，是個隱蔽所在，周仲英道：「就在這裏吧？」徐天宏道：「好。」四人將馬縛在樹上，倚樹而坐。其時月朗星疏，夜涼似水，風吹長草，聲若低嘯。

徐天宏正要說話，忽聽得遠處隱隱似有馬匹奔馳之聲，忙伏地貼耳，聽了一會，站起來道：「三匹馬，奔這兒來。」周仲英打個手勢，四人解了馬匹，牽著同去隱於大石之後。不一會，蹄聲漸近，三騎馬順大路向東。月光下只見馬上三人白布纏頭，身穿直條紋長袍，都是回人裝束，鞍上掛著馬刀。待三騎去遠，四人重回原處坐地。連日趕路，一直無暇詳談，這時周仲英才問起清廷緝捕文泰來的原因。

駱冰道：「官府一直把紅花會當眼中釘，那是不用說的了。不過這次派遣這許多武林高手，不把我們四哥抓去不能干休，那是另有原因的。上月中，于老當家從太湖總舵前去北京，叫我們夫妻跟著同去。到了北京，于老當家悄悄對我們說，要夜闖皇宮，見一見乾隆皇帝。我們嚇了一跳，問老當家見皇帝老兒幹麼。他不肯說。四哥勸他說，皇帝老兒最是陰狠毒辣不過，最好調無塵道長、趙三哥、西川雙俠等好手來京，一起闖宮。再請七哥盤算一條萬全之計，較為穩妥。」周綺望了徐天宏一眼，心道：「你這矮子本領這樣大，別人都要來請教你。我才不信呢！」

周仲英道：「四爺這主意兒不錯呀。」駱冰道：「于老當家說，他去見皇帝老兒的事干係極大，進宮的人決不能多，否則反而有變。四哥聽他這麼說，自是遵奉號令。當夜他二人越牆進宮，我在宮牆外把風，這一次心裏可眞是怕了。直過了一個多時辰，他們才翻牆出來。第二天一早，我們三人就離京回江南。我悄悄問四哥，皇帝老兒有沒見到，到底是怎麼回事？四哥說皇帝是見到了，不過這件事關連到推倒清廷、光復漢家天下的大業。他說自然不是信不過我，但多一個人知道，不免多一分洩漏的危險，因此不跟我說。我也就不再多問。」周仲英讚道：「于老當家抱負眞是不小。闖宮見帝，天下有幾人能具這般膽識？」

駱冰續道：「于老當家到江南後，就和我們分手。我們回太湖總舵，他到杭州府海寧州去。他從海寧回來後，神情大變，好像忽然之間老了十多歲，整天不見笑容，過不了幾天就一病不起。四哥悄悄對我說，老當家因爲生平至愛之人逝世，這才傷心死的……」說到這裏，駱冰和徐天宏都垂下淚來，周仲英也不禁唏噓。

駱冰拭了眼淚續道：「老當家臨終之時，召集內三堂外三堂正副香主，遺命要少舵主接任總舵主。他說這並不是他有私心，只因此事是漢家光復的關鍵所在，要緊之至。其中原由，此時不能明言，衆人日後自知。老當家的話，向來人人信服，何況就算他沒這句遺言，衆兄弟感念他的恩德，也必一致推擁少舵主接充大任。」

周仲英問道：「少舵主跟你們老當家怎樣稱呼？」駱冰道：「他是老當家的義子。少舵主原是海寧陳閣老的公子，十五歲就中了舉人。中舉後不久，老當家就把他帶了出來，送到天山北路天池怪俠袁老英雄那裏學武。至於相國府的公子，怎麼會拜一位武林豪傑做義父，我們就不知道了。」

周仲英道：「其中原因，文四爺想來是知道的。」駱冰道：「他好像也不大清楚。老當家死時，有一樁大心事未了，極想見少舵主一面。本來他一從北京回來，便遣急使趕去回疆，吩咐少舵主到安西玉虛道觀候命。天池怪俠袁老前輩不放心，陪了少舵主一塊兒東來。那知道老當家竟去世得這麼快。安西到太湖總舵相隔萬里，少舵主自是無法得訊趕回了。老當家知道挨不到見著義子，遺命要六堂正副香主趕赴西北，會見少舵主後共圖大事，一切機密，待四哥親見少舵主後面陳。那知四哥竟遇上了這番劫難……」說到這裏，聲音又哽咽起來：「要是四哥有甚麼三長兩短，老當家的遺志，就沒人知道了。」

周綺勸道：「冰姊姊你別難過，咱們定能把四爺救出來。」駱冰拉著她手，微微點頭，淒然一笑。

周仲英又問：「文四爺是怎樣受的傷？」駱冰道：「衆兄弟分批來迎接少舵主，我們夫婦是最後一批，到得肅州，忽有八名大內侍衛來到客店相見，說是奉有欽命，要我們前往北京。四哥說要見過少舵主後，才能應命，那八名侍衛面子上很客氣，但要四哥非立刻赴京不可。四哥犯了疑，雙方越說越僵，動起手來。那八名侍衛竟都是特選的高手，我們以二敵八，漸落下風。四哥發了狠，說我奔雷手豁出性命不要，也不能讓你們逮去。一場惡戰，他單刀砍翻了兩個，掌力打死了三個，還有兩個中了我飛刀，餘下一個見勢頭不對就溜走了。但四哥也受了六七處傷。廝拚之時，他始終擋在我身前，因此我一點也沒受傷。」

駱冰講到丈夫刀砍掌擊，怎樣把八名大內侍衛打得落花流水，說得有聲有色。周綺聽得發了獃，想像奔雷手雄姿英風，俠骨柔腸，不禁神往，隔了半晌，長長嘆了口氣，忽然轉頭，向徐天宏瞪了一眼，滿臉不屑之色。徐天宏如何不明白她這一瞪之意，心道：「四哥英雄豪傑，當世能有幾人比得上？你說我徐天宏不及四哥，誰都知道，又何用你說？」

駱冰道：「我們知道在肅州決不能停留，挨著出了嘉峪關，但四哥傷重，實在不能再走了，就在客店養傷，只盼少舵主和眾兄弟快些轉來，那知北京和蘭州的鷹爪又跟著尋來。以後的事，你們都知道了。」徐天宏道：「皇帝老兒越是怕四哥恨四哥，四哥眼前越無性命之憂。官府和鷹爪既知他是欽犯，決不敢隨便對他怎樣。」周仲英道：「老弟料得不錯。」

周綺忽向徐天宏道：「你們早些去接文四爺就好了，將那些鷹爪孫料理個乾淨，文四爺既沒事，你們也不用到鐵膽莊來發狠……」周仲英連忙喝止：「這丫頭，你說甚麼？」徐天宏道：「只因少舵主謙虛，說甚麼也不肯接任總舵主，一勸一辭，就耽擱了日子。再說，四哥四嫂一身好本事，誰料得到會有人敢向他們太歲頭上動土呢。」周綺道：「你是諸葛亮，怎會料不到？」

徐天宏給她這麼蠻不講理的一問，饒是心思靈巧，竟也答不上來，只好不作聲。周仲英道：「要是七爺料到了，我們就不會識得紅花會這批好朋友了。單是像陳當家的這樣俊雅的人品，我們在西北邊塞之地，輕易那能見到？」轉頭向駱冰道：「他夫人是誰？不知是名門閨秀呢，還是江湖上的俠女？」駱冰道：「陳當家的還沒結親呢。」周仲英就不言語了。

駱冰笑道：「咱們幾時喝綺妹妹的喜酒啊？」周仲英笑道：「這丫頭瘋瘋顛顛的，誰要她啊？讓她一輩子陪我老頭子算啦！」駱冰笑道：「等咱們把四哥救出了，我和他給綺妹妹做個媒，包你老人家稱心如意。」周綺急道：「你們再說到我身上，我一個兒要先走了。」三人微笑不語。

隔了一會，徐天宏忽地噗哧一笑。周綺怒道：「你又笑甚麼了？」徐天宏笑道：「我笑我的，跟你有甚麼相干？」周綺心中最藏不下話，哼了一聲，說道：「你笑甚麼，當我不知道麼？你們想把我嫁給那個陳家洛。人家是宰相公子，我們配得上麼？你們大家把他當寶貝兒，我才不希罕呢。他和我爹打的時候，面子上客客氣氣，心裏的鬼主意可多著呢。我寧可一輩子嫁不掉，也不嫁笑裏藏刀、詭計多端的傢伙。」周仲英又好氣又好笑，不住喝止。可是周綺不理，連珠砲般一口氣說了出來。

駱冰笑道：「好了，好了！綺妹妹將來嫁個心直口快的豪爽英雄。這可稱心如意了吧？」周仲英笑道：「傻丫頭口沒遮攔，也不怕七爺和文奶奶笑話。好啦，大家睡一忽兒吧，天亮了好趕路。」四人從馬背取下氈被，蓋在身上，在大樹下臥倒。

周綺輕聲向父親道：「爹，你可帶著甚麼吃的？我餓得慌。」周仲英道：「沒帶呀。咱們明兒早些動身，到雙井打尖吧。」不一會，鼾聲微聞，已睡著了。周綺肚子餓，翻來覆去的睡不著，看身旁的駱冰似已入了睡鄉，忽見徐天宏輕輕起來，走到馬旁。

周綺好奇心起，偷眼凝視，黑暗中見他似是從包袱中取了甚麼物事，回來坐下，將氈被擁在身上，竟吃起東西來。周綺翻了個身，不去看他。那知這小子十分可惡，不但吃得嘖嘖有聲，而且頻頻「唔唔」的表示讚賞。周綺忍不住斜眼瞧去，不看倒也罷了，這一看不由得饞涎欲滴，飢火難忍，只見他手中拿著白白的一塊，大口咬嚼，身旁還放著高高的一疊，分明是肅州的名產烘餅。原來他在杏花樓時去樓下一轉，就是買這東西。周綺一路上和他抬槓爲難，這時那能開口問他討吃，心想：「快些睡著，別儘想著吃。」豈知越想睡越睡不著，忽然間酒香撲鼻，見那傢伙無法無天，竟仰起了頭，在一個小葫蘆中喝酒。

周綺再也沉不住氣了，喝道：「三更半夜的喝甚麼酒？要喝也別在這裏。」徐天宏道：「成！」放下酒葫蘆就睡倒了。這人可眞會作怪，酒葫蘆上的塞子卻不塞住，將葫蘆放在頭邊，讓酒香順著一陣陣風送向周綺。原來他在肅州杏花樓上冷眼旁觀，見周綺酒到杯乾，是個好酒的姑娘，是以這般作弄她一下。

這一來可把周綺氣得柳眉倒豎，俏眼圓睜，要發作實在說不出甚麼道理，不發作那裏忍得下去，翻了一個身，將眼睛、鼻子、嘴巴都埋在氈被之中，但片刻間便悶得難受，再翻過身來，月光下忽見父親枕邊兩枚大鐵膽閃閃生光，一想有了，悄悄伸手過去取了一個鐵膽，對準酒葫蘆擲去，噗的一聲，將葫蘆打成數片，酒水都流上徐天宏的氈被。

他這時似已入睡，全沒理會。周綺見父親睡得正香，駱冰也毫無聲息，偷偷爬起身來，想去取回鐵膽，那知剛一伸手，徐天宏忽地翻了個身，將鐵膽壓在身下，跟著便鼾聲大作。

周綺嚇了一跳，縮手不迭，她雖然性格豪爽，究竟是個年輕姑娘，怎敢伸手到男子身底下去掏摸？可是不拿吧，明朝這矮子鐵膽在手，證據確實，告訴了父親，保管又有一頓好罵，無可奈何，只得回來睡倒。正在這時，忽聽得駱冰嗤的一笑，周綺羞得臉上直熱到脖子裏，剛才走到徐天宏身邊，敢情都給她瞧見啦，心中七上八下，一夜沒好睡。

第二日她一早就醒，一聲不響，縮在被裏，只盼天永遠不亮，可是不久周仲英和駱冰便都起來，過了一會，徐天宏也醒了，只聽得他「啊喲」一聲，道：「硬硬的一個甚麼東西？」周綺忙縮頭入被，又聽他說道：「啊，老爺子，你的鐵膽滾到我這裏來啊！啊喲，不好，酒葫蘆打碎啦！對了，定是山裏的小猴兒聞到酒香，要想喝酒，又見到你的鐵膽好玩，拿來玩耍，一不小心，將葫蘆打了個粉碎。這小猴兒眞頑皮！」周仲英哈哈大笑，道：「老弟愛說笑話，這種地方那有猴子？」駱冰笑道：「若不是猴子，那定是天上的仙女了。」

兩人說了陣笑話，周綺聽他們沒提昨晚之事，總算放了心，可是徐天宏繞著彎兒罵她猴子，心下更是著惱。徐天宏將烘餅拿出來讓大家吃，周綺賭氣不吃。

到了雙井，四人買些麵條煮來吃了。出得鎭來，徐天宏與駱冰忽然俯身，在一座屋子牆腳邊細看。周綺湊近去看，見牆腳上用木炭畫著些亂七八糟的符號，就似頑童的亂塗一般，周綺心想這又有甚麼好看了，忽聽駱冰喜道：「西川雙俠已發現四哥行蹤，跟下去了。」周綺問道：「你怎知道？這些畫的是甚麼東西？」駱冰道：「這是我們會裏互通消息的記號，是西川雙俠畫的。」說著伸腳用鞋底擦去記號，道：「快走吧！」

四人得知文泰來已有蹤跡，登時精神大振，駱冰更是笑逐顏開，倍增嫵媚。四人一口氣奔出四五十里路，打尖息馬之後，又再趕路。次日中午，在七道溝見到余魚同留下的記號，說已趕上西川雙俠。駱冰經過數日休養，腿傷已然大好，雖然行路還有些不便，但已不必扶杖而行，想到不久就可會見丈夫，那裏還忍耐得住，一馬當先，疾馳向東。

傍晚時分趕到了柳泉子，依駱冰說還要趕路，但徐天宏記得陳家洛的囑咐，勸道：「咱們不怕累，馬不成啊！」

駱冰無奈，只得投店歇夜，在炕上翻來覆去的那裏睡得著？半夜裏窗外淅淅瀝瀝的竟下起雨來。驀地想起當年與丈夫新婚後第三日，奉了老當家之命，到嘉興府搭救一個被土豪陷害的寡婦，功成之後，兩人夜半在南湖煙雨樓上飲酒賞雨。文泰來手攜新婦，刀擊土豪首級，打著節拍，縱聲高歌，此情此景，寒窗雨聲中都兜上心來。

駱冰心想：「七哥顧念周氏父女是客，不肯貪趕路程，我何不先走？」此念一起，再也無法克制，當下悄悄起身，帶了雙刀行囊，用木炭在桌上留了記號，要徐天宏向周氏父女代爲致歉，見周綺在炕上睡得正熟，怕開門驚醒了她，輕輕開窗跳出，去廄裏牽了馬，披了油布雨衣，縱馬向東。雨點打在火熱的面頰上，只覺陣陣清涼。

駱冰黎明時分趕到一個鎮甸打尖，看坐騎實在跑不動了，只得休息了半個時辰，又趕了三四十里路，忽然那馬前腿打了個蹶。駱冰吃了一驚，急提韁繩，馬匹幸好沒跌倒，情知再趕下去非把馬累死不可，不敢再催，只得緩緩而行。

走不多時，忽聽得身後蹄聲急促，一乘馬飛奔而來。剛聞蹄聲，馬已近身，駱冰忙拉馬向左讓開，眼前如風捲雪團，一匹白馬飛掠而過。這馬迅捷無倫，馬上乘者是何模樣全沒看清。駱冰一驚：「怎地有如此好馬？」見那馬奔跑時猶如足不踐土，一形十影，當眞是追風逐電，超光越禽，頃刻間白馬與乘者已縮成一團灰影，轉眼已無影無蹤。

駱冰讚嘆良久，見馬力漸復，又小跑一陣，到了一個小村，只見一戶人家屋簷下站著一匹馬，遍身雪白，霜鬣揚風，身高腿長，神駿非凡，突然間一聲長嘶，清越入雲，將駱冰的坐騎嚇得倒退了幾步。駱冰注目看去，正是剛才那匹白馬，旁邊一個漢子正在刷馬。她心中一動，暗道：「我騎上了這匹駿馬，還怕趕不上大哥？這樣的好馬，馬主必不肯賣，說不得，只好硬借。只是馬主多半不是尋常之輩，說不定武功高強，倒要小心在意。」

她自幼隨著父親神刀駱元通闖蕩江湖，諸般巧取豪奪的門道無一不會，無一不精，當下計算已定，從行囊中取出火絨，用火刀火石打著了火，點燃火絨，提韁拍馬，向白馬衝去，飛刀脫手，噗的一聲，釘上屋柱，已割斷繫著白馬的韁繩。這時所乘坐騎也已奔近，駱冰左手將火絨塞入自己坐騎耳中，隨手提起行囊，右手力按馬鞍，一個「潛龍升天」，飛身跳上白馬馬背。白馬吃驚，縱聲長嘶，如箭離弦，向前直衝了出去。

擲刀換馬，取囊阻敵，這幾下手勢一氣呵成，乾淨利落，直如迅雷陡作，不及掩耳。馬主出其不意，大叫跳起，駱冰的坐騎耳中猛受火炙，痛得發狂般亂踢亂咬，阻住馬主當路。那馬主果是一副好身手，縱身躍過癲馬，直趕出來。這時駱冰早去得遠了，見有人趕出，勒馬轉身，囊裏拈出一錠金子，揮手擲出，笑道：「咱們掉一匹馬騎騎，你的馬好，補你一錠金子吧！」那人不接金子，大叫大罵，撒腿追來。

駱冰嫣然一笑，雙腿微一用力，白馬一衝便是十餘丈，只覺耳旁風生，身邊樹木一排排向後倒退，小村鎮甸，晃眼即過。奔馳了大半個時辰，那馬始終四足飛騰，絲毫不見疲態，不一會道旁良田漸多，白楊處處，到了一座大鎮。駱冰下馬到飯店打尖，一問地名叫做沙井，相距奪馬之地已有四十多里了。

她對著那馬越看越愛，親自餵飼草料，伸手撫摸馬毛，見馬鞍旁掛著一個布囊，適才急於趕路，並未發見，伸手提起，只覺重甸甸地，打開看時，見囊裏裝著一隻鐵琵琶。

駱冰暗道：「原來這馬是洛陽鐵琵琶韓家門的，這事日後只怕還有痲煩。」再伸手入囊，摸出二三十兩碎銀子和一封信，封皮上寫著：「韓文沖大爺親啓，王緘」幾個字，那信已經拆開了，抽出信紙，先看信紙末後署名，見是「維揚頓首」四字，微微吃驚，一琢磨，反而高興起來，心想：「原來這人跟王維揚老兒有瓜葛，我們正要找鎮遠鏢局晦氣，先奪他一匹馬，也算小小出了一口氣。早知如此，那錠金子也不必給了。」再看信中文字，原來是催韓文沖快回，說叫人送上名馬一匹，暫借乘坐，請他趕回與閻氏兄弟會合，一同保護要物回京，另有一筆大生意，要他護送去江南，至於焦文期是否為紅花會所害，不妨暫且擱下，將來再行查察云云。駱冰尋思：「焦文期是洛陽鐵琵琶韓家門弟子，江湖上傳言，說他為紅花會所殺，其實那有此事？總舵主本來派十四弟前赴洛陽，去說明這個過節，以免代人受過。鎮遠鏢局又不知要護送甚麼要緊東西去江南？等大哥出來，咱夫妻伸手將這枝鏢拾奪下來。有仇不報非君子，那鬼鏢頭引人來捉大哥，豈能就此罷休？幸好韓文沖這馬也是初乘，否則良馬眷戀舊主，不會如此容易奪到。」想得高興，吃過了麵，上馬趕路，一路雨點時大時小，始終未停。

那馬奔行如風，不知有多少坐騎車輛給牠追過了頭。駱冰心想：「馬跑得這樣快，前面幾撥人要是在那裏休息打尖，一晃眼恐怕就會錯過。」正想放慢，忽然道旁竄出一人，攔在當路，舉手一揚。那馬竟然並不立起，在急奔之際斗然住足，倒退數步。駱冰正要發話，那人已迎面行禮，說道：「文四奶奶，少爺在這裏呢。」卻是陳家洛的書僮心硯。駱冰大喜，忙下馬來。

心硯過來接過馬韁，讚道：「文四奶奶，你那裏買來這麼一匹好馬？我老遠瞧見是你，那知眼睛一霎，就奔到了面前，差點沒能將你攔住。」駱冰一笑，沒答他的話，問道：「文四爺有甚麼消息沒有？」心硯道：「常五爺常六爺說已見過文四爺一面，大夥兒都在裏面呢。」他邊說邊把駱冰引向道旁的一座破廟。

駱冰搶到心硯之前，回頭說：「你給我招呼牲口。」直奔進廟，見大殿上陳家洛、無塵、趙半山、常氏兄弟等幾撥人都聚在那裏。衆人見她進來，都站起來歡然迎接。

駱冰向陳家洛行禮，說明自己心急等不得，先趕了上來，請總舵主恕罪。陳家洛道：「四嫂牽記四哥，那也情有可原。不遵號令的過失，待救出四哥後再行論處。十二哥，請你記下了。」石雙英答應了。駱冰笑靨如花，心道：「只要把大哥救回來，你怎麼處罰我都成。」忙問常氏雙俠：「五哥六哥，你們見到四哥了？他怎麼樣？有沒受苦？」

常赫志道：「昨晚我們兄弟在雙井追上了押著四哥的鷹爪孫，龜兒子人多，格老子，只怕打草驚蛇，就沒動手。夜裏我在窗外張了張，見四哥睡在炕上養神，他沒見到我。屋裏龜兒子守得很緊，我就退出來了。」常伯志道：「鎮遠鏢局那批龜兒子和鷹爪孫混在一起，格老子，我數了一下，他先人板板，武功好的，總有十個人的樣子。」常氏兄弟是四川人，罵人愛罵「龜兒子」。

說話之間，余魚同從廟外進來，見到駱冰，不禁一怔，叫了聲「四嫂」，向陳家洛稟告道：「那羣回人在前邊溪旁搭了篷帳，守望的人手執刀槍，看得很嚴。白天不便走近，等天黑了再去探。」

忽然間廟外車聲轔轔，騾馬嘶鳴，有一隊人馬經過。心硯進來稟告：「過去了一大隊騾馬大車，一名軍官領著二十名官兵押隊。」說罷又出廟守望。

陳家洛和衆人計議：「此去向東，人煙稀少，正好行事。只是這隊官兵和那羣回人不知是甚麼路數，咱們搭救四哥之時，他們說不定會伸手干擾，倒不可不防。」衆人說是。

無塵道人道：「陸菲青陸老前輩說他師弟張召重武功了得，咱們在江湖上也久聞火手判官的大名，這次捉拿四弟是他領頭，那再好不過，便讓老道鬥他一鬥。」陳家洛道：「道長七十二路追魂奪命劍天下無雙，今日不能放過了這罪魁禍首。」趙半山道：「陸大哥雖已和他師弟絕交，但他爲人最重情義，幸虧他還沒趕到，否則咱們當著他面殺他師弟，總有些礙手礙腳。」常赫志道：「那麼咱們不如趕早動身，預計明天卯牌時分，就可趕上四哥。」

陳家洛道：「好。五哥六哥，這批鷹爪孫和鏢頭的模樣如何，請兩位對各位哥哥細說一遍，明兒動起手來，心裏好先有個底。」

常氏兄弟一路跟蹤，已將官差和鏢行的底細摸了個差不離，當下詳細說了，又說：「四哥晚上和鷹爪孫同睡一屋，白天坐在大車裏，手腳都上了銬鐐。大車布簾遮得很緊，車旁兩個龜兒子騎了馬不離左右。」

無塵問道：「那張召重是何模樣？」常伯志道：「龜兒四十來歲年紀，身材魁梧，留一叢短鬍子。先人板板，一塊神主牌位倒硬是要得。」常赫志道：「道長，咱們話說在先，我哥兒倆要是先遇上這龜兒，就先動手，你可別怪我們不跟你客氣。」無塵笑道：「好久沒遇上對手了，手癢是不是？三弟，你的太極手想不想發市呀？」趙半山道：「這張召重讓給你們，我不爭就是。」

各人摩拳擦掌，只待廝殺，草草吃了點乾糧，便請總舵主發令。陳家洛盤算已定，說道：「那隊回人未必跟公差有甚勾結，咱們趕在頭裏，一救出四哥，就不必理會他們。十四弟，你也不用再去查了，你與十三哥明兒專管截攔那軍官和二十名官兵，只不許他們過來干擾便是，不須多傷人命。」蔣四根和余魚同應了。陳家洛又道：「九哥、十二哥，你們兩位馬上出發，趕過鷹爪孫的頭，明兒一早守住峽口，不能讓鷹爪孫逃過峽口。」衛石兩人應了，出廟上馬而去。

陳家洛又道：「道長、五哥、六哥三位對付官差；三哥、八哥兩位對付鏢行的小子。四嫂連同心硯搶四哥的大車，我在中間策應，那一路不順手就幫那一路。十哥就在這裏留守，如有官兵公差西來往東，設法阻擋。」各人都答應了。

分派已定，衆人出廟上馬，和章進揚手道別。大家見了駱冰的白馬，無不嘖嘖讚賞。駱冰心想：「這馬本來該當送給總舵主才是，但咱家大哥吃了這麼多苦，等救了他出來，這匹馬給他騎，也好讓他歡喜歡喜。」

陳家洛向余魚同道：「那羣回人的帳篷搭在那裏？咱們彎過去瞧瞧。」余魚同領路，向溪邊走去，遠遠望去，只見曠曠廓廓一片空地，那裏還有甚麼帳篷人影？只賸下滿地駝馬糞便。大家都覺這羣回人行蹤詭秘，摸不準是何來路。

陳家洛道：「咱們走吧！」衆人縱馬疾馳，黑夜之中，只聞馬蹄答答之聲。駱冰馬快，跑一程等一程，才沒將衆人抛離。天色黎明，到了一條小溪邊上，陳家洛道：「各位兄弟，咱們在這裏讓牲口喝點水，養養力，再過一個時辰，大概就可追上四哥了。」

駱冰血脈賁張，心跳加劇，雙頰暈紅。余魚同偷眼形相，心中說不出是甚麼滋味，慢慢走到她身旁，輕輕叫了聲：「四嫂！」駱冰應道：「嗯！」余魚同道：「我就是性命不要，也要將四哥救出來給你。」駱冰微微一笑，輕聲嘆道：「這才是好兄弟呢！」余魚同心中一酸，幾乎掉下淚來，忙轉過了頭。

陳家洛道：「四嫂，你的馬借給心硯騎一下，讓他趕上前去，探明鷹爪孫的行蹤，轉來報信。」心硯聽得能騎駱冰的馬，心中大喜，道：「文奶奶，你肯麼？」駱冰笑道：「孩子話，我為甚麼不肯？」心硯騎上白馬，如飛而去。

衆人等馬飲足了水，紛紛上馬，放開腳力急趕。不一會，天已大明，只見心硯騎了白馬迎面奔來，大叫：「鷹爪孫就在前面，大家快追！」

衆人一聽，精神百倍，拚力追趕。心硯和駱冰換過馬，駱冰問道：「見到了四爺的大車嗎？」心硯連連點頭，道：「見到了！我想看得仔細點，騎近車旁，守車的賊子立刻凶霸霸的舉刀嚇我，罵我小雜種、小混蛋。」駱冰笑道：「待會他要叫你小祖宗、小太爺了。」

勁風中羣駒疾馳，塵土飛揚，追出五六里地，望見前面一大隊人馬，稍稍馳近，見是一批官兵押著一隊車隊。心硯對陳家洛道：「再上去六七里就是文四爺的車子。」衆人催馬越過車隊。陳家洛使個眼色，蔣四根和余魚同圈轉坐騎，攔在當路，其餘各人繼續向前急追。

余魚同待官兵行到跟前，雙手一拱，斯斯文文的道：「各位辛苦了！這裏風景絕妙，難得天高氣爽，不冷不熱，大家坐下來談談如何？」當頭一名清兵喝道：「快閃開！這是李軍門的家眷。」余魚同道：「是家眷麼？那更應該歇歇，前面有一對黑無常白無常，莫嚇壞了姑娘太太們。」另一名清兵揚起馬鞭，劈面打來，喝道：「你這窮酸，快別在這兒發瘋。」余魚同笑嘻嘻的避過，說道：「君子動口不動手，閣下橫施馬鞭，未免不是君子矣！」

押隊的將官縱馬上來喝問。余魚同拱手笑問：「官長尊姓大名，仙鄉何處？」那將官見余、蔣二人路道不正，遲疑不答。余魚同取出金笛，道：「在下粗識聲律，常嘆知音難遇。官長相貌堂堂，必非俗人，就請下馬，待在下吹奏一曲，以解旅途寂寥，有何不可？」

那將官正是護送李可秀家眷的曾圖南，見到金笛，登時一驚。那日客店中余魚同和公差爭鬥，他雖沒親見，事後卻聽兵丁和店夥說起，得知殺差拒捕的大盜是個手持金笛的秀才相公，此時狹路相逢，不知是何來意，但見對方只有兩人，也自不懼，喝道：「咱們河水不犯井水，各走各的道。快讓路吧！」

余魚同道：「在下有十套大曲，一曰龍吟，二曰鳳鳴，三曰紫雲，四曰紅霞，五曰搖波，六曰裂石，七曰金谷，八曰玉關，九曰靜日，十曰良宵，或慷慨激越，或宛轉纏綿，各具佳韻。只是罕逢嘉客，久未吹奏，今日邂逅高賢，不覺技癢，只好從頭獻醜一番。要讓路不難，待我十套曲子吹完，自然恭送官長上道。」說罷將金笛舉到口邊，妙音隨指，果然是清響入雲，聲被四野。

曾圖南眼見今日之事不能善罷，舉槍捲起碗大槍花，「烏龍出洞」，向余魚同當心刺去。余魚同凝神吹笛，待槍尖堪堪刺到，突伸左手抓住槍柄，右手金笛在槍桿上猛力擊落，曾圖南把持不住，槍桿落地。曾圖南大驚，勒馬倒退數步，從兵士手中搶了一把刀，又殺將上來。戰得七八回合，余魚同找到破綻，金笛戳中他右臂，曾圖南單刀脫手。

余魚同道：「我這十套曲子，官長今日聽定了。在下生平最恨阻撓清興之人，不聽我笛子，便是瞧我不起。古詩有云：『快馬不須鞭，拗折楊柳枝。下馬吹橫笛，愁殺路旁兒。』我吹我的，你愁你的。古人眞有先見之明。」橫笛當唇，又吹將起來。

曾圖南揮手叫道：「一齊上，拿下這小子。」衆兵吶喊湧上。

蔣四根縱身下馬，手揮鐵槳，使招「撥草尋蛇」，在當先那名清兵腳上輕輕挑起。那清兵叫聲「啊喲」，仰天倒在鐵槳之上。蔣四根鐵槳「翻身上捲袖」向前揮出，那清兵有如斷線紙鳶，飛上半空，只聽得他「啊啊」亂叫，直向人堆裏跌去。蔣四根搶上兩步，如法炮製，像鏟土般將清兵一鏟一個，接二連三的拋擲出去，後面清兵齊聲驚呼，轉身便逃。曾圖南揮馬鞭亂打，卻那裏約束得住？

蔣四根正拋得高興，忽然對面大車車帷開處，一團火雲撲到面前，明晃晃的劍尖當胸疾刺。蔣四根鐵槳「倒拔垂楊」，槳尾猛向劍身砸去，對方不等槳到，劍已變招，向他腿上削落。蔣四根鐵槳橫掃，那人見他槳重力大，不敢硬接，縱出數步。蔣四根定神看時，見那人竟是個紅衣少女。他是粵北人氏，鄉音難改，來到北土，言語少有人懂，因此向來不愛多話，一聲不響，揮鐵槳和她鬥在一起，拆了數招，見她劍法精妙，不禁暗暗稱奇。

蔣四根心下納罕，余魚同在一旁看得更是出神。這時他已忘了吹笛，儘注視那少女的劍法，見她長劍施展開來，有如飛絮遊絲，長河流水，宛轉飄忽，輕靈連綿，竟是本門正傳的「柔雲劍術」，和蔣四根一個招熟，一個力大，鬥了個難解難分。

余魚同縱身而前，金笛在兩般兵刃間一隔，叫道：「住手！」那少女和蔣四根各退一步。這時曾圖南另取了一桿槍，又躍馬過來助戰，眾清兵站得遠遠的吶喊助威。那少女揮手叫曾圖南退下。余魚同道：「請問姑娘高姓大名，尊師是那一位？」那少女笑道：「你問我呀，我不愛說。我卻知你是金笛秀才余魚同。余者，人未之余。魚者，混水摸魚之魚也。同者，君子和而不同之同，非破銅爛鐵之銅也。你在紅花會中，坐的是第十四把交椅。」余魚同和蔣四根吃了一驚，面面相覷，盡是詫色。曾圖南見她忽然對那江洋大盜笑語盈盈，更是錯愕異常。

三個驚奇的男人望著一個笑嘻嘻的女郎，正不知說甚麼話好，忽聽得蹄聲急促，清兵紛紛讓道，六騎馬從西趕來。當先一人神色清癯，滿頭白髮，正是武當名宿陸菲青。

余魚同和那少女不約而同的迎了上去，一個叫「師叔」，一個叫「師父」，都跳下馬來行禮。那少女正是陸菲青的女弟子李沅芷。

在陸菲青之後的是周仲英、周綺、徐天宏、孟健雄、安健剛五人。那日駱冰半夜出走，周綺翌晨起來，大不高興，對徐天宏道：「你們紅花會很愛瞧不起人。你又幹麼不跟你四嫂一起走？」徐天宏竭力向周氏父女解釋。周仲英道：「他們少年夫妻恩愛情深，恨不得早日見面，趕先一步，也是情理之常。」罵周綺道：「又要你發甚麼脾氣了？」徐天宏道：「四嫂一人孤身上路，她跟鷹爪孫朝過相，別再出甚麼岔子。」周仲英道：「這話不錯，咱們最好趕上她。陳當家的分派我領這撥人，要是她再有甚失閃，我這老臉往那裏擱去？」三人快馬奔馳，當日午後趕上了陸菲青和孟、安二人。六人關心駱冰，全力趕路，途中毫沒耽擱，是以陳家洛等一行過去不久，他們就遇上了留守的章進，聽說文泰來便在前面，六騎馬一陣風般追了上來。

陸菲青道：「沅芷，你怎麼和余師兄、蔣大哥在一起？」李沅芷笑道：「余師哥非要人家聽他吹笛不可，說有十套大曲，又是龍吟，又是鳳鳴甚麼的。我不愛聽嘛，他就攔著不許走。師父你倒評評這個理看。」

余魚同聽李沅芷向陸菲青如此告狀，不由得臉上一陣發燒，心道：「我攔住人聽笛子是有的，可那裏是攔住你這大姑娘啊？」周綺聽了李沅芷這番話，狠狠白了徐天宏一眼，心道：「你們紅花會裏有幾個好人？」陸菲青對李沅芷道：「前面事情凶險，你們留在這裏別走，莫驚嚇了太太。我事情了結之後，自會前來找你。」李沅芷聽說前面有熱鬧可瞧，可是師父偏不讓她去，撅起了嘴不答應。陸菲青也不理她，招呼衆人上馬，向東追去。

陳家洛率領羣雄，疾追官差，奔出四五里地，隱隱已望見平野漠漠，人馬排成一線而行。無塵一馬當先，拔劍大叫：「追啊！」再奔得一里多路，前面人形越來越大。斜刺裏駱冰騎白馬直衝上去，一晃眼便追上了敵人。她雙刀在手，預備趕過敵人前頭，再回過身來攔住。忽然前面喊聲大起，數十匹駝馬自東向西奔來。

此事出其不意，駱冰勒馬停步，要看這馬隊是甚麼路道。這時官差隊伍也已停住不走，有人在高聲喝問。對面來的馬隊越奔越快，騎士長刀閃閃生光，直衝入官差隊裏，雙方混戰起來。駱冰大奇，想不出這是那裏來的援軍。不久陳家洛等人也都趕到，策馬上前觀戰。

忽見一騎馬迎面奔來，繞過混戰雙方，直向紅花會羣雄而來，漸漸馳近，認出馬上是衛春華。他馳到陳家洛跟前，大聲說道：「總舵主，我和十二郎守著峽口，給這批回人衝了過來，攔擋不住，我趕回來稟告，那知他們卻和鷹爪孫打了起來。」陳家洛道：

「道長二哥、趙三哥、常氏雙俠，你們四位先去搶了四哥坐的大車。其餘的且慢動手，看明白再說。」

無塵等四人齊聲答應，縱馬直衝而前。兩名捕快大聲喝問：「那一路的？」趙半山更不打話，兩枝鋼鏢脫手，一中咽喉，一中小腹，兩名捕快登時了帳，撞下馬來。趙半山外號千臂如來，只因他笑口常開，面慈心軟，一副好好先生的脾氣，然而週身暗器，種類繁多，打起來又快又準，他單憑一雙手竟能在頃刻之間施放如許暗器，旁人休想看得明白。此番紅花會大舉救人，沒想到立下出馬第一功的，倒是這位一向謙退隨和的千臂如來。

四人衝近大車，迎面一個頭纏白布的回人挺槍刺到，無塵側身避過，並不還手，筆直向大車衝去。一名鏢師舉刀砍來，無塵舉劍輕擋，劍鋒快如電閃，順著刀刃直削下去，將那鏢師四指一齊削斷，「順水推舟」，劍尖刺入心窩。但聽得腦後金刃劈風，知道來了敵人，也不回頭，右手劍自下上撩，劍身從敵人右腋入左肩出，將在身後暗算他的一名捕頭連肩帶頭，斜斜削爲兩截，鮮血直噴。趙半山和常氏雙俠在後看得清楚，大聲喝采。

鏢行衆人見無塵劍法驚人，己方兩人都是一記招術尙未施全，即已被殺，嚇得心膽俱裂，大叫：「風緊，扯呼！」

常氏雙俠奔近大車，斜刺裏衝出七八名回人，手舞長刀，上來攔阻。常氏雙俠展開飛抓，和他們交上了手。

一個身材瘦小的鏢師將大車前的騾子拉轉頭，揮鞭急抽，騾車疾馳，他騎馬緊跟大車之後，這人正是童兆和。趙半山與無塵縱馬急追。趙半山摸出飛蝗石，噗的一聲打中童兆和後腦，鮮血迸流，只痛得他哇哇急叫。他當即從靴筒子中掏出匕首，一刀插在騾子臀上，騾子受痛，更是發足狂奔。趙半山飛身縱上童兆和馬背，尚未坐實，右手已扣住他右腕，隨手舉起，在空中甩了個圈子，向大車前的騾子丟去，童兆和跌在騾子頭上，大叫大嚷，沒命價抱住。騾子受驚，眼睛又被遮住，亂跳亂踢，反而倒過頭來。

無塵和趙半山雙馬齊到，將騾子挽住。趙半山抓住童兆和後心，摔在道旁。無塵叫道：「三弟，拿人當暗器打，真有你的！」他二人不認得童兆和，只記掛著文泰來，那去理他？童兆和幾個打滾，滾入草叢之中，心驚膽戰，在長草間慢慢爬遠。

趙半山揭開車帳，向裏看去，黑沉沉的瞧不清楚，只見一人斜坐車內，身上裹著棉被，喜叫：「四弟，是你麼？我們救你來啦！」那人「啊」了一聲。無塵道：「你送四弟回去，我去找張召重算帳。」一說罷縱馬衝入人堆。

鏢師公差本在向東奔逃，忽見無塵回馬殺來，發一聲喊，轉頭向西。

無塵大叫：「張召重，張召重，你這小子快給我滾出來。」喊了幾聲，無人答應，又向對方人羣裏衝去。鏢師公差見他趕到，都嚇得魂飛天外，四散亂竄。

紅花會羣雄見趙半山押著大車回來，盡皆大喜，紛紛奔過來迎接。駱冰一馬當先，馳到大車之前，翻身下馬，揭開車帳，顫聲叫道：「大哥！」車中人卻無聲息，駱冰大驚，撲入車裏，揭開棉被。這時紅花會羣雄也都趕到，縱馬圍近察看。

常氏雙俠見大車已搶到手，那有心情和這批不明來歷的回人戀戰，兄弟倆一聲呼哨，展開飛抓將衆回人直逼開去，掉轉馬頭便走。那羣回人似乎旨在阻止旁人走近，見二人退走，也不追趕，返身奔向中央一團正在惡戰的人羣。

無塵道人仍在人羣中縱橫來去。一名趟子手逃得略慢，被他一劍砍在肩頭，跌倒在地。無塵不欲傷他性命，提馬跳過他身子，大呼：「火手判官，給我滾出來！」

忽有一騎衝到跟前，馬上回人身材高大，濃髯滿腮，喝問：「那裏來的野道人在此亂闖？」無塵迎面一劍。那回人舉馬刀擋架。無塵左右連環兩劍，迅捷無比。那回人右臂上舉，馬刀尚在頭頂，劍氣森森，已及肌膚，百忙中向外一摔，鐙裏藏身，右足勾住馬鐙，翻在馬腹之下，才算逃過兩劍，嚇得一身冷汗，仗著騎術精絕，躲在馬腹下催馬逃開。無塵笑道：「躲得開我三劍，也算一條好漢，饒了你的性命。」又衝入人羣。

常氏雙俠從東返回，西邊又奔來八騎，正是周仲英和陸菲青一干人。兩撥人還未馳近大車，駱冰已從車內揪出一個人來，摔在地下，喝問：「文大爺……在那裏？」話未問畢，兩行淚珠流了下來。

衆人見這人蒼老黃瘦，公差打扮，右手吊在頸下。駱冰認得他是北京捕頭胡國棟，在客店中曾給文泰來打斷了右臂的，踢了他一腳，又待要問，一口氣彆住了說不出話。

衛春華單鉤指住他右眼，喝道：「文爺在那裏？你不說，先廢了這隻招子？」胡國棟恨恨的道：「張召重這小子早押著文……文爺走得遠啦。這小子叫我坐在車裏。我還道他好心讓我養傷，那知他是使金蟬脫殼之計，要我認命，給他頂缸，他自己卻到北京領功去了。他媽的，瞧這狼心狗肺的東西有沒好死。」他破口大罵張召重，一面也爲自己開脫。

陳家洛對常氏雙俠道：「五哥、六哥，最怕張召重這奸賊帶了四哥去得不知去向。由涼州東歸中原，烏鞘嶺是必經要道，請你們兩位連夜趕在前頭，扼守要道。要是眞攔不住，也好查知他們走那一條路，大夥兒好從後追趕。」常氏雙俠點頭稱是，接令而去。這時東西兩撥人都已趕到。陳家洛叫道：「把鷹爪孫和鏢行的小子們全都拿下來，別讓走了一個！分兩路包抄。」

當下陳家洛與趙半山、楊成協、衛春華、蔣四根、心硯從南圍上，周仲英、陸菲青、徐天宏、駱冰、余魚同、周綺、孟健雄、安健剛從北路圍上，有如一把鐵鉗，將官差、鏢行、和衆回人全都圍在垓心。衆回人和公差鏢師正鬥得火熾。趙半山雙手微揚，打出三件暗器，兩名捕快、一名鏢師翻身落馬。

衆回人分清了敵我，歡呼大叫。那濃髯回人縱馬上前，高聲說道：「不知那一路好漢拔刀相助，在下先行謝過。」漢語說得不甚清晰，說罷舉刀致敬。陳家洛拱手還禮，喊道：「各位兄弟，一齊動手吧。」衆英雄齊聲答應，刀劍並施。

這時公差與鏢行中的好手早已死傷殆盡，餘下幾名平庸之輩那裏還敢反抗，俱都跪地求饒，「爺爺、祖宗」的亂喊。心硯十分高興，向駱冰道：「文四奶奶，果真不出你所料，他們在叫我爺爺了。」駱冰心亂如麻，心硯的話全沒聽進耳去。

忽見無塵道人奔出人叢，叫道：「喂！大家來瞧，這女娃娃的劍法很有幾下子！」衆人知道無塵的追魂奪命劍海內獨步，江湖上能擋得住他三招兩式的人並不多見，他竟會稱許別人劍法，而且是個女子，俱都好奇之心大起，逼近觀看。那濃髯回人高聲說了幾句回語，衆回人讓出道來，與羣雄圍成一個圈子。無塵對陳家洛道：「總舵主，你瞧這使五行輪的小子，身手倒也不弱。」

陳家洛向人圈中看去，但見劍氣縱橫，輪影飛舞，一個黃衫女郎與一個矯健漢子鬥得正緊。陸菲青走到陳家洛身旁，說道：「這穿黃衫的姑娘名叫霍青桐，是天山雙鷹的弟子。那使五行輪的是關東六魔中的閻世章。」

陳家洛心中一動，他知道天山雙鷹禿鷲陳正德、雪鵰關明梅是回疆武林前輩，和他師父天池怪俠素有嫌隙，雖不成仇，但儘量避不見面，久聞天山派「三分劍術」自成一家，倒要留心一觀。凝神望去，見那黃衫女郎劍光霍霍，攻勢凌厲，然而閻世章雙輪展開，也儘自抵敵得住。衆回人吶喊助威，有數人漸漸逼近，似欲加入戰團。

閻世章雙輪「指天劃地」左擋右攻，待霍青桐長劍收轉，退開兩步，叫道：「且慢，我有話說。」衆回人逼上前去，兵刃耀眼，眼見就要將他亂刀分屍。閻世章倏地雙輪交於左手，右手回扯，將背上的紅布包袱拿在手中，雙輪高舉，叫道：「你們要倚多取勝，我先將這包裹剁爛了。」那五行輪輪口白光閃爍，鋒利之極，雙輪這一斫下去，包袱不免立時斫成三截。衆回人俱都大驚，退了幾步。閻世章眼見身入重圍，只有憑一身藝業以圖僥倖，叫道：「你們人多，要我性命易如反掌。但我閻六死得不服，除非單打獨鬥，那一個贏了我手中雙輪，我敬重英雄好漢，自會將包裹奉上，否則我寧可與這包裹同歸於盡。你們要得到，哼哼，那就休想。」

周綺第一個就忍不住，跳出圈子，喝道：「好，咱們來比劃比劃。」雁翎刀一擺，便要上前。周仲英一把將她拉了轉來，說道：「眼前有這許多英雄了得的伯伯叔叔，要你這丫頭來現世？」霍青桐左手向周綺一揚，說道：「這位姊姊的盛情好意，我先謝謝。」周綺道：「那沒甚麼。」霍青桐道：「我先打頭陣，要是不成，請姊姊伸手相助。」周綺道：「你放心，我看你這人很好，一定幫你。」

周仲英低聲道：「傻丫頭，人家武功比你強，你沒瞧見嗎？」周綺道：「難道她冤我？」陸菲青插口道：「這紅布包袱之中，包著他們回族的要物，她必須親手奪回。」周綺點點頭道：「那就是了。」周仲英揮手搖頭好笑。他武藝精強，固是武林中的第一流人物，只是性格粗豪，不耐煩循循善誘，教出來的徒弟女兒，功夫跟他便差著一大截，偏生這位寶貝姑娘又心腸最熱，一遇上事情，不管跟自己是否相干，總是勇往直前。

閻世章負上包袱，說道：「哪一個上來，商量好了沒有？」霍青桐道：「還是我接你五行輪的高招。」閻世章道：「決了勝負之後怎麼說？」霍青桐道：「不論勝負，都得把經書留下。你勝了讓你走，你敗了，連人留下。」說罷劍走偏鋒，斜刺左肩。閻世章的雙輪按五行八卦，八八六十四招，專奪敵人兵刃，遮削封攔，招數甚是嚴密。兩人轉瞬拆了七八招。

陳家洛向余魚同一招手，余魚同走了過去。陳家洛道：「十四弟，你趕緊動身去探查四哥下落，咱們隨後趕來。」余魚同答應了，退出人圈，回頭向駱冰望去，見她低著頭正自痴痴出神，想過去安慰她幾句，轉念一想，拍馬走了。

霍青桐再度出手，劍招又快了幾分，劍未遞到，已經變招。閻世章雙輪想鎖她寶劍，卻那裏鎖得著。無塵、陸菲青、趙半山幾個都是使劍的好手，在一旁指指點點的評論。無塵道：「這一記刺他右脅，快是夠快了，還不夠狠。」趙半山笑道：「她怎能跟你幾十年的功力相比？你在她這年紀時，有沒這般俊的身手？」無塵笑道：「這女娃娃討人喜歡，大家都幫她。」陳家洛見霍青桐劍法精妙，心中也暗暗稱讚。

再拆二十餘招，霍青桐雙頰微紅，額上滲出細細汗珠，但神定氣足，腳步身法絲毫不亂，驀地裏劍法陡變，天山派絕技「海市蜃樓」自劍尖湧出，劍招虛虛實實，似眞實幻，似幻實眞。羣雄屏聲凝氣，都看出了神。輪光劍影中白刃閃動，閻世章右腕中劍，失聲驚叫，右輪飛上半空，衆人不約而同的齊聲喝采。

閻世章縱身飛出丈餘，說道：「我認輸了，經書給你！」反手去解背上紅布包袱。霍青桐歡容滿臉，搶上幾步，還劍入鞘，雙手去接這部他們族人奉爲聖物的可蘭經。閻世章臉色一沉，喝道：「拿去！」右手一揚，突然三把飛錐向她當胸疾飛而來。這一下變起倉卒，霍青桐難以避讓，仰面一個「鐵板橋」，全身筆直向後彎倒，三把飛錐堪堪在她臉上掠過。閻世章一不做，二不休，三把飛錐剛脫手，緊接著又是三把連珠擲出，這時霍青桐雙眼向天，不見大難已然臨身。旁視衆人盡皆驚怒，齊齊搶出。

霍青桐剛挺腰立起，只聽得叮、叮、叮三聲，三柄飛錐均已被暗器打落，跌在腳邊，若非有人相救，三把飛錐已盡數打中自己要害，她嚇出一身冷汗，忙拔劍在手。趙半山微微一笑，他手中拿著三枚鐵菩提，本擬擲出相救，見有人搶了先，便將鐵菩提放入暗器囊。閻世章和身撲上，勢若瘋虎，五行輪當頭砸下。霍青桐不及變招，只得舉劍硬架，雙輪下壓，單劍上舉，一時之間僵持不決。閻世章力大，五行輪漸漸壓向她頭上，輪周利刃已碰及她帽上翠羽。羣雄正要上前援手，忽然間青光閃動，霍青桐左手已從腰間拔出一柄短劍，撲的一聲，揷入閻世章胸腹之間。閻世章大叫一聲，向後便倒。眾人又是轟天價喝一聲采。霍青桐解下閻世章背後的紅布包袱。那濃髯回人走到跟前，連讚：「好孩子！」霍青桐雙手奉上包袱，微微一笑，叫了聲：「爹。」那回人正是她父親木卓倫。他也是雙手接過，眾回人都擁了上來，歡聲雷動。

霍青桐拔出短劍，看閻世章早已斷氣，忽見一個十五六歲少年縱下馬來，在地下撿起三枚圓圓的白色東西，走到一個青年跟前，托在手中送上去，那青年伸手接了，放入囊中。霍青桐心想：「剛才打落這奸賊暗器，救了我性命的原來是他。」不免仔細看了他兩眼，見這人丰姿如玉，目朗似星，輕袍緩帶，手中搖著一柄摺扇，神采飛揚，氣度閒雅。兩人目光相接，那人向她微微一笑，霍青桐臉一紅，低下頭跑到父親跟前，在他耳邊低低說了幾句話，木卓倫點點頭，走到那青年馬前，躬身行禮。那青年忙下馬還禮。木卓倫道：「承公子相救小女性命，兄弟感激萬分，請問公子尊姓大名？」

那青年正是陳家洛，當下連聲遜謝，說道：「小弟姓陳名家洛，我們有一位結義兄弟，給這批鷹爪和鏢行的小子逮去，大家趕來相救，卻撲了個空。貴族聖物已經奪回，可喜可賀。」木卓倫把兒子霍阿伊和女兒叫過來，同向陳家洛拜謝。

陳家洛見霍阿伊方面大耳，滿臉濃鬚，霍青桐卻體態婀娜，嬌如春花，麗若朝霞，先前專心觀看她劍法，此時臨近當面，不意人間竟有如此好女子，一時不由得心跳加劇。霍青桐低聲道：「若非公子仗義相救，小女子已遭暗算。大恩大德，永不敢忘。」陳家洛道：「久聞天山雙鷹兩位前輩三分劍術冠絕當時，今日得見姑娘神技，眞乃名下無虛。適才在下獻醜，不蒙見怪，已是萬幸，何勞言謝？」

周綺聽這兩人客客氣氣的說話，不耐煩起來，插嘴對霍青桐道：「你的劍法是比我好，不過有一件事我要教你。」霍青桐道：「請姊姊指教。」周綺道：「和你打的這個傢伙奸猾得很，你太過信他啦，險些中了他的毒手。有很多男人都是鬼計多端的，以後可得千萬小心。」霍青桐道：「姊姊說得是，如不是陳公子仗義施救，那眞是不堪設想了。」周綺道：「甚麼陳公子？啊，你是說他，他是紅花會的總舵主。喂，陳……陳大哥，你剛才打落飛錐的是甚麼暗器，給我瞧瞧，成不成？」陳家洛從囊中拿出三顆棋子，道：「這是幾顆圍棋子，打得不好，周姑娘別見笑。」周綺道：「誰來笑你？你打得不錯，一路上爹爹老是讚你，他有些話倒也是對的。」

霍青桐聽周綺說這位公子是甚麼幫會的總舵主，微覺詫異，低聲和父親商量。木卓倫連連點頭，說：「好，好，該當如此。」他轉身走近幾步，對陳家洛道：「承衆位英雄援手，我們大事已了。聽公子說有一位英雄尚未救出，我想命小兒小女帶同幾名伴當供公子差遣，相救這位英雄。他們武藝低微，難有大用，但或可稍效奔走之勞，不知公子准許麼？」陳家洛大喜，說道：「那是感激不盡。」當下替羣雄引見了。

木卓倫對無塵道：「道長劍法迅捷無倫，我生平從所未見，幸虧道長劍下留情，否則……哈哈……」無塵笑道：「多有得罪，幸勿見怪。」衆回人向來崇敬英雄，剛才見無塵、趙半山、陳家洛、常氏雙俠諸人大顯身手，都十分欽佩，紛紛過來行禮致敬。

正敘話間，忽然西邊蹄聲急促，只見一人縱馬奔近，翻身下馬，是個美貌少年，那人向陸菲青叫了一聲「師父」。此人正是李沅芷，這時又改了男裝。她四下一望，沒見余魚同，卻見了霍青桐，跑過去親親熱熱的拉住了她手，說道：「那晚你到那裏去了？我可想死你啦！經書奪回來沒有？」霍青桐歡然道：「剛奪回來，你瞧。」向霍阿伊背上的紅包袱一指。李沅芷微一沉吟，道：「打開看過沒有？經書在不在裏面？」霍青桐道：「我們要先禱告安拉，感謝神的大能，再來開啓聖經。」李沅芷道：「最好打開來瞧瞧。」木卓倫聽了，心中驚疑，忙解開包袱，裏面竟是一疊廢紙，卻那裏是他們的聖經？

衆回人見了，無不氣得大罵。霍阿伊將蹲在地上的一個鏢行趟子手抓起，順手一記耳光，喝道：「經書那裏去了？」趟子手哭喪著臉，一手按住被打腫的腮幫子，說道：「他們鏢頭……幹的事，小的不知道。」一面說，一面指著雙手抱頭而坐的錢正倫。他在混戰中受了幾處輕傷，戴永明等一死，就投降了。霍阿伊將他一把拖過，說道：「朋友，你要死還是要活？」錢正倫閉目不答，霍阿伊怒火上升，伸手又要打人。霍青桐輕輕一拉他衣角，他舉起的一隻手慢慢垂了下來，霍阿伊雖然生性粗暴，對兩個妹子卻甚是信服疼愛。大妹子就是霍青桐。她不但武功強過兄長，更兼足智多謀，料事多中，這次東來奪經，諸事都由她籌劃。小妹子喀絲麗年紀幼小，不會武功，這次沒有隨來。

霍青桐問李沅芷道：「你怎知包袱裏沒經書？」李沅芷笑道：「我讓他們上過一次當，我想人家也學乖啦。」木卓倫又向錢正倫喝問，他說經書已給另外鏢師帶走。木卓倫將信將疑，命部下在騾馱子各處仔細搜索，毫無影蹤，他擔心聖物被毀，雙眉緊皺，甚是煩惱。衆人這才明白適才閻世章爲何敗後仍要拚命，僥倖求逞，卻不肯繳出包袱，原來包中並無經書，他知衆人發見之後，自己難保性命。

這邊李沅芷正向陸菲青詢問情由。陸菲青道：「這些事將來再說，你快回去，你媽又要擔心啦。這裏的事別向人提起。」李沅芷道：「我當然不說，你當我還是不懂事的小孩嗎？這些人是誰？師父，你給我引見引見。」陸菲青微一沉吟，說道：「我瞧不必了，你快走吧。」他想李沅芷是提督之女，跟這般草莽羣豪道路不同，不必讓他們相識。

李沅芷小嘴一撅，說道：「我知道你不疼自己徒弟，寧可去喜歡甚麼金笛秀才的師姪。師父，我走啦！」說著躬身行禮，拜了一拜，上馬就走，馳到霍青桐身邊，俯身摟著她的肩膀，在她耳邊低語了幾句。霍青桐「嗤」的一聲笑。李沅芷提韁揮鞭，向西奔去。

這一切陳家洛都瞧在眼裏，見霍青桐和這美貌少年如此親熱，猛然間胸口似乎中了一記重拳，心中一股說不出的滋味，頭暈口乾，不由得獃獃的出了神。

徐天宏走近身來，道：「總舵主，咱們商量一下怎麼救四哥。」陳家洛一怔，定了定神，道：「正是。心硯，你騎文奶奶的馬，去請章十爺來。」心硯接令去了。陳家洛又道：「九哥，你到峽口會齊十二郎，四下哨探鷹爪行蹤，瞧文四哥去了何處，今晚回報。」衛春華也接令去了。陳家洛向衆人道：「咱們今晚就在這裏露宿一宵，等探得四哥下落，明兒一早繼續追趕。」

衆人半日奔馳，半日戰鬥，俱都又飢又累。木卓倫指揮回人在路旁搭起帳篷，分出幾個帳篷給紅花會羣雄，又煮了牛羊肉送來。

衆人食罷，陳家洛提胡國棟來仔細詢問。胡國棟一味痛罵張召重，說文泰來一向坐在這大車之中，後來定是張召重發現敵蹤，料得有人要搶車，便叫他坐在車裏頂缸。陳家洛再盤問錢正倫等人，也是毫無結果。徐天宏待俘虜帶出帳外，對陳家洛道：「總舵主，這姓錢的目光閃爍，神情狡猾，咱們試他一試。」陳家洛道：「好！」兩人低聲商量定當。

到得天黑，衛春華與石雙英均未回來報信，衆人掛念猜測。徐天宏道：「他們多半發現了四哥的蹤跡，跟下去了，這倒是好消息。」羣雄點頭稱是，談了一會，便在帳篷中睡了。鏢行人衆和官差都用繩索縛了手腳、放在帳外，上半夜由蔣四根看守，下半夜徐天宏看守。

月到中天，徐天宏從帳中出來，叫蔣四根進帳去睡，四周走了一圈，坐了下來，用毯子裹住身子。錢正倫正睡在他身旁，被他坐下來時在腿上重重踏了一腳，一痛醒了，正要再睡，忽聽徐天宏發出微微鼾聲，敢情已經睡熟，心中大喜，雙手一掙，腕上繩子竟未縛緊，掙扎幾下就掙脫了。他屏氣不動，等了一會，聽徐天宏鼾聲更重，睡得極熟，便輕輕解開腳上繩索，待血脈通了，慢慢站起，躡足走出。他走到帳篷後面，解下縛在木樁上的一匹馬，一步一停，走到路旁，凝神靜聽，四下全無聲息，心中暗喜，越走離帳篷越遠，腳步漸快，來到胡國棟坐過的那輛大車之旁。車上騾子已然解下，大車翻倒在地。

西邊帳篷中忽然竄出一個人影，卻是周綺。她和霍青桐、駱冰同睡一帳，那兩人均有重重心事，翻來覆去老睡不著。周綺卻是著枕便入夢鄉，睡夢中忽然跌進一個陷坑，極力掙扎，難以上來，見陷坑口有人向下大笑，竟是徐天宏的臉面，大怒之下，正要叫罵，忽然徐天宏跳入坑中將她緊緊抱住，張口咬她面頰，痛不可當，一驚就醒了，只覺身上全是冷汗。忽聽帳篷外有聲，略一凝神，掀起帳角看時，遠遠望見有人鬼鬼祟祟的走向大路，忙提起單刀，追出帳來。追了幾步，張口想叫，忽然背後一人悄沒聲的撲了上來，按住她嘴。

周綺一驚，反手一刀，那人手腳敏捷，伸手抓住她的手腕，將刀翻了開去，低聲道：「別嚷，周姑娘，是我。」周綺聽得是徐天宏，刀是不砍了，左手一拳打出，結結實實，正中他右胸。徐天宏一半真痛，一半假裝，哼了一聲，向後便倒。周綺嚇了一跳，俯身下去，低聲說道：「你怎麼咬……不，不，誰叫你按住我嘴，有人要逃，你瞧見麼？」徐天宏低聲道：「別作聲，咱們盯著他。」

兩人伏在地上，慢慢爬過去，見錢正倫掀起大車的墊子，格格兩聲，似是撬開了一塊木板，拿出一隻木盒，塞在懷裏，便要上馬，徐天宏在周綺背後急推一把，叫道：「攔住他。」周綺縱身直竄出去。

錢正倫聽得人聲，左足剛踏上馬鐙，不及上馬，右足先在馬臀上猛踢一腳，那馬受痛，奔出數丈。周綺提氣急追。錢正倫翻身上馬，右手一揚，喝道：「照鏢！」周綺急忙停步，閃身避鏢，那知這一下是唬人的虛招，他身邊兵刃暗器在受縛時早給搜去了。周綺這一呆，那馬向前奔出，相距更遠。周綺大急，眼見已追趕不上。錢正倫哈哈大笑，笑聲未畢，忽然一個倒栽蔥跌下馬來。

周綺又驚又喜，奔上前去，一腳踏住他背脊，刀尖對準他後頸。徐天宏趕上前來，說道：「你看他懷裏的盒子是甚麼東西。」周綺一把將木盒掏了出來，打開看時，盒裏厚厚一疊羊皮，裝訂成一本書的模樣，月光下翻開看去，都是古怪的文字，一個也不識，說道：「又是你們紅花會的怪字，我不識得。」隨手向徐天宏丟去。

徐天宏接來一看，喜道：「周姑娘，你這功勞不小，這多半是他們回人的經書，咱們快找總舵主去。」周綺道：「當眞？」只見陳家洛已迎了上來。周綺奇道：「咦！陳大哥，你怎麼也出來了？你瞧這是甚麼東西。」徐天宏遞過木盒。陳家洛接來一看，說道：「這九成便是那部經書。幸虧你攔住了這傢伙，咱們幾十個男人都不及你。」

周綺聽他二人都稱讚自己，十分高興，想謙虛幾句，可是不知說甚麼話好，隔了半晌，問徐天宏道：「剛才打痛了你麼？」徐天宏一笑，說道：「周姑娘好大力氣。」周綺道：「是你自己不好。」轉身對錢正倫道：「站起來，回去。」鬆開了腳，將刀放開，錢正倫卻並不起身。周綺罵道：「我又沒傷你，裝甚麼死？」輕輕踢了他一腳，錢正倫仍是不動。

陳家洛在他脅下一揑一按，喝道：「站起來！」錢正倫哼了兩聲，慢慢爬起，周綺一楞，恍然有悟，四下一看，拾起一顆白色棋子，交給陳家洛道：「你的圍棋子！你們串通了來哄我，哼，我早知你們不是好人。」

陳家洛微笑道：「怎麼是串通了哄你？是你自己聽見這傢伙的聲音才追出來的。再說，要不是你這麼一攔，他心不慌，自然躲開了我的棋子。他騎了馬，咱們怎追得上？」周綺聽他說得道理十足，又高興起來，說道：「那麼咱們三人都有功勞。」徐天宏道：「你功勞最大。」周綺低聲道：「你別告訴爹爹，說我打你一拳。」徐天宏笑道：「說了也不打緊啊！」周綺怒道：「你若說了，我永遠不理你。」徐天宏一笑不答。

他先前和陳家洛定計，已通知羣雄，晚上聽到響動，不必出來，否則以無塵、趙半山等人之能，豈有聞蹄聲而不驚覺之理？

三人押著錢正倫，拿了經書，走到木卓倫帳前。守夜的回人一傳報，木卓倫忙披衣出來，迎進帳去。陳家洛說了經過，交過經書。木卓倫喜出望外，雙手接過，果是合族奉爲聖物的那部手抄可蘭經。帳中回人報出喜訊，不一會，霍阿伊、霍青桐和衆回人全都擁進帳來，紛對陳徐周三人叉手撫胸，俯首致敬。木卓倫打開經書，高聲誦讀：

「奉至仁慈的安拉之名，一切讚頌，全歸安拉，全世界的主，至仁至慈的主，報應日的君主。我們只崇拜你，只求你祐助，求你引導我們上正路，你所祐護者的路，不是受譴責者的路，也不是迷誤者的路。」

眾回人伏地虔誠祈禱，感謝眞神安拉。禱告已畢，木卓倫對陳家洛道：「陳當家的，你將敝族聖物從奸人手中奪回，我們也不敢言謝。以後陳當家的但有所使，只消傳個信來，雖是千山萬水，亦必趕到，赴湯蹈火，在所不辭。」陳家洛拱手遜謝。木卓倫又道：「明日兄弟奉聖經回去，小兒小女就請陳當家的指揮教導，等救回文爺之後再讓他們回來。那時陳當家的與眾位英雄，如能抽空到敝地盤桓小住，讓敝族族人得以瞻仰丰采，更是幸事。」陳家洛微一沉吟，說道：「聖經物歸原主，乃貴族眞神庇佑，老英雄洪福，不過周姑娘和我們僥倖遇上，豈敢居功言德？令郎和令愛還是請老英雄帶同回鄉。老英雄這番美意，我們感激不盡，但驚動令郎令愛大駕，實不敢當。」

陳家洛此言一出，木卓倫父子三人俱都出於意料之外，心想本來說得好好的，怎麼忽然變了卦。木卓倫又說了幾遍，陳家洛只是辭謝。霍青桐叫了聲：「爹！」微微搖頭，示意不必再說了。這時紅花會羣雄也都進帳，向木卓倫道喜。帳中人多擠不下，眾回人退了出去。

徐天宏見周仲英進來，說道：「這次奪回聖經，周姑娘的功勞最大。」周仲英心下得意，望了女兒幾眼，意示獎許。徐天宏忽然按住右胸，叫聲：「啊唷！」衆人目光都注視到他身上。周綺大急，心道：「我打他一拳，他在這許多人面前說了出來，可怎麼辦？」周仲英問道：「怎麼？」徐天宏沉吟不答，過了一會，才笑笑道：「沒甚麼。」可已將周綺嚇出了一額子汗，心道：「好，你這小子，總是想法子來作弄我。」

衆人告辭出去，各自安息。次日清晨，木卓倫率領衆回人與羣雄道別。雙方相聚雖只半日，但敵愾同仇，肝膽相照，別時互相殷殷致意。周綺牽著霍青桐的手，對陳家洛道：「這位姊姊人又好，武功又強，人家要幫咱們救文四爺，你幹麼不答允啊？」陳家洛一時語塞。霍青桐道：「陳公子不肯讓我們冒險，那是他的美意。我離家已久，眞想念媽媽和妹子，很想早點兒回去。周姊姊，咱們再見了！」說罷一舉手，撥轉馬頭就走。周綺對陳家洛道：「你不要她跟咱們在一起，你看她連眼淚都要流下來啦！你瞧人家不起，得罪人，我可不管。」陳家洛望著霍青桐的背影，一聲不響。

霍青桐奔了一段路，忽然勒馬回身，見陳家洛正自呆呆相望，一咬嘴唇，舉手向他招了兩下。陳家洛見她招手，不由得一陣迷亂，走了過去。霍青桐跳下馬來。兩人面對面的呆了半晌，說不出話來。

霍青桐一定神，說道：「我性命承公子相救，族中聖物，又蒙公子奪回。不論公子如何待我，都決不怨你。」說到這裏，伸手解下腰間短劍，說道：「這短劍是我爹爹所賜，據說劍裏藏著一個極大秘密，幾百年來輾轉相傳，始終無人參詳得出。今日一別，後會無期，此劍請公子收下。公子慧人，或能解得劍中奧妙。」說罷把短劍雙手奉上。陳家洛也伸雙手接過，說道：「此劍既是珍物，本不敢受。但既是姑娘所贈，卻之不恭，只好靦顏收下。」

霍青桐見他神情落寞，心中很不好受，微一躊躇，說道：「你不要我跟你去救文四爺，爲了甚麼，我心中明白。你昨日見了那少年對待我的模樣，便瞧我不起。這人是陸菲青陸老前輩的徒弟，是怎麼樣的人，你可以去問陸老前輩，瞧我是不是不知自重的女子！」說罷縱身上馬，絕塵而去。

陳家洛聽她言語中似含情意，不覺心意微動，但隨即想到那美貌少年的模樣，秀眉俊目，唇紅齒白，可比自己俊美得太多了。陳家洛素來自負文才武功，家世容貌，同儕中罕有其比，忽然間給人比了下去，心頭沒來由的一陣悵惘，這次相救文泰來功敗垂成，初任總帥便出師不利，未免掃興，本來心頭一熱，想趕上去再跟她說幾句話，沮喪之餘，只跨出兩步，便即止步。

張召重忙命兵士散開，將大車團團圍住。此時新月初升，清光遍地，只見對面疏疏落落的出來十幾騎馬，漸漸逼近。

第五回　烏鞘嶺口逢鬼俠　赤套渡頭扼官軍

陳家洛手托短劍，猷猷的出神，望著霍青桐追上回人大隊，漸漸隱沒在遠方大漠與藍天相接之處，心頭一震，正要去問陸菲青，一個念頭猛地湧上心來：「漢回不通婚，他們回人自來教規極嚴，霍青桐姑娘對我雖好，但除非我皈依回教，做他們的族人，否則多惹情絲，終究沒有結果，徒然自誤誤人，各尋煩惱而已。」「我對回教的眞神並不眞心信奉，如爲了霍青桐姑娘而假意信奉，未免不誠，非正人君子之所爲。豈不遭人輕視恥笑？」正出神間，忽見前面一騎如一溜煙般奔來，越到身前越快，卻是心硯回來了。

心硯見到陳家洛，遠遠下了馬，牽馬走到跟前，興高采烈的道：「少爺，章十爺隨後就來，咱們逮到了一個人。」

陳家洛問：「逮到了甚麼人？」心硯道：「我騎了白馬趕到破廟那邊，章十爺在和一人合口，那人要過來，十爺叫他等一會。兩人正在爭鬧，那人一見到我騎的馬，就大罵我是偷馬賊一夥，舉刀向我砍來。我和十爺給他幹上了。那人武功很好，可是沒兵刃，不知那裏偷來了一把劈柴刀，當然使不順手啦。打了二十多個回合，十爺才用狼牙棒將他柴刀砸飛，那人手下眞是來得，空手鬥我們兩個，後來我拾了地下石子，不住擲他，他躲避石子，一不留神，腿上中了十爺一棒，這才給我們逮住。」陳家洛笑了笑，問道：「那人叫甚麼名字？幹甚麼的？」心硯道：「咱們問他，他不肯說。不過十爺說他是洛陽韓家門的人，使的是鐵琵琶手。」

不久章進也趕到了，下馬向陳家洛行禮，隨手將馬鞍上的人提了下來，那人手腳被縛，昂然而立，神態甚是倨傲。

陳家洛問道：「閣下是洛陽韓家門的？尊姓大名？」那人仰頭不答。陳家洛道：「心硯，你替這位爺解了縛。」心硯拔出刀來，割斷了縛住他手腳的繩子，挺刀站在他背後，防他有何異動。陳家洛道：「他二人得罪閣下，請勿見怪，請到帳篷裏坐地。」

四人到得帳中，陳家洛和那人席地而坐，羣雄陸續進來，都站在陳家洛身後。

那人看見駱冰進來，勃然大怒，跳起身來，戟指而罵：「你這婆娘偷我的馬，你不還馬，決不和你干休！」駱冰笑道：「你是韓文沖韓大爺，是嗎？咱們換一匹馬騎，我還補了你一錠金子，你賺了錢、發了大財啦，幹麼還生氣？」

陳家洛問起情由，駱冰將搶奪白馬之事笑著說了，衆人聽得都笑了起來。原來紅花會雖然不禁偷盜，但駱冰心想總舵主出身相府，官宦子弟多數瞧不起這等不告而取的勾當，是以一直沒說此馬的來歷。陳家洛道：「既是如此，四嫂這匹馬還給韓爺吧。那錠金子也不用還了，算是租用尊騎的一點敬意。韓爺腿上的傷不礙事吧？心硯，給韓爺敷上金創藥。」韓文沖見陳家洛如此處理，怒氣漸平，正想交待幾句場面話，忽然駱冰道：「總舵主，那不成，你知道他是誰？他是鎮遠鏢局的人。」

陳家洛道：「當眞？」駱冰取出王維揚那封信，交給陳家洛，說道：「請看。」陳家洛接過信，只看了開頭一個稱呼，就將信一摺，交給韓文沖，說道：「這是韓爺的信，在下不便觀看。」韓文沖心想：「橫豎你的同黨已經看過，我樂得大方。」便道：「我是鎮遠鏢局的，那不錯，不知那一點冒犯各位了，倒要請教。韓某光明磊落，沒見不得人的事。閣下請看吧。」說著將信攤開，放在陳家洛面前。

陳家洛一目十行，一瞥之間，已知信中意思，說道：「威震河朔王維揚王老鏢頭的威名，在下早就如雷貫耳，只是無由識荊，實爲恨事。閣下是洛陽韓家門的，不知跟韓五娘是怎麼稱呼？」韓文沖道：「那是先嬸娘。請教閣下尊姓大名，不知是否識得先嬸娘？」

陳家洛微微一笑，說道：「我只是慕名而已。我姓陳名家洛。」韓文沖一聽，立即站起，驚道：「你……是陳閣老的公子？」常赫志道：「這位是我們紅花會的總舵主。跟你說了半天話，先人板板，你有眼不識泰山。」韓文沖慢慢坐下，不住打量這位少年總舵主。

陳家洛道：「江湖上不知是誰造謠，說貴同門之死與敝會有關，其實這事我們全不知情。在下本已派了一位兄弟要去洛陽，向貴處說明這個過節，只因忽有要事，一時難以分身。韓爺今日到此，那是再好沒有。不知何以有此謠言，韓爺能否見告？」韓文沖道：「你……你眞是海寧陳閣老的公子？」陳家洛道：「韓爺既知在下身世，自也不必相瞞。」

韓文沖道：「自公子離家，相府出了重賞找尋，數年來一無音訊，後來有人訪知公子在紅花會，又說公子到了回疆。我師兄焦文期受相府之聘，前赴回疆尋訪公子，那知他突然不明不白的失了蹤。此事已隔五年，直到最近，有人在陝西山谷之中發見焦師兄所用的鐵牌和琵琶釘，才知他已不幸遭害。雖然他已死無對證，當時也無人親眼見他遭難情形，但公子請想，如不是紅花會下的手，又有誰有本事殺得了焦師兄？……」

他話未說完，章進喝道：「你師兄貪財賣命，死了也沒甚麼可惜。我們紅花會要是殺了他，難道不敢認帳？老子老實跟你說，這個人，我們沒殺。不過你找不到人報仇，就算是老子殺的好了。老子生平殺的人難道還少了？多一個他奶奶的焦文期，又有個鳥打緊？」韓文沖斜眼看他，心中將信將疑。無塵冷笑道：「我們紅花會衆當家說話向來一是一，二是二，幾時騙過人來？你不信他話，就是瞧我不起。嘿嘿，你瞧我不起，膽子不小哇！」

紛亂中陸菲青突然高叫：「焦文期是我所殺。我不是紅花會的，這事可跟紅花會全無干係。」衆人都是一楞。陸菲青站起身來，將當年焦文期怎樣黑夜尋仇、怎樣以三攻一、怎樣自己手下留情，他反而狠施毒手，以致命喪荒山之事，從頭至尾說了。衆人聽了，都罵焦文期不要臉，殺得好。韓文沖鐵青著臉，一言不發。

陸菲青道：「韓爺要給師哥報仇，現下動手也無不可。這事跟紅花會無關，他們要是幫了我一拳一腳，就是瞧我不起。」轉頭向駱冰道：「文四奶奶，韓爺的兵刃還了給他吧。」

駱冰取出鐵琵琶，交給陸菲青。陸菲青接了過來，說道：「韓五娘當年首創鐵琵琶門，名聞江湖，也算得是女中豪傑。唉……」言下不勝感慨，一面說一面雙手暗運內勁。鐵琵琶肚腹中空，給他一按，登時變成一塊扁平的鐵板。他又道：「焦文期既受陳府之託，尋訪陳公子，便須忠於所事，怎地使了人家盤纏，卻來尋我老頭子的晦氣？咱們武林中人，就算不能捨身報國，跟滿虜韃子拚個死活，也當行俠仗義，爲民除害。」

武當派內功非同小可，口中說話，雙手已將鐵板捲成個鐵筒，揑了幾下，變成根鐵棍，又道：「至不濟，也當潔身自好，信守然諾，忠於所事。陸某生平最痛恨的是朝廷鷹犬、保鏢護院的走狗，仗著有一點武藝，助紂為虐，欺壓良民。這等人要是給我遇上了，哼哼，陸某決計放他們不過。」說到這裏聲色俱厲，手中的鐵棍也已彎成了一個鐵環。

這番話把韓文沖只聽得怦然心動。他自恃武功精深，一向自高自大，那知這番出來連栽觔斗，在駱冰、章進、心硯等人手下受挫，還覺得是對方使用詭計，此刻眼見陸菲青言談之間，將他仗以成名的獨門兵器彎彎揑揑，如弄濕泥，如搓軟麵，不由得又驚又怕，再想焦文期的武功與自己只在伯仲之間，他與這老者為敵，自是非死不可。

蔣四根眼見陸菲青弄得有趣，童心頓起，接過鐵環，雙手一拉，又變成鐵棍，自己拿了一端，另一端伸到楊成協面前。楊成協伸手握住，笑道：「比比力氣？」蔣四根點點頭，兩人使勁拉扯，各不相下，鐵棍卻越拉越長。衆人哈哈大笑。陳家洛怕兩人分出輸贏，傷了和氣，笑道：「兩位哥哥力氣一樣大，這鐵琵琶給我吧。」衆人聽他仍管這東西叫作鐵琵琶，都笑了起來。

陳家洛接過鐵棍，笑道：「道長、周老前輩、楊八哥，你們三位一邊。趙三哥、蔣兄弟，我們三個一邊，咱們來練個功夫。」周仲英等都笑嘻嘻的走攏，三個一邊，站在鐵棍兩端，各伸單掌相疊，抵住鐵棍。陳家洛笑道：「他們兩個把鐵棍拉長了，咱們把它縮短。一、二、三！」六人一齊用力，這六人的勁力加在一起，實是當世難得一見，鐵棍漸粗漸短。旁觀衆人采聲雷動。

韓文沖駭然變色，心道：「罷了，罷了，這眞叫天外有天，人上有人。姓韓的今日若是留得命在，明天回鄉耕田去了。」

陳家洛笑道：「好了。」周仲英等五人一笑停手。陳家洛道：「弄壞了韓兄的兵刃，很是抱歉，請勿見怪。」韓文沖滿頭大汗，那裏還答得出話來？陳家洛道：「在下奉勸韓兄一句，不知肯接納否？」韓文沖道：「請說。」

陳家洛道：「自古道冤家宜解不宜結，令師兄命喪荒山，是他自取其禍，怨不得陸老前輩。韓兄便看在下薄面，和陸老前輩揭過這層過節，大家交個朋友如何？」韓文沖心中早存怯意，那敢還和陸菲青動手？但給對方如此一嚇，就此低頭，未免顯得太過沒種，一時沉吟不語，臉上青一陣，白一陣。陳家洛道：「焦三爺此事，其實由我身上而起。在下這裏寫封信給家兄，就說焦三爺已尋到我，不過我不肯回家。焦三爺在途中遭受意外逝世，請家兄將賞格撫卹，從優付給焦三爺家屬。」韓文沖躊躇未答。

陳家洛雙眉一揚，說道：「韓爺倘若定要報仇，就由在下接接韓家門的鐵琵琶手便了。」一運起內力，使勁擲出，那根鐵棍直揷入鬆軟的沙土之中，霎時間沒得影蹤全無。

韓文沖心中一寒，那裏還敢多言？說道：「一切全憑公子吩咐。」陳家洛道：「這才是拿得起放得下的好漢。」叫心硯取出文房四寶，筆走龍蛇，寫了一封書信。

韓文沖接了，說道：「王總鏢頭本來吩咐兄弟幫手送一支鏢到北京，抵京後，再護送一批御賜的珍寶到江南貴府。今日見了各位神技，兄弟這一點點莊稼把式，眞算得是班門弄斧。公子府上的珍寶，又有誰敢動一根毫毛？這就告辭。」

陳家洛問道：「韓兄預備護送的物品，原來是舍下的？」韓文沖道：「鏢局來給我送信的趟子手說，皇上對公子府上天恩浩蕩，過不幾個月，就賞下一批金珠寶貝，現下積得多了，要送往江南老宅，府上託我們鏢局護送。兄弟今日栽在這裏，那裏還有面目在武林中混飯吃？安頓了焦師兄的家屬之後，回家種田打獵，決不再到江湖上來丟人現眼了。」

陳家洛道：「韓兄肯聽陸老前輩的金玉良言，眞是再好不過。在下索性交了你這位朋友。心硯，你把鎭遠鏢局的各位請進來。」心硯應聲出去，將錢正倫等一干人都帶了進來。韓文沖和各人一見，面面相覷，都說不出話來。

陳家洛道：「衝著韓兄的面子，這幾位朋友請你都帶去吧。不過以後再要見到他們不幹好事，可休怪我們手下無情。」韓文沖給陳家洛軟硬兼施，恩威並濟，顯功夫，套交情，不由得臉如死灰，啞口無言。見陳家洛再也不提「還馬」二字，又那敢出口索討？陳家洛道：「我們先走一步，各位請在此休息一日，明日再動身吧。」紅花會羣雄上馬動身，一干鏢師官差呆在當地，做聲不得。

羣雄走出一程路，陸菲青對陳家洛道：「陳當家的，鏢行這些小子們留在後面，小徒不久就會和他們遇著。他們吃了虧沒處報仇，說不定會找上小徒，我想遲走一步，照應一下，隨後趕來。」陳家洛道：「陸老前輩請便，最好和令賢徒同來，我們好多得一臂之力。」陸菲青笑道：「這個人就會闖禍淘氣，那裏幫得了甚麼忙？」拱了拱手，掉轉馬頭，向來路而去。陳家洛不及向陸菲青問他徒弟之事，心下暗自納悶。

余魚同奉命偵查文泰來的蹤跡，沿路暗訪，未得線索，不一日到得涼州。涼州是千年古城，河西要地，民豐物阜。他住下客店，踱到南街積翠樓上自斟自飲，感懷身世，想起駱冰聲音笑貌，思潮起伏，這番相思明明無望，萬萬不該，然而總是劍斬不斷，笛吹不散。見滿壁都是某某到此一遊的字句，詩興忽起，命店小二取來筆硯，在壁上題詩一首：

「百戰江湖一笛橫，風雷俠烈死生輕。鴛鴦有耦春蠶死，白馬鞍邊笑靨生。」

下面寫了「千古第一喪心病狂有情無義人題」，自傷對駱冰有情，自恨對文泰來無義。

酒入愁腸，更增鬱悶，吟哦了一會，正要會帳下樓，忽然樓梯聲響，上來了兩人，余魚同眼尖，見當先一人曾經見過，忙把頭轉開，才一回頭，猛然想起，那是在鐵膽莊交過手的官差。幸喜那人正和同伴談得起勁，沒見到他。

兩人揀了靠窗一個座頭坐下，正在他桌旁。余魚同伏在桌上，假裝醉酒。

聽那兩人談了一些無關緊要之事，只聽得一人道：「瑞大哥，你們這番拿到點子，眞是奇功一件，皇上不知會賞甚麼給你。」那姓瑞的道：「賞甚麼我也不想了，只求太太平平將點子送到杭州，也就罷了。我們八個侍衛一齊出京，只剩下我一人回去。肅州這一戰，不是我長他人志氣，滅自己威風，現在想起來，還是寒毛凜凜。」另一人道：「現今你們跟張大人在一起，決失不了手。」那姓瑞的道：「話是不錯，不過這一來，功勞都是御林軍的了，咱們御前侍衛還有甚麼面子？老朱，這點子幹麼不送北京，送到杭州去做甚麼？」那姓朱的低聲道：「我姊姊是史大學士府裏的人，你是知道的了。她悄悄跟我說，皇上要到江南去。將點子送到杭州，看來皇上要親自審問。」那姓瑞的唔了一聲，喝了一口酒，說道：「你們六個人巴巴從京裏趕來，就是爲了下這道聖旨？」那姓朱的道：「還做你們幫手啊？江南紅花會的勢力大，咱們不可不加意小心。」

余魚同聽到這裏，暗叫慚愧，眞是僥倖，若不是碰巧聽見，他們把四哥改道送去江南，大夥卻撲北京去救，豈非誤了大事？

又聽那姓朱的侍衛道：「瑞大哥，這點子到底犯了甚麼事，皇上要親自御審？」那姓瑞的道：「這個我們怎麼知道？上頭交待下來，要是抓不到他，大夥回去全是革職查辦的處分，腦袋保不保得牢，還得走著瞧呢。嘿，你道御前侍衛這碗飯好吃的嗎？」那姓朱的笑道：「現今瑞大哥立了大功，我來敬你三杯。」兩人歡呼飲酒，後來談呀談的就談到女人身上了，甚麼北方女人小腳伶仃，江南女人皮色白膩。酒醉飯飽之後，姓瑞的會鈔下樓，見余魚同伏在桌上，笑罵：「讀書人有個屁用，三杯落肚，就成了條醉蟲，爬不起來。」

余魚同等他們下樓，忙擲了五錢銀子在桌，跟出酒樓，遠遠在人叢中盯著，見兩人進了涼州府衙門，半天不見出來，料想就在府衙之中宿歇。

回到店房，閉目養神，天一黑，便換上一套黑色短打，腰插金笛，悄悄跳出窗去，逕奔府衙。他繞到後院，越牆而進，只見四下黑沉沉地，東廂廳窗中卻透著光亮，躡足走近，廳中有人說話，伸指沾了點唾沫，輕輕在窗紙上濕了個洞，往裏張去，不由得大吃一驚。

原來廳裏坐滿了人，張召重居中而坐，兩旁都是侍衛和公差，一個人反背站著，突然間厲聲大罵，聽聲音正是文泰來。

余魚同知道廳裏都是好手，不敢再看，伏身靜聽，只聽得文泰來罵道：「你們這批給朝廷做走狗的奴才，文大爺落在你們手中，自有人給我報仇。瞧你們這些狼心狗肺的東西，有甚麼下場。」一人陰森森的道：「好，你罵的痛快！你是奔雷手，我的手掌沒你厲害，今日卻要教你嚐嚐我手掌滋味。」

余魚同一聽不好，心想：「四哥要受辱。他是當世英雄豪傑，豈能受宵小之侮？」忙在破孔中張去，只見一個身材瘦長、穿一身青布長袍的中年男子舉掌走向文泰來，臉色猙獰，不住冷笑。文泰來雙手被縛，動彈不得，急怒交作，牙齒咬得格格直響。那人舉起手掌，正待下落，余魚同金笛刺破窗紙，胸氣猛吐，金笛中一枝短箭筆直疾飛而出，揷入那人左眼之中。那人非別，乃辰州言家拳掌門人言伯乾是也。

他本來武功高強，但短箭突如其來，全無朕兆，竟不及避讓，眼眶中箭，大叫聲中，劇痛倒地，廳中一陣大亂，余魚同一箭又射中一名侍衛的右頰，抬腿踢開廳門，直竄進去，喝道：「紅花會救人來啦！」挺笛點中站在文泰來身旁官差的穴道，從綁腿上拔出匕首，割斷文泰來手腳上繩索。張召重只道敵人大舉來犯，也不理會文余二人，站起身來，拔劍在廳門站定，內阻逃犯，外擋救兵。

文泰來雙手脫綁，精神大振，但見一名御前侍衛和身撲上，身子側過，左手反背出掌，正中那人右脅，喀喇一聲，已斷了二根肋骨。餘人爲他威勢所懾，一時都不敢走近。余魚同叫道：「四哥，咱們衝！」文泰來道：「大夥都來了嗎？」余魚同低聲道：

「他們還沒到，就是小弟一人。」文泰來一點頭，他右臂和腿上重傷未愈，右臂靠在余魚同身上，並肩向廳門走去。四五名侍衛擁上動手，余魚同揮金笛擋住。

兩人走到廳口，張召重踏上一步，喝道：「給我留下。」長劍向文泰來小腹上刺來。文泰來腳下不便，退避不及，以攻爲守，左手食中兩指疾如流星，直取敵人雙眼。張召重回劍一擋，讚了一聲：「好！」兩人身手奇快，轉瞬拆了七八招。文泰來只左手可使，下盤又趨避不靈，再拆得數招，給張召重在肩頭重重一推，立腳不穩，坐倒在地。

余魚同邊打邊想：「我胡作非爲，對不起四哥，在世上苟延殘喘，沒的污了紅花會英雄之名。今日拾了這條命把四哥救出，讓鷹爪子把我殺了，也好讓四嫂知道，我余魚同並非無義小人。我以一死相報，死也不枉。」拿定了這主意，見文泰來被推倒在地，翻身揮笛，狠命向張召重打去。

文泰來緩得一緩，掙扎著爬起，回身大喝，衆侍衛官差一呆，均不由得退了幾步，余魚同叫道：「四哥，請你先走！我隨後就來。」金笛飛舞，全然不招不架，儘向對方要害攻去。他和張召重武功相差甚遠，可是一夫拚命，萬夫莫當，金笛上全是進手招數，招招同歸於盡，笛笛兩敗俱傷，張召重劍法雖高，一時之間，卻也給他的決死狠打逼得退出數步。文泰來見露出空隙，閃身出了廳門。衆侍衛大聲驚呼。

余魚同擋在廳門，身上已中兩劍，仍是毫不防守，一味凌厲進攻。張召重喝道：「你不要命嗎？這打法是誰教你的？」見他武功是武當派嫡傳，知有瓜葛，未下殺手。余魚同淒然笑道：「你殺了我最好。」數招之後，右臂又中一劍，他笛交左手，不退反進。

眾侍衛紛紛擁出，余魚同狂舞金笛，疾風穿笛，嗚嗚聲響。一名侍衛揮刀砍來，余魚同視若不見，金笛向他乳下狠點，那人登時暈倒。余魚同左肩卻也被刀砍中。他渾身血污，揮笛惡戰，劍光笛影中啪的一聲，一名侍衛的顎骨又被打碎。眾侍衛圍了攏來，刀劍鞭棍，一時齊上。混戰中余魚同腿上被打中一棍，跌倒在地，金笛舞得幾下，暈了過去。

廳門口一聲大喝：「住手！」眾人回過頭來，見文泰來慢慢走進，對別人一眼不看，直走到余魚同身邊，見他全身是血，不禁垂下淚來，俯身一探鼻息，尚有呼吸，稍稍放心，伸左臂抱起，喝道：「快給他止血救傷。」眾侍衛爲他威勢所懾，果然有人去取金創藥來。

文泰來見眾人替余魚同裹好了傷，抬入內堂，這才雙手往後一併，說道：「綁吧！」一名侍衛看了張召重眼色，慢慢走近。文泰來道：「怕甚麼？我要傷你，早已動手。」那侍衛見他雙手當眞不動，這才將他綁起，送到府衙獄中監禁。兩名侍衛親自在獄中看守。

次日清晨，張召重去瞧余魚同，見他昏昏沉沉的睡著，問了衙役，知道醫生開的藥已煎了給他服過。下午又去探視，余魚同略見清醒，張召重問他：「你師父姓陸還是姓馬？」余魚同道：「我恩師是千里獨行俠，姓馬諱眞。」張召重道：「這就是了，我是你師叔張召重。」余魚同微微點頭。張召重道：「你是紅花會的嗎？」余魚同又點了點頭。張召重嘆道：「好好一個年輕人，竟然自甘下流。文泰來是你甚麼人？幹麼這般捨命救他！」

余魚同閉目不答，隔了半晌，道：「我終於救了他出去，死也瞑目。」張召重道：「哼，你想在我手裏救得人出去？」余魚同驚問：「他沒逃走？」張召重道：「他逃得了嗎？別妄想吧！」繼續盤問，余魚同閉上眼睛給他個不理不睬，不一會兒竟呼呼打起鼾來。張召重微微一笑，道：「好個倔強少年！」轉身出去。

他到得廂房，將瑞大林、言伯乾、成璜，以及新從京裏來的六名御前侍衛朱祖蔭等人請來，密密商議了一番，各人回房安息養神。晚飯過後，又將文泰來由獄中提出，在廂廳中假裝審問。張召重昨天是眞審，不意被余魚同闖進來大鬧一場，這晚他四週佈下伏兵，安排強弓硬弩，只待捉拿紅花會救兵，那知空等了一夜，連耗子也沒見到一隻。

第二天一早，報道河水猛漲，黃河渡口水勢洶湧。張召重下令即刻動身，辭別涼州知府及首縣，將文泰來和余魚同放入兩輛大車，正要出門，忽然胡國棟、錢正倫、韓文沖等一干人奔進衙門。張召重見他們狼狽異常，忙問原由。胡國棟氣憤憤的將經過情形說了。張召重道：「閻六爺武功很硬啊，怎麼會死在一個大姑娘手裏，眞是奇聞了。」一舉手，說道：「咱們京裏見。」胡國棟敢怒而不敢言，強自把一口氣咽了下去。

張召重聽胡國棟說起紅花會羣雄武功精強，又有大隊回人相助，自己雖然藝高人膽大，畢竟好漢敵不過人多，於是去和駐守涼州的總兵商量，要他調派四百名精兵，幫同押解欽犯。總兵聽得事關重大，那敢推托，立即調齊兵馬，派副將曹能、參將平旺先兩人領兵押送，到了皋蘭省城，再由省方另派人馬接替。一行人浩浩蕩蕩向東而行，一路上偷鷄摸狗，順手牽羊，衆百姓叫苦連天，不必細表。

走了兩日，在雙井子打了尖，行了二三十里，只見大路邊兩個漢子袒胸坐在樹下，樹上繫著兩匹駿馬。兩名清兵互相使個眼色，走上前去，喝道：「喂，這兩匹馬好像是官馬，那裏偷來的？」那面目英秀的漢子笑道：「我們是安份良民，怎敢偷馬？」一名清兵道：「老爺走得累了，借我們騎騎。」另一名清兵笑道：「又騎不壞的，怕甚麼？」那漢子道：「行，總爺賞臉要騎，小的今日出門遇貴人。」那清兵笑道：「嘿，瞧你不出，倒懂得好歹。」兩名漢子站起身來，走到馬旁，解下韁繩，說道：「總爺小心，別摔著了。」清兵笑道：「他媽的胡扯，老爺騎馬會摔交，還成甚麼話？」大模大樣的走近，正要去接韁繩，忽然一個屁股上吃了一腳，另一個被人一記耳光，拉起來直拋出去，摔在大路之上。大隊中兵卒登時鼓噪起來。

兩名漢子翻身上馬，衝到車旁。那臉上全是傷疤的漢子左手撩起車帳，右手單刀揮下，嗤的一聲，割下車帳，叫道：「四哥在裏面麼？」車裏文泰來道：「十二郎！」那漢子道：「四哥，我們去了，你放心，大夥兒跟著就來。」守車的成璜和曹能雙雙來攻，那面目白淨的漢子揮雙鉤攔住，清兵紛紛擁來。兩人唿哨一聲，縱馬落荒而走。幾名侍衛追了一陣，見二人遠去，便不再追。

當晚宿在清水鋪，次日清晨，忽聽得兵卒驚叫，亂成一片。曹能與平旺先出去查看，見十多名清兵胸口都爲兵刃所傷，死在炕上，也不知是怎麼死的。衆兵丁交頭接耳，疑神疑鬼。次日宿在橫石。這是個大鎮，大隊將三家客店都住滿了，還佔了許多民房。黑夜中忽然客店起火，四下喊聲大作。張召重命各侍衛只管守住文泰來，閒事一概不理，以防中了敵人調虎離山之計。火頭越燒越大，曹能奔進來報道：「有悍匪！已和弟兄們動上了手。」張召重道：「請曹將軍指揮督戰，兄弟這裏不能離開。」曹能應聲出去。

店外慘叫聲、奔馳聲、火燒聲、屋瓦墜地聲亂了半日。張召重命瑞大林與朱祖蔭在屋頂上守望，只要敵人不攻進店房，不必出手。那火並沒燒大，不久便熄了，又騷擾喧嘩了好一會，人聲才漸漸靜下來，只聽得蹄聲雜沓，一羣人騎馬向東奔去。

曹能滿臉煤油血跡，奔進報告：「悍匪已殺退了。」張召重問：「傷亡了多少弟兄？」曹能道：「還不知道，總有幾十名吧。」張召重道：「土匪逮到幾名？殺傷多少？」曹能張口結舌，說不出話來，隔了半晌，說道：「沒有。」張召重哼了一聲，並不言語。

曹能道：「這批悍匪臉上都蒙了布，個個武功厲害，可也眞奇怪，他們並不搶劫財物，只是朝咱們弟兄砍殺。臨走時丟了二百兩銀子給客店老闆，說燒了他房子，賠他的。」張召重道：「你道他們是土匪嗎？曹將軍，你吩咐大家休息，明天一早上路。」

曹能退了出來，忙去找客店老闆，說他勾結土匪，殺害官兵，只嚇得客店老闆不住磕頭求饒，終於把那二百兩銀子雙手獻上，還答應負責安葬死者，救治傷兵，曹能這才作罷。

次日忙亂到午牌時分，方才動身，一路山青水綠，草樹茂密，行了兩個時辰，道路漸陡，兩旁盡是高山。

走不多時，迎面一騎馬從山上衝將下來，離大隊十多步外勒定。騎者高聲叫道：「喂，大家聽著，你們衝撞了惡鬼，趕快回頭，還有生路，再向東走，一個個龜兒死於非命。」衆官兵瞧那人時，只見他一身粗麻布衣衫，腰中縛根草繩，臉色焦黃，雙眉倒豎，宛然是廟中所塑的追命無常鬼模樣，都不由得打個寒噤。那人說罷，縱馬下山，從大隊人馬旁邊擦過，奔馳而去。殿後一名清兵忽然大叫一聲，倒在地下，登時死去。衆人大駭，圍攏來看，見他身上並無傷痕，盡皆驚懼，紛紛議論。

曹能派兩名清兵留下掩埋死者，大隊繼續上山，走不多時，迎面又是一乘馬過來，馬上便是剛才那人，只聽他高聲叫道：「喂，大家聽著，你們衝撞了惡鬼，趕快回頭，還有生路，再向東走，一個個龜兒死於非命。」衆人都嚇了一跳，怎麼這人又回到前面了？明明見他下山，此間一眼望去，並無捷徑可以繞道上山，就算回身趕到前面，也決沒這樣快，難道是空中飛過、地下鑽過不成？那人說完，縱馬下山。衆兵丁眞如見到惡鬼一般，遠遠避開。

朱祖蔭待他走到身旁，伸出單刀一攔，說道：「朋友，慢來！」那人猶如不聞不見，右掌在他肩頭一按，朱祖蔭手中單刀噹啷啷跌落在地。那人竟不回頭，馬蹄翻飛，下山而去，剛走過大隊，末後一名清兵又是慘叫一聲，倒地身亡，衆兵丁都嚇得呆了。

張召重命侍衛們守住大車，親往後隊察看。朱祖蔭道：「張大人，這傢伙究竟是人是鬼？」一面按住受傷的右肩，臉色泛白。張召重叫他解開衣服，見他右肩一大塊烏青高高腫起，張召重眉頭一皺，從懷裏掏出一包藥來，叫他立刻吞服護傷，又命兵丁將死去的清兵脫光衣服驗傷，見他和先前所死清兵傷勢相同，後背也是一大塊烏青，五指掌形，隱約可見。衆兵丁喧嘩起來，叫道：「鬼摸，鬼摸！」張召重吩咐留下兩名兵丁埋葬死者。平旺先派了人，兩名兵丁死也不肯奉命，張召重無奈，只得下令大隊停下相候，埋葬死者後一齊再走。

瑞大林道：「張大人，這傢伙實在古怪，他怎麼能過去了又回到前面？」張召重也是疑惑不解，沉吟半晌，說道：「朱兄弟和這兩名士兵，明明是爲黑沙掌所傷，江湖上黑沙掌的好手寥寥可數，怎麼會認不出來？」瑞大林道：「說到黑沙掌，當然是四川青城派的慧侶道人海內獨步，不過慧侶已死去多年，難道是他鬼魂出現不成？」

張召重一拍大腿，叫道：「是了，是了，這是慧侶道人的徒弟，人稱黑無常、白無常的常氏兄弟。我總往一個人身上想，這才想不起，原來這對雙生兄弟扮鬼唬人。好啊，這對鬼兄弟也跟咱們幹上了。」他可不知常氏兄弟是紅花會中人物。瑞大林、成璜等人久聞西川雙俠的大名，此刻忽在西北道上遇到，不知如何得罪了他們，竟然一上來便下殺手，心下都是暗暗驚疑，大家不甘示弱，均只默不作聲。

這晚住在黑松堡，曹能命兵丁在鎭外四週放哨，嚴密守望。次日清晨，放哨的兵士一個都不見回報，派人查察，所有哨兵全都死在當地，頸裏都掛了一串紙錢。衆兵丁害怕異常，當下便有十多人偷偷溜走了。

這天要過烏鞘嶺，那是甘涼道上有名的險峻所在，曹能命兵士飽餐了，鼓起精神上嶺。走了半日，越來越冷，道路也越來越險，時方初秋，竟自飄下雪花來。走到一處，一邊高山，一邊盡是峭壁，山谷深不見底，衆兵士手拉手的走，惟恐雪滑，一個失足跌入山谷，那就屍骨無存。幾名侍衛下馬，扶著文泰來的大車。

衆人正自小心翼翼、全神貫注的攀山越嶺，忽聽得前面山後發出一陣啾啾唧唧之聲，過了一會，變成高聲鬼嘯，聲音慘厲，山谷回聲，令人毛髮直豎，衆兵丁都停住了腳步。

只聽前面喊道：「過來的見閻王——回去的有活路——過來的見閻王——回去的有活路。」衆兵丁那裏還敢向前？

平旺先帶了十多名士兵，下馬衝上，剛轉過山坳，對面急箭射來，一名士兵當胸中箭，大叫聲中，跌下山谷。平旺先身先士卒，向前衝去，對方箭無虛發，又有三名兵士中箭。

衆清兵伏身避箭，只見山腰裏轉出一人，陰森森的喊道：「過來的見閻王——回去的有活路。」衆兵丁眼見便是昨天那個神出鬼沒、舉手殺人的無常鬼，膽小的大呼小叫，轉身便逃，曹能大聲喝止，卻那裏約束得住？平旺先舉刀砍死一名兵士，餘兵才不敢奔逃。當先奔跑的六七十名兵卒卻已逃得無影無蹤了。

張召重對瑞大林道：「你們守住大車，我去會會常家兄弟。」說罷越衆上前，朗聲說道：「前面可是常氏雙俠？在下張召重有禮，你我素不相識，無怨無仇，何故一再相戲？」

那人冷冷一笑，說道：「哈，今日是雙鬼會判官。」大踏步走近，呼的一聲，右掌當面劈到。

當地地勢狹隘異常，張召重無法左右閃避，左手運內力接了他這一掌，右掌按出。那人左掌又是呼的一聲架開，雙掌相遇，兩人較量了一下內力，均覺不相上下。張召重左腿「橫雲斷峯」，掠地掃去。那人躲避不及，雙掌合抱，猛向他左右太陽穴擊來。張召重一側身，左腿倏地收住，向前跨出兩步，那人也是側身向前。雙方在峭壁旁交錯而過，各揮雙掌猛擊，四隻手掌在空中一碰，兩人都退出數尺。這時位置互移，張召重在東，那人已在西端。

兩人一凝神，發掌又鬥。平旺先彎弓搭箭，颼的一箭向那人射去。那人左掌架開張召重一掌，右手攬住箭尾，百忙中轉身向平旺先甩來。平旺先低頭躲過，一名清兵「啊唷」一聲，那箭射中了他肩頭。張召重讚了一聲：「常氏雙俠，名不虛傳！」手下拳勢絲毫不緩，忽然背後呼的一聲，一掌劈到。

張召重閃身讓開，見又是個黃臉瘦子，面貌與前人一模一樣，雙掌如風，招招迅捷的攻來，將他夾在當中。

成璜、朱祖蔭等人搶了上來，見三人擠在寬僅數尺的山道之中惡鬥，旁臨深谷，貼身而搏，直無迴旋餘地。成璜等空有二百餘人，卻無法上前相助一拳一腳，只得吶喊叫囂。

三人愈打愈緊，張召重見敵人四隻手掌使開來呼呼風響，聲威驚人，當下凝神持重，見招拆招，酣鬥聲中敵方一人左掌打空，擊中山石，石壁上泥沙撲撲亂落，一塊巖石掉下深谷，過了良久，著地之聲才隱隱傳上。

惡戰良久，敵方一人忽然斜肩向他撞來，張召重側身閃開，另一人搶得空檔，背靠石壁，大喝一聲，右掌反揮。同時左面那人左腳飛出。兩人拳腳並施，硬要把他擠入深谷。

張召重見敵人飛足踢到，退了半步，半隻腳踏在崖邊，半隻腳已然懸空。衆官兵都驚叫起來。那時另一人的掌風已撲面而至，張召重既不能退，也不能接，心知雙方掌力均強，一抵而退，對方只不過在石壁上一撞，自己可勢必墮入深谷，人急智生，施展擒拿手法，左手疾勾，已挽住對方手腕，喝一聲「起」，將他提了起來。那人手掌翻過，也拿住了張召重手腕，只是雙足離地，力氣施展不出，被張召重奮起勁力，一下擲入山谷，那人正是常氏雙俠中的常赫志。衆官兵又是齊聲驚叫。

常赫志身子臨空，心神不亂，在空中雙腳急縮，打了個觔斗，使下跌之勢稍緩，這觔斗翻得半個圈子，已在腰間取出飛抓，一揚手，飛抓筆直竄將上來，這時常伯志飛抓也已出手，兩人飛抓對飛抓緊緊握住，猶似握手。常伯志不等兄長下跌之勢墮足，雙手外揮，將他身子揮了起來，落在十餘丈外的山路上。這是他兄弟倆自幼兒便練熟的巧招。常伯志回身一拱手，說道：「火手判官武藝高強，佩服佩服。」也不見他彎腰使勁，忽然平空拔起，倒退著竄出數丈，挽了常赫志的手，兄弟倆雙雙走了。常氏雙俠此後緊隨張召重，到處留下符號，將文泰來的行蹤告知會中兄弟。

眾官兵紛紛圍攏，有的大讚張召重武功了得，有的惋惜沒把常赫志摔死。張召重一語不發，扶著石壁慢慢坐下。瑞大林過來道：「張大人好武功。」低聲問道：「沒受傷麼？」張召重不答，調勻呼吸，過了半晌，才道：「沒事。」看自己手腕時，五個烏青的手指印嵌在肉裏，有如繩紮火烙一般，心下也自駭然。

大隊過得烏鞘嶺，當晚又逃走了三四十名兵丁。張召重和瑞大林等商議：「大路是奔蘭州省城，但點子定不甘心，前面麻煩正多，咱們不如繞小路到紅城，從赤套渡過河，讓點子撲個空。」曹能本來預計到省城後就可交卸擔子，聽了張召重的話老大不願意，可也不敢駁回。張召重道：「路上失散了這許多兵卒，曹大人回去都可報剿匪陣亡，忠勇殉職，兄弟隨同寫一個摺子便是。」曹能一聽，又高興起來。按兵部則例，官兵陣亡，可領撫卹，這筆銀子自然落入了統兵官的腰包。

將到黃河邊上，遠遠已聽到轟轟水聲，又整整走了大半天，才到赤套渡頭。黃河至此一曲，沿岸山石殷紅如血，是以地名叫做「赤套渡」。這時天色已晚，暮靄蒼茫中但見黃水浩浩東流，驚濤拍岸，砰磅作響，一大片混濁的河水，如沸如羹，翻滾洶湧。張召重道：「咱們今晚就過河，水勢險惡，一耽擱怕要出亂子。」

黃河上游水急，船不能航，渡河全仗羊皮筏子。兵卒去找羊皮筏子，半天找不到一隻，天更黑下來了。張召重正自焦躁，忽然上游箭也似的衝下兩隻羊皮筏子。眾兵丁高聲大叫，兩隻筏子傍近岸來。平旺先叫道：「喂，梢公，你把我們渡過去，賞你銀子。」一隻筏子上站起來一條大漢，擺了擺手。平旺先道：「你是啞巴？」那人道：「丟那媽，上就上，唔上就唔上喇，你地班契弟，費事理你咁多。」他一口廣東話別人絲毫不懂，平旺先不再理會，請張召重與眾侍衛押著文泰來先行上筏。

張召重打量梢公，見他頭頂光禿禿的沒幾根頭髮，斗笠遮住了半邊臉，看不清楚面目，臂上肌肉盤根錯節，顯得膂力不小，手裏倒提著一柄槳，黑沉沉的似乎並非木材所造。他心念一動，自己不會水性，可別著了道兒，便道：「平參將，你先領幾名兵士過去。」平旺先答應了，上了筏，另一隻筏子也有七八名兵士上去。

水勢湍急，兩隻筏子筆直先向上游划去，划了數十丈，才轉向河心。兩個梢公精熟水性，安安穩穩的將衆官兵送到對岸，第二渡又來接人。這次是曹能領兵，筏子剛離岸，忽然後面一聲長嘯，胡哨大作。

張召重忙命兵士散開，將大車團團圍住，嚴陣戒備。此時新月初升，清光遍地，只見東、西、北三面疏疏落落的出來十幾騎馬，張召重一馬當先，喝問：「幹甚麼的？」對方一字排開，漸漸逼近。中間一人乘馬越衆而出，手中不持兵器，一柄白摺扇緩緩揮動，朗聲說道：「前面是火手判官張召重嗎？」張召重道：「正是在下，閣下何人？」那人笑道：「我們四哥多蒙閣下護送到此，現在不敢再行煩勞，特來相迎。」張召重道：「你們是紅花會的？」那人笑道：「江湖上多稱火手判官武藝蓋世，那知還能料事如神。不錯，我們是紅花會的。」那人說到這裏，忽然提高嗓子，縱聲長嘯。張召重出乎不意，微微一驚，只聽得兩艘筏子上的梢公也齊聲呼嘯。

曹能坐在筏子上，見岸上來了敵人，正自打不定主意，忽聽梢公長嘯，嚇得臉如土色。那梢公伸槳入河一扳，停住了筏子，喝道：「一班契弟，你老母，哼八郎落水去。」曹能又怎懂得他的廣東話，睜大了眼發楞，只聽得那邊筏子上一個清脆的聲音叫道：「十三弟，動手罷！」這邊筏子上的梢公叫道：「啱晒！」曹能挺槍向梢公刺去。梢公揮槳擋開，翻過槳柄，將曹能打入黃河。

兩隻筏子上的梢公兵刃齊施，將衆官兵都打下河去，跟著將筏子划近岸來。清兵紛紛放箭，相距既遠，黑暗之中又沒準頭，卻那裏射得著？

這邊張召重暗叫慚愧，自幸小心謹愼，否則此時已成黃河水鬼，當下定了一定神，高聲喝道：「你們一路上殺害官兵，十惡不赦，現下來得正好。你是紅花會甚麼人？」

對面那人正是紅花會總舵主陳家洛，笑道：「你不用問我姓名，你識得這件兵刃，就知道我是誰了。」轉頭道：「心硯，拿過來。」心硯打開包裹，將兩件兵器放在陳家洛手中。此番紅花會羣雄追上官差，若依常例，自是章進、衛春華等先鋒先打頭陣。但救人事大，須得速決，加之張召重武功太強，衆兄弟中不可有人失閃，陳家洛便親自挺身搦戰。主帥既然搶先出馬，無塵等也就不便和他相爭了。

張召重飛身下馬，拔劍在手，逼近數步，正待凝神看時，忽然身後搶上一人，說道：「張大人，待我打發他。」張召重見是御前侍衛朱祖蔭，心想正好讓他先行試敵，一探虛實，便退後兩步，說道：「朱兄弟小心了。」朱祖蔭搶上前去，喝道：「大膽狂奴，竟敢冒犯欽差，看刀！」舉刀向陳家洛腿上砍去。

陳家洛輕飄飄的躍下馬來，左手舉盾牌一擋，月光之下，朱祖蔭見敵人所使是件奇形兵刃，盾牌上挺著九枚明晃晃的尖利倒鉤，自己單刀若和盾牌碰上，就得給倒鉤鎖住，心下暗驚，急忙抽刀。陳家洛的盾牌可守可攻，順勢按了過來，朱祖蔭單刀斜切敵人左肩。陳家洛盾牌翻過，倒鉤橫扎，朱祖蔭退出兩步。陳家洛右手揚動，五條繩索迎面打去，每條繩索尖端均有鋼球。朱祖蔭大驚，知道厲害，拔身縱起，那知繩索從後面兜上，頓覺後心「志堂穴」一麻，暗叫不好，雙腳已被繩索纏住。陳家洛一拉，將他倒提起來，手中跟著一放，朱祖蔭平平飛出，對準一塊巖石撞去，眼見便要撞得腦袋迸裂。

張召重見到敵人下馬的身手，早知朱祖蔭遠非敵手，但見他三招兩式，即被拋出，當下晃身擋在巖石之前，左手疾伸，拉住朱祖蔭的辮子提起，在他胸口和丹田上一拍，解開穴道，說道：「朱兄弟，下去休息一會。」朱祖蔭嚇得心膽俱寒，怔怔的答不出話來。

張召重手挺凝碧劍，縱到陳家洛身前，說道：「你年紀輕輕，居然有這身功夫，你師父是誰？」心硯在旁叫道：「別倚老賣老啦，你師父是誰？」張召重怒道：「無知頑童，瞎說八道。」心硯道：「你不識我家公子的兵器，你給我磕三個頭，我就教會你。」張召重不再理他，唰的一劍向陳家洛右肩刺到。陳家洛右手繩索翻上，裹向劍身，左手盾牌送出，迎面向他砸去。張召重凝碧劍施展「柔雲劍術」，劍招綿綿，以短拒長，有攻有守，和對方的奇形兵器狠鬥起來。

這時那兩個梢公已上岸奔近清兵。官兵箭如飛蝗射去，都被那兩人撥落。前面的是銅頭鱷魚蔣四根，後面的人已甩脫了斗笠簑衣，露出一身白色水靠，手持雙刀，正是鴛鴦刀駱冰。蔣四根手舞鐵槳，直衝入官兵隊裏，當先兩人給鐵槳打得腦漿迸裂，餘人紛紛讓開。駱冰緊跟身後，衝到大車之旁。成璜手持齊眉棍，搶過來攔阻，和蔣四根戰在一起。

駱冰奔到一輛大車邊，揭起車帳，叫道：「大哥，你在這裏嗎？」那知在這輛車裏的是身負重傷的余魚同，他在迷迷糊糊之中突然聽得駱冰的聲音，只道身在夢中，又以爲自己已死，與她在陰世相會，喜道：「你也來了！」

駱冰匆忙中聽得不是丈夫的聲音，雖然語音極熟，也不及細想，又奔到第二輛車旁，正要伸手去揭車帳，右邊一柄鋸齒刀疾砍過來。她右刀架開，左刀颼颼兩刀，分取敵人右肩右腿。她這套刀法相傳是從宋時韓世忠傳落。韓王上陣大戰金兵，右手刀長，號稱「大青」，左手刀短，號稱「小青」，喪在他刀下的金兵不計其數。駱冰左手比右手靈便，她父親神刀駱元通便將刀法掉轉來相教，右手刀沉穩狠辣，是一般單刀的路子，左手刀卻變幻無窮，人所難測，確是江南武林一絕。

駱冰月光下看清來襲敵人面目，便是在肅州圍捕丈夫的八名侍衛之一，心中痛恨，刀勢更緊。瑞大林見過她的飛刀絕技，當下將鋸齒刀使得一刀快似一刀，總教她緩不出手來施放飛刀。戰不多時，又有兩名侍衛趕來助戰，官兵四下兜上，蔣四根和駱冰陷入重圍之中。

只聽一聲呼哨，東北面四騎馬直衝過來，當先一人正是九命錦豹子衛春華，其後是章進、楊成協、周綺三人。

衛春華舞動雙鉤，護住面門，縱馬急馳。溶溶月色之下，只見一匹黑馬如一縷黑煙，直捲入清兵陣中。官兵箭如雨下，黑馬頸上中箭，負了痛更是狂奔，前足一腳踢在一名清兵胸前。衛春華飛身下馬，雙鉤起處，「啊喲，啊！」叫聲中，兩名清兵前胸鮮血噴出，衛春華雙鉤已刺向瑞大林後心。瑞大林撇下駱冰，回刀迎敵。跟著章進等也已衝到，官兵如何攔阻得住，給三人殺得四散奔逃。

混戰中忽見一條鑌鐵齊眉棍飛向半空。卻是蔣四根和成璜戰了半晌，未能取勝，心下焦躁，見成璜一棍當頭打來，使足全力，舉鐵槳反擊。槳棍相交，成璜虎口震裂，鐵棍脫手，轉身便逃。這時和駱冰對打的侍衛被短刀刺傷兩處，浴血死纏，還在拚鬥，忽然腦後生風，忙轉身時，一條鋼鞭已迎頭壓下，忙舉刀擋架，不料對方力大異常，連刀帶鞭一起打了下來，忙一個打滾，逃了開去，終究後背還是被敵人重重踹了一腳。

駱冰緩開了手，又搶到第二輛大車旁，揭開車帳。她接連失望，這時不敢再叫出聲來，車中人卻叫了出來：「誰？」這一個字鑽入駱冰耳中，眞是說不出的甜蜜，當下和身撲進車裏，抱住文泰來的脖子，哭著說不出話來。文泰來乍見愛妻，也是喜出望外，只是雙手被縛，無法摟住安慰。兩人在車中渾忘了一切，只願天地宇宙，就此萬世不變，車外吶喊廝殺，金鐵交併，全然充耳不聞。

過了一會，大車移動。章進探頭進來道：「四哥，我們接你回去。」文泰來叫道：「快去救十四弟！」章進心不旁騖，躍上車夫的座位，急趕大車向北。幾名侍衛拚死來奪，給楊成協、衛春華、蔣四根、周綺四人回頭衝趕，又退了轉去，急叫：「放箭！」數十名清兵張弓射來，黑暗中楊成協「啊喲」一聲，左臂中箭。

衛春華一見大驚，忙問：「八哥，怎樣？」楊成協用牙咬住箭羽，左臂向外揮出，已將箭拔出，怒喝：「殺盡了這批奴才！」也不顧創口流血，高舉鋼鞭，直衝入清兵陣裏。衛春華叫道：「好，再殺。」兩人並肩猛衝，一時之間，清兵給鋼鞭雙鉤傷了七八人，餘衆四下亂竄。兩人東西追殺，孟健雄和安健剛奔上接應。孟健雄一陣彈子，十多名清兵只給打得眼腫鼻歪，叫苦連天。

蔣四根和周綺護著大車，章進將車趕到一個土丘之旁，停了下來，凝神看陳家洛和張召重相鬥。

文泰來問：「外面打得怎樣了？」駱冰道：「總舵主在和張召重拚鬥。」文泰來奇道：「總舵主？」駱冰道：「少舵主已做了咱們總舵主。」文泰來喜道：「那很好。張召重這傢伙手下硬得很，別讓總舵主吃虧。」駱冰探頭出車外，月光下只見兩人翻翻滾滾的惡鬥，兀自分不出高下。

文泰來連問：「總舵主對付得了嗎？」駱冰道：「總舵主的兵器很厲害，左手盾牌，盾上有尖刺倒鉤。右手是五條繩索，索子頭上還有鋼球。你聽，這繩索使得呼呼風響！」

文泰來道：「繩頭有鋼球？他能用繩索打穴？」駱冰道：「嗯，張召重給繩索四面圈住了。」文泰來又問：「總舵主力氣夠嗎？聽聲音好似繩索的勢道緩了下來。」駱冰不答，忽然跳了起來，大叫：「好，張召重的劍給盾牌鎖住了，好，好，這一索逃不過了……啊喲，啊喲……糟啦，糟啦！」文泰來忙問：「怎麼？」駱冰道：「那傢伙使的是口寶劍，將盾牌上的鉤子削斷了兩根，啊喲，繩索給寶劍割斷了……好……唉，這一盾沒打中。不好，鉤子又斷了，總舵主空手跟他打，這不成！那傢伙兇得很。好，無塵道長上去了。總舵主退了下來。」文泰來素知無塵劍法凌厲無倫，天下獨步，這才放下了心，雙手手心中卻已全是冷汗。

只聽得衆人齊聲呼叫，文泰來忙問：「怎麼？」駱冰道：「道長施展追魂奪命劍中的大五鬼劍法，快極啦，張召重在連連倒退。」文泰來道：「你瞧他腳下是不是在走八卦方位？」駱冰道：「他從離宮踏進乾位，啊，現在是走坎宮，踏震位，不錯，大哥，你怎麼知道？」文泰來道：「這人武功精強，我猜他不會眞的連連倒退。聽說武當派柔雲劍術中，有一路劍法專講守勢，先消敵人凌厲攻勢，才行反擊，這路劍法腳下就要踏準八卦。可惜，可惜！」駱冰道：「可惜甚麼啊？」文泰來道：「可惜我看不到。會這路劍法之人當然武功了得，只有遇上了眞正的強敵才會使用。如此比劍，一生之中未必能見到幾次。」

駱冰安慰他道：「下次我求陸老前輩跟道長假打一場，給你看個明白。」文泰來哈哈一笑，道：「他們沒你這麼孩子氣。」駱冰伸手摟住他的頭頸，忽然叫道：「道長在使腿了，這連環迷蹤腿當眞妙極。」文泰來道：「道長缺了左臂，因此腿上功夫練得出神入化，以補手臂不足。當年他威服靑旗幫，就是單憑腿法取勝。」

無塵道人少年時混跡綠林，劫富濟貧，做下了無數巨案，武功高強，手下兄弟又衆，官府奈何他不得。有一次他遇到一位官家小姐，竟然死心塌地的愛上了她。那位小姐卻對無塵並沒眞心，受了父親教唆，一天夜裏無塵偷偷來見她之時，那小姐說：「你對我全是假意，沒半點誠心。」無塵當然賭誓罰咒。那小姐道：「你們男人啊，這樣的話個個會說。你隔這麼久才來瞧我一次，我可不夠。你要是眞心愛我，就把你一條膀子砍下來給我。有你這條手臂陪著，也免得我寂寞孤單。」無塵一語不發，眞的拔劍將自己的左臂砍了下來。小姐樓上早埋伏了許多官差，一齊湧將出來。無塵已痛暈在地，那裏還能抵抗？

無塵手下的衆兄弟大會羣豪，打破城池，將他救出，又把小姐全家都捉了來聽他發落。衆人以爲無塵不是把他們都殺了，就是要了這小姐做妻子。那知他看見小姐，登時心灰意懶，叫衆人把她和家人都放了，自己當夜悄悄離開了那地方，就此出家做了道人。

人雖出了家，本性難移，仍是豪邁豁達，行俠江湖，讓紅花會老當家于萬亭請出來做了副手。有一次紅花會和青旗幫爭執一件事，雙方互不相下，只好憑武力以定紛爭。青旗幫中有人譏諷無塵只有一條手臂。無塵怒道：「我就是全沒手臂，似你這樣的傢伙，十個八個也不放在心上。」當即用繩子將右臂縛在背後，施展連環迷蹤腿，把青旗幫的幾位當家全都踢倒。青旗幫衆人心悅誠服，後來就併入了紅花會。鐵塔楊成協本是青旗幫幫主，入紅花會後坐了第八把交椅。

駱冰說道：「好啊！張召重的步法給道長踢亂了，已踏不準八卦方位。」文泰來喜道：「道長成名以來，從未遇過敵手，這一次要讓張召重知道紅花會的厲害……」他語聲未畢，忽然駱冰「啊喲」一聲，文泰來忙問：「甚麼？」駱冰道：「道長在東躲西讓，那傢伙不知在放甚麼暗器。黑暗中瞧不清楚，似乎暗器很細。」

文泰來凝神靜聽，只聽得一些輕微細碎的叮叮之聲，說道：「啊，這是他們武當派中最厲害的芙蓉金針。」這時大車移動，向後退了數丈。駱冰道：「道長一柄劍使得風雨不透，護住了全身，金針打不著他，給他砸得四下亂飛，大家在退後躲避。金針似乎不放啦，又打在一起了，還是道長佔上風，不過張召重守得挺緊，攻不進去。」

文泰來道：「把我手上繩子解開。」駱冰笑道：「大哥，你瞧我喜歡胡塗啦！」忙用短刀割斷他手上繩索，輕輕揉搓他手腕活血。

忽然間外面「噹啷」一聲響，接著又是一聲怒吼。駱冰忙探頭出去，說道：「啊喲，道長的劍給削斷啦，這位姓張的這把劍眞好。大哥，我奪到一匹好馬，回頭給你騎。」她百忙之中，忽然想到那匹白馬。文泰來笑道：「儍丫頭，急甚麼？快瞧道長怎樣了。」駱冰道：「這一下好，道長踢中了他一腿，他退了兩步。趙三哥上去啦。」文泰來聽得無塵道人嘰哩咕嚕，大聲粗言罵人，笑道：「道長是出家人，火氣還這樣大。你扶我出去，我看三哥和他鬥暗器。」駱冰伸手相扶，那知他腿上臂上傷勢甚重，一動就痛得厲害，不禁「啊唷」一聲。駱冰道：「你安安穩穩躺著，我說給你聽。」

只聽得嗤嗤之聲連作，文泰來道：「這是袖箭，啊，飛蝗石、甩手箭全出去了，怎麼？張召重也用袖箭和飛蝗石，這倒奇了。」駱冰道：「這傢伙把趙三哥的暗器全伸手接去啦，又倒著打過來。嗯，眞好看，下雨一樣，千臂如來眞有一手，鋼鏢、鐵蓮子、金錢鏢，我說不清楚，太多了，那傢伙來不及接，可惜……還是給他躲過了。」

忽然蓬的一聲猛響，一枝蛇談箭光亮異常，直向張召重射去，火光直照進大車裏來。文泰來一刹那間見到嬌妻一張俏臉紅撲撲地，眼梢眼角，喜氣洋溢，不由得心動，輕輕叫了聲：「妹子！」駱冰回眸嫣然一笑，笑容未斂而火光已熄。

趙半山乘張召重在火光照耀下一呆，打出兩般獨門暗器，一是迴龍璧，一是飛燕銀梭。

趙半山是浙江溫州人，少年時曾隨長輩至南洋各地經商，見到當地居民所使的一門獵器極為巧妙，打出之後能自行飛回。後來他入溫州王氏太極門學藝，對暗器一道特別擅長，一日想起少年時所見的「飛去來器」，心想可以化作一項奇妙暗器，經過無數次試製習練，製成一枚曲尺形精鋼彎鏢，取名為「迴龍璧」。至於「飛燕銀梭」，更是他獨運匠心創製而成。一般武術名家，於暗器的發射接避必加鑽研，尋常暗器實難相傷。這飛燕銀梭卻另有巧妙。

張召重劍交左手，將鐵蓮子、菩提子、金錢鏢等細小暗器紛紛撥落，右手不住接住鋼鏢、袖箭、飛蝗石等較大暗器打回，同時竄上蹲下，左躲右閃，避開來不及接住的各種暗器，心下暗驚：「這人打不完的暗器，當真厲害！」正在手忙足亂之際，忽然迎面白晃晃的一枝彎物斜飛而至，破空之聲，甚為奇特。他怕這暗器頭上有毒，不敢迎頭去拿，一伸手，抓住它的尾巴，不料這迴龍璧竟如活的一般，一滑脫手，骨溜溜的飛了回去。趙半山伸手拿住，又打了過來。張召重大吃一驚，不敢再接，伸凝碧劍去砍，忽然颼颼兩聲，兩枚銀梭分從左右襲來。

他看準來路，縱起丈餘，讓兩隻銀梭全在腳下飛過。不料錚錚兩聲響，燕尾跌落，梭中彈簧機括彈動燕頭，銀梭突在空中轉彎，向上激射。他暗叫不妙，忙伸手在小腹前一擋，一隻銀梭碰到手心，當即運起內力，手心微縮，銀梭來勢已消，竟沒傷到皮肉。但另一隻銀梭卻無論如何躲不開了，終究刺入他小腿肚中，不由得輕輕「啊」的一聲呼叫。

趙半山見他受傷，劍招隨至，張召重舉劍擋架。趙半山知他凝碧劍是把利刃，不讓兩劍劍鋒相交，劍身微側，已與凝碧劍劍身平貼，運用太極劍中「黏」字訣，竟把凝碧劍拉過數寸。張召重一驚：「此人暗器厲害，劍法竟也如此了得。」不由得怯意暗生。

他本想憑一身驚人藝業，把對方盡數打敗，那知迭遇勁敵，若非手中劍利，單是那道人便已難敵，眼下小腿又已受傷，不敢戀戰，遊目四望，只見衆侍衛和官兵東逃西竄，囚禁文泰來的大車也已被敵人奪去，不禁大急，唰唰唰三劍，將趙半山逼退數步，拔出小腿上銀梭，向他擲去。趙半山低頭讓過，他已直向大車衝了過去。

駱冰見張召重在趙半山諸般暗器的圍攻下手忙腳亂，只喜得手舞足蹈。文泰來道：

「十四弟呢？他傷勢重不重？大家快去救他回來！」駱冰道：「是！十四弟？他受了傷？」話未說完，張召重已向大車衝來。駱冰「啊喲」一聲，雙刀吞吐，擋在車前。羣雄見張召重奔近，紛紛圍攏。

周仲英斜刺裏竄出，攔在當路，金背大刀一立，喝道：「你這小子到鐵膽莊拿人，不把老夫放在眼裏，這筆帳咱們今日來算算！」張召重見他白髮飄動，精神矍鑠，聽他言語，知是西北武林的領袖人物鐵膽周仲英，不敢怠慢，挺劍疾刺。周仲英大刀翻轉，刀背朝劍身碰去。張召重劍走輕靈，劍刃在刀背上一勒，刀背上登時劃了一道一寸多深的口子。

這時周綺、章進、徐天宏、常氏雙俠各挺兵刃，四面圍攻。張召重見對方人多，凝碧劍「雲橫秦嶺」，畫了個圈子。衆人怕他寶劍鋒利，各自抽回兵器。張召重攻敵之弱，對準周綺竄去。周綺舉刀當頭砍下，張召重左手伸出，已拿住她手腕，反手回擰，將雁翎刀奪了過去。周仲英大驚，兩枚鐵膽向張召重後心打去。

就在此時，陳家洛三顆圍棋子已疾飛而至，分打他「神封」、「關元」、「曲池」三穴。張召重心中一寒，心想黑暗之中，對方認穴竟如此之準，忙揮劍砸飛棋子，只聽得風聲勁急，鐵膽飛近。

張召重聽聲辨器，轉身伸手，去接先打來的那枚鐵膽。那知撲的一聲，胸口已被鐵膽打中。他不知周仲英靠鐵膽成名，另有一門獨到功夫，兩枚鐵膽先發的勢緩，後發的勢急，初看是一先一後，不料後發者先至，敵人正待躲閃先發鐵膽，後發者已在中途趕上，打人一個措手不及。張召重出其不意，只覺得胸口劇痛，身子一搖，不敢呼吸，放開周綺手腕，雙臂外振，將擋在前面的章進與徐天宏彈開，奔到車前。

駱冰見他衝到，長刀下撩。張召重劍招奇快，噹的一聲，削斷長刀，乘勢躍上大車，拉住駱冰右臂。駱冰右臂被握，短刀難使，左拳猛擊敵人面門。羣雄見到大驚，奔上救援。張召重抓住駱冰後心，向常氏雙俠、周仲英等摔來。常氏雙俠怕她受傷，雙雙伸手托住。

忽然張召重哼了一聲，原來後心受了文泰來的一掌，總算他武功精湛，而文泰來又身受重傷，功力大減，饒是如此，還是眼前一陣發黑，痛徹心肺。他不及轉身，左手反手把蓋在文泰來身上的棉被抓起，擋住了奔雷手第二掌，右手反點文泰來「神藏穴」，一把將他拖到車門口，喝道：「文泰來在這裏，那一個敢上來，我先將他斃了！」凝碧劍寒光逼人，如一泓秋水，架在文泰來頸裏。

駱冰哭叫：「大哥！」不顧一切要撲上去，陸菲青伸手拉住。張召重說了這幾句話，只覺喉口發甜，哇的一聲，吐出一大口鮮血。

陸菲青踏上一步，說道：「張召重，你瞧我是誰？」張召重和他暌別已久，月光下看不清楚。陸菲青取出白龍劍，扳轉劍尖，和劍柄圈成一個圓圈，手一放，錚的一聲，劍身又彈得筆直，微微晃動。

張召重哼了一聲，道：「啊，是陸師兄！你我劃地絕交，早已恩斷義絕，又來找我作甚？」陸菲青道：「你身已受傷，這裏紅花會衆英雄全體到場，還有鐵膽莊周老英雄出頭相助，你今日想逃脫性命，這叫難上加難。你雖無情，我不能無義，念在當年恩師份上，我指點你一條生路。」張召重又哼了一聲，不言不語。

忽然東邊隱隱傳來人喊馬嘶之聲，似有千軍萬馬奔馳而來。紅花會羣雄聽了，驚疑不定。張召重更是驚惶，心想：「紅花會當眞神通廣大，在西北也能調集大批人手。」

陸菲青又道：「你好好放下文四爺，我請衆位英雄看我小老兒的薄面，放一條路讓你回去，不過你得立一個誓。」張召重眼見強敵環伺，今日有死無生，聽了陸菲青這番話，不由得心動，說道：「甚麼？」陸菲青道：「你立誓從此退出官場，不能再給狗官做鷹犬。」張召重熱中功名利祿，近年來宦途得意，扶搖直上，要他忽然棄官不做，那直如要了他的性命，心想：「今日就算立了個假誓，逃得性命，可是失去了欽犯，皇上和福統領也必見罪，這樣我一生也就毀了。好在他們心有所忌，我就捨命拚上一拚。」計算已定，喝道：「你們以多勝少，姓張的雖敗，也不算丟臉。今日我要和文泰來同歸於盡，留個身後之名。將來天下英雄知道了，看你們紅花會顏面往那裏擱去。」楊成協大叫：「你甘心做韃子走狗，還不算丟臉，充你媽的臭字號！」張召重無言可答，左手放下文泰來，擱在膝頭，挽住騾子韁繩一提，大車向前馳去。

羣雄要待上前搶奪，怕他狗急跳牆，眞個傷害文泰來性命，投鼠忌器，好生爲難。駱冰見丈夫受他挾制，不言不動，眼見大車又一步步的遠去，不禁五內俱裂，叫道：「你放下文四爺，我們讓你走，也不叫你發甚麼誓啦。」張召重不理，趕著大車駛向清兵隊去。

衆侍衛和清兵逃竄了一陣，見敵人不再追殺，慢慢又聚集攏來。瑞大林見張召重駛著大車過來，命兵丁預備弓箭接應，說道：「聽我號令放箭。」這時遠處人馬奔馳之聲越來越近，紅花會和清兵雙方俱各驚疑，均怕對方來了援兵。

陳家洛高聲叫道：「九哥、十三哥、孟大哥、安大哥去衝散了鷹爪！」衛春華等挺起兵刃，朝淸兵隊裏殺去。陸菲青背後閃出一個少年，說道：「我也去！」跟著衝去。陳家洛見此人是陸菲青的徒兒李沅芷，不禁眉頭微微一皺。

那天陸菲青落後一步，傍晚與李沅芷見了面。這姑娘連日見到許多爭鬥兇殺，熱鬧非凡，再也熬不住，定要師父帶她同去參與相救文泰來。陸菲青拗她不過，要她立誓不得任性胡來。李沅芷聽得師父口氣鬆動，樂得眉花眼笑，罰了一大串的咒，說：「要是我不聽師父的話，教我出天花，生一臉大麻子，教我害癩痢，變成個醜禿子。」陸菲青心想：「女孩兒們最愛美貌，她這般立誓，比甚麼『死於刀劍之下』等等還重得多。」於是一笑答允。李沅芷寫了封信留給母親，說這般走法太過氣悶，是以單身先行上道，趕到杭州去會父親，明知日後母親少不免有幾個月囉唆，可是好戲當前，機緣難逢，也顧不得這許多了。

師徒兩人趕上紅花會羣雄之時，他們正得到訊息，張召重要從赤套渡頭過河。一場夜戰，陸菲青總是不許李沅芷參與。她見羣雄與張召重惡鬥，各人武功藝業，俱比自己不知高了多少倍，不禁暗暗咋舌，眼見衛春華等去殺清兵，也不管自己父親做的是甚麼官，女孩兒家覺得有趣，就跟在後面殺了上去，心想：「這次我不問師父，教他來不及阻擋。他既沒說話，我也就不算不聽他的話。」

陳家洛向眾人輕聲囑咐，大家點頭奉命。趙半山首先竄出，手一揚，兩枝袖箭釘入拖著大車的騾子雙眼。騾子長嘯悲鳴，人立起來。章進奔向大車之後，奮起神力，拉住車轅，大車登時如釘住在地，再不移動。常赫志、常伯志兄弟搶到大車左右，兩把飛抓向張召重抓去。張召重揮劍擋開。楊成協大喝一聲，跳上大車來搶文泰來。張召重劈面一拳，楊成協側過身子，以左肩硬接了他這一拳，雙手去抱文泰來，同時無塵和徐天宏在車後鑽進，襲擊張召重背心。陳家洛對心硯道：「上啊！」兩人「燕子穿雲」，飛身縱上車頂，俯身下攻。

張召重一拳打在楊成協肩頭，見他竟若無其事的受了下來，心中一怔，百忙中那有餘暇細想，見他去搶文泰來，左手一把抓住他後心，此時常氏兄弟兩把飛抓分從左右抓來，張召重單劍橫擋，一招「倒提金鐘」，把楊成協一個肥大身軀扯下車來。

火手判官眼觀六路，耳聽八方，前敵甫卻，只聽得頭頂後心齊有敵人襲到，身子前俯，左手已抓住一把芙蓉金針，微微側身，向車頂和車後敵人射出。

陳家洛見他揮手，知他施放暗器，挺盾牌擋在身前，叮叮數聲，金針跌落在地，右手在心硯肩上一推，將他推下車頂，饒是手法奇快，只聽得心硯「啊喲」連叫，知已中了暗器，忙跳下去救。那邊無塵和徐天宏在車後進攻，金針擲來，無塵功力深厚，向後仰躍，身子如一枝箭般從大車裏向後直射出去。他這一下去得比金針更快更遠，金針竟追他不上。徐天宏可沒這手功夫，百忙中掀起車中棉被一擋，左肩露出空隙，一陣酸麻，跌下車來。

章進搶過扶起，忙問：「七哥，怎麼了？」語聲未畢，忽然背上劇痛，竟是中了一箭，一個踉蹌，只聽得陳家洛大呼：「衆位哥哥，大家聚攏來。」這時背後箭如飛蝗密雨般射來，章進左手搭在無塵肩上，右手揮動狼牙棒不住撥打來箭。無塵道：「十弟，別動！沉住氣。」一按住他血脈來路，輕輕把箭拔下，撕下道袍衣角，替他裹住箭創。

只見東面大隊清兵，黑壓壓的一片正自湧將過來，千軍萬馬，聲勢驚人。羣雄逐漸聚集，衛春華等也已退轉。陳家洛道：「那兩位哥哥前去衝殺一陣？」無塵與衛春華應聲而出。陳家洛道：「大家趕緊分散，退到那邊土丘之後。」眾人應了。陳家洛道：「三哥、五哥、六哥！咱們再來。」四人分頭攻向大車。

衛春華手挺雙鉤，冒著箭雨，殺奔清兵陣前。無塵赤手空拳，在空中接了一枝箭，以箭撥箭，跟在衛春華後面。兩人轉眼沒入陣中。無塵奪了一柄刀，以刀作劍，四下衝殺。清兵勢大，這兩人那裏阻擋得住？不一刻，先頭馬軍已奔到羣雄跟前。

張召重見援兵到達，大喜過望，這時他呼吸緊迫，知道自己傷勢不輕，見陳家洛等又攻上車來，不敢抵抗，舉起文泰來身子團團揮舞。舞得幾舞，數十騎馬軍已舉起馬刀向陳家洛等砍來。陳家洛眼見如要硬奪文泰來，勢必傷了他性命，當下一聲唿哨，與趙半山、常氏雙俠衝向土丘。

四人奔到，見眾人已聚，點查人數，無塵、衛春華殺入敵陣未回，此外還不見徐天宏、周綺、李沅芷、周仲英、孟健雄五人。陳家洛忙問：「見到七哥和周老英雄他們麼？」章進躺在地下，抬頭道：「七哥受了傷，還沒回來嗎？我去找。」站起身來，挺了狼牙棒就要衝出去，他背上箭創甚重，搖搖晃晃，立足不定。石雙英道：「十哥你別動，我去。」蔣四根道：「我也去。」陳家洛道：「十三哥，你與四嫂衝到河邊，備好筏子。」蔣四根和駱冰應了。駱冰傷心過度，心中空空洞洞地，隨著蔣四根去了。

石雙英手持單刀，飛馬上身，繞過土丘。這時清兵大隊已漫山遍野而來，他騎上高地，縱目遠望，不見徐天宏等人，只得衝入敵陣，到處尋找。

不久，周仲英和孟健雄兩人奔到。陳家洛忙問：「見到周姑娘嗎？」周仲英焦急異常，不住搖頭。陸菲青道：「我那小徒也失陷了，我去找。」安健剛道：「我跟你去。」

陳家洛道：「這裏亂箭很多，大家撿起來，我去奪幾張弓。」說罷上馬，衝入清兵弓箭隊，繩索揮去，已將兩名弓箭手擊倒，繩索倒捲回來，把跌在地下的兩張弓捲起。清兵大喊大叫，四五柄槍攢刺過來。陳家洛舞動繩索，清兵刀槍紛紛脫手，不一會已搶得八張弓在手，撥轉馬頭，正要退走，忽然清兵兩邊散開，人衖堂裏衝出幾騎馬來。當先一人正是無塵道人，後面安健剛拖著衛春華的雙手。陳家洛見衛春華滿身血污，大驚之下，當即迎上前去斷後。清兵見這幾人兇狠異常，不敢攔阻，讓他們退到了土丘之後。

陳家洛將奪來的弓交給趙半山，忙來看衛春華。無塵道：「九弟殺脫了力，有點神智胡塗了。不礙事。」衛春華仍在大叫大嚷：「殺盡了狗官兵。」陳家洛道：「見到七哥和十二哥嗎？」無塵道：「我去找。」陳家洛道：「還有周姑娘和陸老前輩的徒弟。」

無塵應了，上馬提刀，衝入清兵隊中。一名千總躍馬提槍衝來，無塵讓過來槍，一刀刺入他的心窩。那千總登時倒撞下馬。他手下的兵卒發一聲喊，四散奔走。無塵儘揀人多處殺將過去，刀鋒到處，清兵紛紛落馬。他衝了一段路，忽見一羣官兵圍著吶喊，人堆裏發出金鐵交併之聲，忙縱馬直奔過去，只見石雙英挺著單刀，力戰三員武將，四下清兵又東一槍、西一刀的圍攻，他正自抵敵不住，忽見無塵到來，大喜叫道：「找到七哥了嗎？」無塵道：「你向前衝，別管後面。」石雙英依言揮刀向前猛砍，縱馬向前，只聽得身後連續三聲慘叫，接著清兵齊聲驚呼，不約而同的退了開去。石雙英回頭望去，見三員武將都已殺死在地，他和這三員武將打了半天，知他們武功精熟，均非泛泛之輩，豈知一轉身間全被無塵料理了，對這位二哥不禁佩服無已。

兩人奔回土丘，徐天宏等仍無下落。這時清軍一名把總領了數十名兵卒衝將過來。趙半山、常氏雙俠、孟健雄等彎弓搭箭，一箭一個，將當頭清兵射倒了十多名。其餘的退了回去，站在遠處吆喝，不敢再行逼近。

陳家洛把坐騎牽上土丘，對安健剛道：「安大哥，請你給我照料一下，防備冷箭。」安健剛應了，站在馬旁。陳家洛縱身跳上馬背，站在鞍上瞭望，只見清兵大隊浩浩蕩蕩的向西而去。忽然號角聲喧，一條火龍蜿蜒而來，一隊清兵個個手執火把，火光裏一面大纛迎風飄拂。陳家洛凝神望去，見大纛上寫著「定邊將軍兆」幾個大字。這隊清兵都騎著高頭大馬，手執長矛大戟，行走時發出鏗鏘之聲，看來兵將都身披鐵甲。

無塵心中焦躁，說道：「我再去尋七弟他們。」常赫志道：「道長你休息一下，讓我們兄弟去……」他話未說完，無塵早已衝了出去。他雙腿夾在坐騎胸骨上，上身向前伸出，揮刀替馬匹開路，清兵「啊！」「唷！」聲中，無塵馬不停蹄，在大隊人馬中兜了個圈子，殺了十餘人，又再繞回，四下找尋，全不見徐天宏等的蹤跡。

羣雄俱各擔心徐天宏等已死在亂軍之中，只是心中疑慮，不敢出口。忽然間遠處塵頭大起，當先一騎飛奔而來，奔到相近，看出是蔣四根，只聽他高聲大叫：「快退，快退，鐵甲軍衝過來了。」陳家洛道：「大家上馬，衝到河邊。」羣雄齊聲答應。

周仲英心懸愛女，可是千軍萬馬之中卻那裏去找？孟健雄、安健剛、石雙英分別把衛春華、章進等傷者扶起，一匹馬上騎了兩人。各人剛上得馬，火光裏鐵甲軍已然衝到。

常氏雙俠見清兵來勢兇惡，領著衆人繞向右邊。常赫志道：「鐵甲軍使神臂弓，力量很大，咱們索性衝進龜兒子隊裏。」常伯志道：「好！」兩人當先馳入清兵隊中，羣雄緊跟在後。常氏雙俠嫌飛抓衝殺不便，藏入懷裏，一個奪了柄大刀，一個搶了枝長矛，刀砍矛挑，殺開一條血路，直衝向黃河邊上。鐵甲軍見他們衝入人羣，黑暗裏不敢使用硬弩，怕傷了自己人，只隨後緊趕。一時黃河邊人馬踐踏，亂成一團。

羣雄互相不敢遠離，混亂中奔到了河岸。蔣四根把鐵槳往河邊沙灘上一插，噗通一聲，先跳下河去接筏。駱冰撐著羊皮筏子靠岸，先接章進等傷者下筏。陳家洛叫道：「大家快上筏子，道長、三哥、周老英雄，咱們四人殿後……」話未說畢，神臂弓強弩已到。無塵叫道：「衝啊！」四人反身衝殺。

無塵一刀向當頭一名鐵甲軍咽喉刺去，那知一刺之下，竟刺不進去。原來這刀殺人太多，刃口已經捲了。那鐵甲軍長槍刺來，無塵拋去鋼刀，舉臂橫格，將那槍震得飛上半天。周仲英金刀起處，將數名清兵砍下馬來。趙半山拈起一枚鋼鏢，對準馬上清兵胸口的「膻中穴」射去，只聽得噹的一聲，那清兵竟若無其事的衝到跟前。原來鐵甲軍全身鐵甲，身上不受暗器。這時無塵已搶得一枝鐵槍，向那清兵的臉上直搠過去。趙半山錢鏢疾發，連珠般往敵軍眼珠射去，饒是黑夜中辨認不清，還是打瞎了五六人的眼珠，痛得他們雙手在臉上亂抓亂挖。這時除陳家洛等四人外，餘人都已上了筏子。

鐵甲軍訓練有素，雖見對方兇狠，仍鼓勇衝來。陳家洛見一名將官騎在馬上，舉起馬刀指揮，一個「燕子三抄水」，已縱到他跟前。那將官忙舉刀砍去，刀到半空，突然手腕奇痛，馬刀已到了敵人手中，同時身子一麻，已被敵人拉下馬來，挾住奔向河岸。清兵見主將被擒，忙來爭奪，但已不敢放箭。

陳家洛揪住那將官的辮子，在清兵喊叫聲中奔向水邊，與無塵、趙半山、周仲英都縱到了筏上。蔣四根拔起鐵槳，與駱冰雙槳搖動，將筏子划向河心。

河水正自大漲，水勢洶湧，兩隻羊皮大筏向下游如飛般流去。眼見鐵甲軍人馬愈來愈小，再過一會，惟見遠處火光閃動，水聲轟隆，大軍人馬的喧嘩聲卻漸漸聽不到了。

羣雄定下心來，照料傷者。衛春華神智漸清，身上倒沒受傷。趙半山是暗器能手，醫治箭創素所擅長，於是替楊成協和章進裹了傷口。章進傷勢較重，但也無大礙。心硯中了數枚金針，痛得叫個不停，原來張召重手勁特重，金針入肉著骨。趙半山從藥囊中取出一塊吸鐵石，將金針一枚一枚的吸出，再爲他敷藥裹傷。駱冰掌住了舵，一言不發。這一役文泰來沒救出，反而失陷了徐天宏、周綺、陸菲青師徒四人，余魚同也不知落在何方。

陳家洛道：「咱們只道張召重已如甕中之鼈，再也難逃，那知清兵大隊恰會在此時經過。早知如此，咱們合力齊上，先料理了這奸賊，或者把文四哥奪回來，豈不是好？」說罷恨恨不已。衆人心情沮喪，都說不出話來。

陳家洛解開了那清軍將官的穴道，問道：「你們大軍連夜趕路，搗甚麼鬼？」那將官昏昏沉沉，一時說不出話來。楊成協劈臉一拳，喝道：「你說不說？」那將官捧住腮幫子，連道：「我說……我說……說甚麼？」陳家洛道：「你們大軍幹麼連夜趕路？」

那將官道：「定邊將軍兆惠大將軍奉了聖旨，要剋日攻取回部，他怕耽擱了期限，又怕回人得到訊息，有了防備，因此連日連夜的行軍。」

陳家洛道：「回人好端端的，又去打他們幹麼？」那將官道：「這個……這個我就不知道了。」陳家洛道：「你們要去回疆，怎麼又來管我們的閒事？」那將官道：「兆大將軍得報有小股土匪騷擾，命小將領兵打發，大軍卻沒停下來。」他話未說完，楊成協又是一拳，喝道：「你他媽的才是大股土匪！」那將官道：「是，是！小將說錯了。各位是大股的英雄好漢……」陳家洛沉吟了半晌，將兆惠將軍的人數、行軍路線、糧道輜重等問個仔細，那將官有的不知道，知道的都不敢隱瞞。陳家洛高聲叫道：「筏子——靠——岸。」駱冰和蔣四根將筏子靠到黃河邊上，衆人登岸。這時水勢更大了，轟轟之聲，震耳欲聾。

陳家洛命楊成協將那將官帶開，對常氏雙俠道：「五哥、六哥，你們兩位趕回頭，查看四哥、七哥、十四弟，以及周姑娘、陸老英雄師徒下落。只盼他們沒甚麼三長兩短。要是落入了官差之手，定然仍奔北京大道。咱們在前接應，設法打救。」常氏雙俠應了，往西而去。

陳家洛向石雙英道：「十二哥，我想請你辦一件事。」石雙英道：「請總舵主吩咐。」陳家洛從心硯背上包裹中取出筆硯紙墨，在月光下寫了一封信，說道：「這封信請你送去回部木卓倫老英雄處通報訊息。他們跟咱們雖只一面之緣，但肝膽相照，說得上一見如故。朋友有難，咱們不能袖手。四嫂，你這匹白馬借給十二哥一趟。」原來衆人在混亂中都把馬匹丟了，只有駱冰寶愛白馬，又念念不忘要將馬送給丈夫，一直將馬留在筏上。石雙英騎上白馬，絕塵而去。馬行神速，預計一日內就可趕過大軍，讓木卓倫聞警後好籌劃防備。

安排已畢，陳家洛命蔣四根將那將官反剪縛住，拋在筏子上順水流去，是死是活，瞧他的運氣了。

書劍恩仇錄. 1,古道荒莊 / 金庸作.　-- 二版.　-- 臺北市：
遠流，2019.04
面；公分. --(大字版金庸作品集；1)
大字版
ISBN 978-957-32-8517-5 (平裝)

857.9　　108003462